新装版

活路

（下）

第十一章　裏と表

1

全身から、雫(しずく)が滴(したた)った。

浜にあがると、源太(げんた)は乱れた呼吸を整えた。それから、鉄の棒を構える。大刀の三倍の重さはあった。それを海水に打ち降ろす。飛沫(しぶき)ひとつあげずに、水面の下でぴたりと止める。それを半刻ほど続けたあとだった。

気は、内に籠めている。

俺は、晴気(はるけ)竜行(たつゆき)を斬ることができたのか。思いは、そのひとつに集まってくる。確かに、晴気にひと太刀は見舞った。その時返ってきた晴気の、骨を断つような刃風(はふう)の凄まじさは、いまでもはっきりと肌が覚えていた。

あれを、どうやってかわしたのかは、自分でもわからない。かわしていた、といまでも信じられぬぐらいだ。

晴気の剣は、やはり揺れていた。その揺れは、心の底に潜んでいる恐怖を引き出すように、いつまでも続いた。打ちこんだのではなく、打ちこまされたのだ、といまも思う。

片膝立ちになった時、次の斬撃は受けられないだろう、とはっきり思った。恐怖は、続いていた。死ぬことをおそれての恐怖ではなかった。受けられなければ相討(あいうち)と、肚(はら)はすぐに決まったのだ。わけのわからないところから、恐怖は湧いてきた。

半刻の間に、何度か鉄の棒を振っただけだった。全身に汗が滲(にじ)み出していた。滴る雫が、海水から汗に入れ替っている。

手拭いで、汗を拭った。それから、着物を着こんだ。自分の躰(からだ)が、寒気の中で湯気を立てているのがよくわかる。

「高鳥(たかとり)さん」

大村屋(おおむらや)の別宅の裏にまで戻った時、声をかけられた。闇に潜む気配は感じていたが、そ知らぬ顔で通りすぎようとしたのだ。

「一昨日は、惜しいことをしました」

晴気との立合のことを言っているのだろう。秋月数馬のもの言いは、不快になるほど狎々しかった。どこかで、立合を眺めていたのかもしれない。

「あの助勢は、おまえが？」

「私が駈けつけられればよかったのですが、外出している時でしてね。藩邸に残っていた者たちです」

「数馬、おまえほんとうは立合を見ていたろう」

数馬は、答えようとしなかった。

俺も、こんなものだったのかもしれない、と源太は思った。晴気と立合うのが怕く、なんとか左文字一角と立合わせようとした。左文字にそれが見破られ、憐みの入り混じった視線をむけられたものだ。

「話があって来たのです。大事な話です」

「俺に、大事な話などない」

息が顔にかかるほど、数馬が近づいてきた。源太は、かすかに身を引いた。

「また晴気が長元院に現われたら、大村屋からすぐに手代が走ってくることになっています。一昨日は、その知らせが遅過ぎた。もっと、私が早く知っていれば」

駈けつけてきた者たちの腕は、どれも大したことはなかった。なまじ腕が立つだけに、数馬が来ていればかえって面倒になったはずだ。

「帰れ」

「帰参せよ、との主命です。晴気竜行を斬ったのちに、速やかに帰参せよと」

もはや、田辺(たなべ)藩士ではない。だから、主命などというものもない。

「四百石、くださるそうです。なんともありがたい話ではありませんか。高島さんは、腕をあげた。一昨日も、晴気にひと太刀は浴びせている」

「帰れと言っているだろう」

「四百石取りの身になれるとは、夢のような話ですよ。下士(かし)のまま終る者がほとんどだというのに」

「斬るぞ、数馬」

「ええ、斬りましょう。高島さんと私でなら、必ず斬れます」

「おまえをだ」

源太は、いきなり抜撃ちを放った。さすがに、数馬は横へ跳んだ。

「なぜ？」

「おまえを斬れば、帰参などという馬鹿げたことは言われなくても済む」

「四百石だ。それを棒に振るのか、高島さん」

源太が構えると、数馬も抜刀した。

この男が、いま田辺藩随一の腕なのか、と源太は思った。この一年で、ほかに腕が立つ者が育ったということはないだろう。一年前の自分。そういう気がした。

対峙は、長くは続かなかった。源太が一歩踏み出した刹那、数馬は気合を発して打ちこんできた。見える。一年前の、自分の剣が見える。打ちこみをかわし、逆袈裟に斬りあげた。青江助次は、まるで宙だけを斬ったように、頭上に舞いあがった。数馬の躰は、血を噴きながら、束の間立っていた。それが地に倒れる前に、源太は青江助次を鞘に収めた。

四百石は、数馬が与えられることになっていたものかもしれない、と源太は倒れた数馬を見降ろして思った。田辺藩は、総力で晴気を斬ろうとしているのか。どうでもよかった。田辺は、源太にとってはもう遠い。

翌朝、庭に大村屋の声を聞きつけて、源太は居室の障子を開けた。

「斬り合いがあったらしく、今朝、うちの者が仏を発見しました」

源太は、大村屋をじっと見た。

「いまごろは、海の方へ流されているでしょうが」

「余計な真似はするな、大村屋」

「まあ、道に転がっていた仏ですから、奉行所もうるさいのですよ」

「長元院に晴気が現われたと、田辺藩邸に知らせたことを言っている」

「それは、古坂様に命じられておりましたので」

古坂も、晴気を討つために、二段、三段の構えをとっているのだろう。その第一段が、自分と田辺藩に違いなかった。

晴気は、なにをしたのか。田辺藩領での一年前の暗殺。それがいまごろになって、執拗に追われはじめるとは思えない。

「金をくれ。十両ばかりでいい」

「ほう。なにを買われます」

「ここを出るだけだ」

「出ると言われますと？」

「俺は、長元院で暮すことにする」

「なるほど」

しばらく考える顔をして、大村屋は頷いた。

その日、源太は十両を懐にして、長元院に行った。見張っていた者を、大村屋は引きあげさせたようだ。信光という、まだ若い住持が応対に出てきた。

庫裡の一室を借りることにした。そこからは、障子を開けば本堂と境内が見渡せる。子供が、竹の棒を一心に振っていた。

「名は？」

そばに来た子供に、源太は声をかけた。

「堀田新之助」

「直心影流を遣っているな」

言うと、新之助は嬉しそうに頷いた。

2

葛柳心斎は、高輪に小さな道場を構えていた。門弟はそれほどいないらしい。柳心流と看板にはあるが、道場はしんとしていた。

「晴気竜行か」

五十歳ほどだろう。鍛えあげた躰をしている。眼には、力が満ちていた。

「おぬしが来たということは、わしは一族の裏切者と見られたのかな」

「なにがどうなっているかは、知らぬ」

「そうか。あがれ。どうせ立合わなければ済まぬのだろう」

促され、黙って竜行は道場に通った。

床は磨きあげられている。気に満ちた道場だった。防具は見当たらず、木刀だけが壁にかかっていた。

「葛一族は、いまのままなら滅びた方がいい、とわしは思っている。山に棲(す)むのなら、それもいい。どこかに奉公するのなら、それもまたいい。おのが技を銭で売って、賤(いや)しめることしかしておらぬ」

神棚の下に端座し、柳心斎が言った。

「女子供は、山の中だ。山の中で暮すのに、銭はいらん。兄者(あにじゃ)は、一族をどこへ連れていこうとしているのだ、とわしは思う」

「密告して、一族を殺させることは？」

「汚れた仕事の中で死ぬ。その惨(みじ)めさを、教えたかったまでよ。矜持(きょうじ)というものを、思い出させたかった」

「俺に、言い訳をしてもはじまるまい、柳心斎殿」

「まったくだ。すぐに立合うか？」

「そうしていただこう。別の柳心斎が来るのでな」

「別の？」

「あなたには、知ることはできん」

「なるほど。兄者か誰かが、わしに化けるか。わしさえ兄者に従えば、いまの一族の軋轢(あつれき)も消えるであろうしな」

　竜行は、柳心斎とむかい合って座ったまま、腕を組んだ。

「考え直さぬか、晴気。わしひとりが死ぬのは構わぬが、別のわしが現われて一族の者たちになにか言うと考えると、心は穏やかでなくなる」

「道場を構えているから、俺は玄関から訪(おとな)った」

「そうか。わかった。真剣でよいか」

「望むところだ」

　柳心斎が、立ちあがり、竜行もそれに応じたように腰をあげた。

　道場の端へ退がり、延寿国村(えんじゅくにむら)の鞘を払って待った。柳心斎が、白鞘の大刀を執った。抜いた。反(そ)りの少ない刀身だった。竜行が、先に構える。道場破りの礼儀と言っていい。

　柳心斎が眼を見開き、ゆっくりと上段に構えた。

　葛秀典が恐れるだけの手練(てだ)れではある。打ちこめる隙(すき)は見えなかった。それでも、竜行は構えたまま、ずいと一歩前へ出た。柳心斎が退がる。明らかに、潮合を待つ気のようだ。さらに、竜行は前に出た。退がりながら、柳心斎が刀身に気を集めはじめた。死へ。そういうつもりで、竜行は踏みこみ続けた。

退がっていた、柳心斎の足が止まった。踏みこめば間合に入り、斬られる。竜行は踏みこんだ。真向から、柳心斎は斬り降ろしてきた。斬撃の腕は確かだった。ただ、竜行も跳んでいた。柳心斎の躰にむかって、跳んだのだった。刀ではなく、肘で擦れ違いざまに脾腹を打った。

中段に構えた柳心斎の顔面が、見る間に紅潮した。しばらくして、息を吸う音が聞えた。

「肘とはな。延寿国村は伊達か」

「葛一族には、忍の遣う技もある」

「わしが、それを遣うと思ったか」

わからなかった。葛一族であることを、忘れなかっただけだ。

柳心斎の顔は、汗を噴き出していた。忍の、意表を衝いた技は封じたはずだ。

待った。柳心斎が、一度肩で息をした。

潮合。すぐに来た。跳んだ竜行に対し、柳心斎は身を沈めた。むき合う。柳心斎は、片手を出して構えていた。刀は床の上で、柄を握った右手がそれに付いていた。手首から先を失った右手から、床に血が滴る。それでも、柳心斎は左手で構え続けていた。

床を蹴った。柳心斎の左手から、光が迸ったのだ。耳もとを手裏剣が掠め去った時、竜行は延寿国村を横に薙いでいた。

神棚の下に端座し、柳心斎の骸を見つめながら、竜行はしばらく待った。

葛秀典が入ってきた。そばに座り、見開いた柳心斎の目蓋を指さきで落とした。柳心斎を運び去ったのも、道場を清めたのも、葛秀典だった。

「弟とは、どうしても生き方が相容れませなんだ」

ひと言、葛秀典は洩らした。

別の柳心斎が入ってきた。ひどく老いて、痩せて見えた。

「死の病を得て、床に就きます」

表情は、よくわからない。

「俺は、しばらくここに住むことにする。いいな。師範代となれ、と柳心斎が遺言すればいいことだ」

「それは」

「いい考えかも知れません。明日、一族の者を集めます。十三郎（じゅうざぶろう）、そう遺言するのだ。晴気様の腕は、みなよく知っている」

　葛秀典が言った。

「それに、晴気様が敵であったことは一度もない。丹後から江戸まで、ひそかに護（まも）ってもきた方なのだ。次の者が育つまでの師範代ということであれば、誰もが得心できよう」

「この道場は、そのままに？」

　十三郎の声は、壮年の男のものに戻っていた。竜行は、黙って父子の言葉を聞いていた。葛秀典が、かすかに頷く。

　娘が、ひとり入ってきた。一族の者なのだろう。まず、竜行にお辞儀をした。

「十三郎の娘、綾女（あやめ）でございます」

　葛秀典には、孫娘に当たることになる。父娘が、奥へ消えた。

「いろいろと、考えられましたな、晴気様」

　道場に二人きりになると、葛秀典が言った。

「おかしな一族が、相手なのでな」

「わが一族と晴気様の道は、重なっております」

「いまのところは、だ」

「ひとり、会っていただきたい方が、おられます」

「会おう」

「考えもなされずに？」

「いままで、耐えてきた。じっとうずくまり、身を守ってきた。そろそろ、踏み出すころなのさ」

「いずれ、お引き合わせいたします」

「誰だ。名を言え、薬屋」

「立花喜重郎（たちばなきじゅうろう）様とおっしゃる方で。御存知かもしれませんが」

しばし迷って、思い切ったように葛は口を開いた。

旗本八千石。寄合席（よりあい）だが、名門であり、なにか役に就けば、すぐに大名という大物だった。旗本で、知らない者はいない。

「すぐに、会いたい。今夜にでもだ」

葛が、戸惑った表情をした。竜行は、ただ腕を組んで葛を見ていた。

3

藤磨と吉兵衛が庭に控えていた。あがったのは静乃だけで、弥八の弟子らしい若者も、二人と並んでいる。その後ろには、尻尾を立てたろくがいた。

「兄は精根尽き果てたようで、左文字様にこれをお届けするようにと申して、そのまま泥のように眠ってしまいました」

胴田貫である。柄は締め直し、竹の目釘も新しくしたようだ。二尺五寸あった。しかも厚重ねで、柄には力がかかる。

「柄が緩んだのは、俺の腕のせいか」

「いいえ」

一角が呟くと、静乃は言下に否定した。

「兄が申しておりました。この刀とは折合いをつけるのが大変だと。柄の締め直しも、刀と兄の折合いのためで、左文字様には気に入っていただけるだろうと」

弥八の父、弥助は、左文字道場出入りの研師だった。美しく研ぎあげられた父の大刀を見たことがある。五年ほど前のことだ。一角が眼を奪われたのは、一緒に研ぎに出した、脇差の方にだった。息子の弥八が研いだものだと言われた。その時から、刀を研ぐなら弥八と思ってきたが、一度も会ったことはない。

懐紙を口に挟み、一角は胴田貫の鞘を払った。瞬間、気圧されるような気分に、一角は包まれた。見事という言葉とは、かけ離れている。不気味なほどの仕上がりだった。

「お試しを」

静乃に促され、一角は腰をあげた。庭に立ち、石のひとつを藤麿に指さした。人の頭ほどの石である。

「そこに立て。両手で持っているだけでいい」

藤麿が、胸の前に石を持った。構えもせず、一角は胴田貫を一閃させた。

「ふむ。いそうもない男が、この世にはいるものだ」

言って、一角は刀身に眼をくれ、鞘に収めた。静乃が声をあげた。藤麿の手の中で、石は左右に分れていた。

「静乃さん、もうひと振り、研いでくれんか。そこにいる藤麿という者の、野太刀だ。自分で、いつも斬れるように研ぎあげているが、そろそろ本物の研ぎがなにかも、わかるようになっただろう」

「かしこまりました」

東の間、藤麿は刀を差し出すのを躊躇したようだが、一角と眼が合うと、黙って鞘ごと縁に置いた。

「弥八とは、会うこともなかろう。刀を見れば、人となりもわかる」

「兄も、そう申しておりました。遣い方を見れば、お腕前はわかると」

軽く頷き、一角は腰をあげた。気の強そうな女だった。医者に嫁いだが死なれた、と吉兵衛から聞かされている。

「俺は、これから出かけなければならん。道場に寄った時は、顔を見せてくれ」

吉兵衛が、口もとだけで笑うのが、眼の端に見えた。

一角は、高安の居室に声をかけた。

「行って参ります、父上」

「兄上が生きておられたら、と考えていたところだ」

「刺客を、伯父上にさせられた、ということですか？」

刺客という言葉に、皮肉をこめて一角は言った。剣の腕が誰かに利用されることを、高安は極端に嫌っていた。それがいまは、一角が刺客をやることを、肯んじているのだ。

「道場は兄上に任せて、わしが刺客に立つこともできた」

高安の態度は、どこかはっきりしない。立花喜重郎が現われてから、ずっとそうである。気になってはいるが、どう訊けばいいのかはわからない。

「行ってきます」

一角は、頭を下げた。

道場を出ると、ろくがそばに付いた。捨も肩に舞い降りてくる。

立花喜重郎の屋敷は、小石川である。大身の旗本の屋敷が多いところだ。呼ばれたら、堂々と出かけていく。ひそかに訪うなど自分の性には合わない、と一角は思っていた。

さすがに、大きな門構えだった。潜り戸から通された。庭の築山の下には、大きな池が拡がっている。岸のあたりは、氷が張っていた。羽織に白足袋の、立花喜重郎が下駄を履いて近づいてきた。

「御用ということでしたが」

「手間がかかっているようだな」

「斬れませんね、古坂頼母は。こちらが命を捨てる気になれば別ですが」

「ひとりでは無理であろう、と私も思っていた。だから服部弥九郎を付けたのだが、どうも馬が合わぬらしいな」

「服部は確かに手練れではありますが、受けの剣です。攻めの剣が必要であることは、立花様がよく御存知でしょう」

「おまえとは、陽と陰。補い合うのではないかと考えた」

「頭でそう考えられても」

「まったくだ。弥九郎もそう言った」

かすかに、立花が笑った。父と立花はどういう関係なのか、と一角は考えかけた。何度も、考えようとしてはやめたことだ。考えない方がいい、と心のどこかで思っていた。

「ひそかに、使っている者たちがいる。忍の技から変装まで、なんでもこなす。その者たちと力を合わせてみる気はないか？」

「影の者たちですか」

「大変な手練れが、ひとり加わったそうだ。その者たちの半数以上は、田辺で果ててしまったのだが」

「田辺？」

思い浮かぶのは、晴気竜行の名だけだった。田辺藩でなにが起きていようと、それは知らない。無縁だ。晴気竜行の名だけが、頭から消せなかった。

「とにかく、その頭に会ってみてから決めても、遅くはあるまい」

「服部弥九郎は、穏やかではありますまいな」

「弥九郎は、わが家中の者だ。気にすることは、なにもない。受けの剣というのも、私にはよくわかる。私の身辺を護らせると言えば、不平もあるまい」

立花は、一角が影の者たちの頭と会うと決めてしまっているようだった。客殿で待て、とだけ言って立ち去っていった。

一角は、しばらく縁に腰を降ろしていた。下女が茶を運んできたが、それも縁に置いて貰った。

父は、なぜ自分が刺客になることを肯んじたのか。立花に、恩を受けたのか。頼まれれば、断れぬ関係にあるのか。左文字道場を開いたころのいきさつを、一角はよく知らない。道場を開く前後、父は頻繁に旅に出ていた。一角が十三歳の時は、一年間ともに旅をした。その旅では、何度か人に襲われたのだ。なぜ襲われるか父は言わず、ただ刀を抜いて闘えと命じただけだった。一角が、はじめて人を斬ったのも、その旅でだ。

「左文字殿、犬が」

用人が、慌てて駈けてきた。ろくは、門の内側で待たせてある。捨も門のそばの木の枝である。一角は腰をあげた。ろくは、じっと玄関の方を見ていた。前脚を出し、低く唸（うな）り続けている。

「退（ひ）け、ろく」

一角が言うと、ようやくろくは構えを解いた。息を乱している。客が二人。玄関を見て、一角はそう思った。

4

銚子を傾けた。

外はすでに暗くなっていて、居酒屋にはほかに三人の客がいるだけである。久しぶりの邂逅（かいこう）だった。お互いに変ったのかもしれないし、変っていないのかもしれない、と一角は思った。少なくとも、高鳥源太が変ったようには、晴気は変っていない。

「おかしなめぐり合わせだな。捜さなくても会ってしまう。どうやらそういうことらしい」

晴気と組むかどうか、立花にははっきりとは言わなかった。答えないまま、晴気だけを誘って辞去したのである。一緒だった老人は、無視していた。ほんとうの顔を見せていない。そう感じたからだ。

相変らず、晴気は口数が少なかった。

「弟子をひとり、斬られた。憶えていないかな。伊豆山中のことだ。剣術好きの庄屋でね。なまじ自信を持っているだけに、無謀なことをしてしまう。心配はしていたが」

思い当たるところがあるらしく、晴気は口もとだけで笑った。

「つまり、おまえと立合う理由はある、というわけだ」

「俺は、左文字市兵衛殿を斬っている。いまさら弟子の仇でもあるまい」

言われてみれば、そうだった。一角は、烏賊の煮つけに箸をのばした。

「ろくも、おまえを憶えていたよ。それも、警戒すべき相手としてだ」

三人の客が、酔って大声を出している。時々武士に遠慮するという感じになるが、すぐに忘れてしまうらしい。

晴気は、黙って盃を傾けていた。それでも、一角は手持無沙汰を感じてはいない。ひとりで喋っているのが、晴気を相手だと不思議に苦にならなかった。

「あの老人は、俺にはまだわからんな。立花様に使われて長いらしいが」

「俺も、わかっているわけではない」

「とにかく、古坂をひとりで斬るのは難しい。忍が張っているし、人数もいる。鉄砲なども備えてあるのではないか、という気もするな。とても八百石の旗本とは思えん。上を狙っているというのではなく、上と密接に繋がっているのだと思う」

「なぜ、刺客をやる気になった？」

「父が、頼まれた」

晴気との立合を止めたのは、一角の父だった。利用されたくない。二人の立合を、誰かに利用されることは避けたい、という意志は、あの時ははっきりしていた。

「おまえ、江戸のどこにいるのだ？」

場合によっては、左文字道場で暮せ、と勧めるつもりだった。

「高輪の、柳心流の道場。師範代をしている。師範は、死んだ」

「どういうことだ？」

「次の師範となる者が育つまで、俺が道場を預かることになった。道場主の遺言でな」

「ふうん。それでは、道場主ではないか。門弟の数は？」

「わからん」

いかにもこの男らしい、と一角は思った。

なぜ刺客をやり、なぜ追われることになったのか。訊きたいことはいろいろとあったが、一角はそれ以上訊けず、旅の話などをなんとなくした。

一刻ほどで、晴気も一角もなんとなく腰をあげた。外に出る。残った烏賊の煮つけを、一角はろくと捨に分け与えた。

「その鷹は、夜眼（よめ）が利くのか？」

晴気が見て言った。

「いや。鳥は鳥だ。だが、闇に怯（おび）えぬように馴らしもした。ものを食い、俺の肩の上でじっとしていることぐらいはやる」

かすかに、晴気が笑ったように見えた。背をむけて、去っていく。晴気の背が闇に紛れたころ、一角はようやく歩きはじめた。

あるかなきかの気配。前方だった。思った通りのことが起きている。その気配だけで、一角はそう思った。

闇の中で、二つの影が対峙していた。服部弥九郎と晴気。立花の話を、服部弥九郎が素直に納得するとは思えなかった。晴気の腕を試してみる。それぐらいのことは、する男だろうと思っていた。

二人は、すでに抜刀している。服部は、気配を内に籠め、ただ立っている。それに対して、晴気はしばしば気を放った。それも、見ていて躰が痺れるような気ではない。道場稽古のような気だ。

そう思った時、晴気の方が打ちこんだ。ぶつかり合う。光が交錯する。一瞬だった。跳び退ったのも、晴気だった。

静かに刀身を鞘に収め、晴気が歩み去っていく。立ったままの服部の気は、明らかに乱れていた。腕。そう見えた。しかし刀は構えられたままだ。

一角は、服部に歩み寄っていった。左の二の腕が、ほとんど切れ落ちている。しかし手は柄を摑み、右で支えた刀は微動だにしていないのだった。

「おまえの下緒を借りるぞ」

言って、一角は服部の鞘を腰から抜いた。下緒で、服部の肩の付け根を強く縛った。

「左腕は、諦めるしかないな」

服部は、荒い息を洩らしただけだった。刀をもぎ取ろうとすると、服部はかすかに抗った。一角は、服部の頰を軽く叩いた。膝から崩れるように、服部は地面にしゃがみこんだ。息は荒く、苦しそうだった。

「斬り落としてくれ。残っているところを、斬り離してしまってくれ」

黙って、一角は脇差で残った肉を断ち斬った。なにか違うもののように、服部の左腕が地面に落ちた。

「血は止まりかけている。早く、傷口を炭火で焼くことだ。付いてくるか、俺に」

「ひとりで、なんとかする」

服部が、立ちあがった。鞘に収めた刀を、一角は服部の腰に戻してやった。

「腕を、忘れているぞ」

「ふん、そんなもの」

よろめきながら、服部が言う。

倒れず、服部は闇に吸いこまれるように消えていった。

ろくが、落ちた腕の前に座っている。よし、と一角は声をかけた。ろくがくわえる。肩で、捨がなにか察したのか、羽を動かした。

晴気は、対峙した瞬間に、服部の剣を見抜いたのだろう。受け。弱い気を放ち、それで受けさせる。打ちこみの瞬間に、服部が予想していた以上の気を放ったに違いなかった。受けて斬り返せると踏んでいた服部は、眩惑(げんわく)されたことになる。

「まだ食うな。くわえてこい。捨と分け合って食うのだ」

ろくに声をかけた。

実戦は、いっそう積んだ。どういう剣にも、それに合った闘い方ができるようになっている。晴気の剣で、一角にわかったのはそれだけだった。

5

道場に呼ばれた。

めずらしいことだった。呼びにきた吉兵衛は退がらず、道場の隅に座った。神棚を背にして端座している高安は、眼を閉じたままだった。

燭台が二つで、眼を閉じた高安の顔は、深い翳りを帯びて見えた。こんな雰囲気が、一角は好きではなかった。

「稽古でもつけてくださるのですか、父上」

「そろそろ、古坂を斬ろうという気になったようだな」

「催促ですか。立花様からなにか言ってきたのですね」

「斬れるか？」

「ある男と、力を合わせれば。父上も御存知の男ですが」

「晴気竜行か」

「立合を、父上は一度止められました」

「あの時すでに、晴気を斬ることは古坂を利することであった」

「いずれ、私と晴気が組むことがわかっていた、というような言い方ですな」

「そうなるかもしれぬ、とは思っていた」

高安が眼を開いた。一角は居住(いずま)いを正した。あまり接したことがない父が、眼の前にいる。そんな気がした。

「おまえにも、語るべき時が来たようだ」

一角は、高安を見つめた。あまり接したことのない父だが、知らないわけではない。かつて一年間ともに旅をした時、父はこうだったという気がする。

「いまは左文字と名乗っておるが、もともとは旗本であった。私の祖父が、浪人となった。人を斬って咎(とが)められたという話を父より聞かされたが、嘘であろう。父は、二十四で果てた。薩摩(さつま)でだ」

「薩摩」

たやすく入れる土地ではない。九州を旅したことのある一角には、それがよくわかった。

「わしは諸国を回り、十四年前にここに道場を開いた。狩野派一刀流と名づけたが、もとよりそんな流派はなく、わしが開祖だ。兄上も諸国を回っておられたが、これは修行のためであった」

「父上も、よく旅をされていた、と思いますが。私とも一年の旅に出られました」

「わしは、修行のために出たのではない」

高安は腕を組んだ。

「何度か、襲われたのを憶えておるか？」

「私がはじめて人を斬ったのが、その旅でした」

「わしはいまも、大名から国許に招かれたら、断ったことはない。その藩の通行手形は入るし、都合のよいことでもあったのだ」

一角も、腕を組んだ。

「わかるか、隠密御用のためだ。旅はすべて、いまもそのための目的をもっている」

一角の心の底に、重く冷たいものが拡がってきた。父、祖父、曾祖父と、代々隠密御用をしていたのなら、これは隠密の家系ではないか。そしていま、自分が刺客に立てられようとしている。

「隠密と言えば」

「八代吉宗公が、紀州より連れてこられた、お庭番の家系とは違う。もっと前から、幕臣の中で、そういう役目を持った者たちがいた。何代かの間に、幕臣になってしまった家もあれば、消えていった家もある。いま隠密御用をつとめているのが、どの家でどれぐらいあるかは、恐らく誰も知るまい」

「わが家は、代々浪人ではないのですか？」

「おまえは、四代目の浪人だ。そうやって幕府と細い繋がりを持った家も、いくつかはあるはずだ。商人になった者もいるし、僧侶になった者もいるという」

「幕臣の身分を離れても、幕府のために働いているのですか？」

「幕府のためというより、代々上司であった家のため、と言った方がいいかもしれぬ」

「それが、立花家ですか」

高安が、腕組みを解いた。

「主従というわけではない。しかし幕臣でいるより多くのことを、していただいてはいるのだ。父が亡くなったのは、まだわしが幼いころだった。兄とわしは、立花様からのお手当で、なんとか暮していくことができた。それは吉兵衛がよく知っている」

吉兵衛は、一角が子供のころからいた。なぜいるか、改めて考えたこともない。家族のようなものだったのだ。

「十五になると、兄はひとりで旅に出た。わしが十五になった時、その意味がわかった。立花家に残るか、旅に出るかを選べと言われたのだ。喜重郎様の父上に当たるお方からだ。わしは、立花家に残ることを選んだ。家人として、屋敷に入るのではない。市井にいるが、月々の手当は送られてくる。そういうかたちだった」

一角はうつむいた。どう受けとめるべきなのかは、考える気も起きなかった。漠然と、なにかは知っていたような気がする。それを突きつめると、思いがけないところに行き着いてしまう。だから、見ないようにしていた。ただ流されていくような自分の性格は、そうやって作られていったのだと思った。

「隠密御用ならば、狩野派一刀流には忍の技などもあるのですか？」

「ない」

「それで、隠密御用を？」

「遠くは知らず、祖父の代からは、人斬りが使命であった。おまえとの旅も、人を斬りに出て、それを阻もうとする者たちとの闘いであった」

「なるほど」

「先代の立花様は、大目付であられた。喜重郎様の代になり、寄合席となってからは、わしの仕事も少なくなった。しかし、切れたわけではない」

「この道場は？」

「立花家の力で建てられたものだ。私の働きへの報いとして、先代が建ててくだされた。そのころ、兄も旅から戻ってきた。枯れた剣客になっていた。わしが、立花家に残る道を選んだと、気づいていたかどうかはわからぬ。ただこの道場を、こよなく愛してくれた」

左文字市兵衛がいることによって、左文字道場は、ある風格が備わっていたと一角は思っている。

「少ないと言っても、いまも立花様の御用はあるのですね？」

「各地へ、出稽古へ行く。さりげなくそこの土地を見て、なにかあれば報告する。そういうものが多かった。立花様はそれを、御老中か、さもなくばもっと上へ報告されるのだと思う」

もっと上といえば、将軍家しかなかった。寄合席ながら、大目付と同じような職責を担っているのかもしれない。

雲の上の話だ。

「人斬りの話は、久しぶりだ」

「しかも、幕臣です。お庭番の一部をまとめている男、とも考えられる」

「それを、深く考えてはならぬ」

命じられれば、斬る。それだけのことなのだろう。立花喜重郎が、幕府のために働いているのかどうか、わからなかった。寄合席から上へ昇るために、邪魔なものを消そうとしている、とも考えられる。

父が、立花家の命に逆らおうとしない理由だけはわかった。

「わしの話は、これだけだ」

「私は、ただ古坂頼母という男を斬ればよいのですね」

「いまはな」

自分もまた、立花家に使われる男のひとりなのか、と一角は問うたつもりだった。どちらとも、父は答えなかったことになる。

自室へ退がると、一角は畳に寝て、天井を見あげた。

自分の子、ということをふと考えた。自分の子を産もうとしている、藤麿の姉。自分が受けた血は、そこへも繋がっていくのか。

二十七年、生きてきた。なにもはっきりとは教えられなかったが、十五になる前に、父は自分に人を斬らせた。それから、立合で人を斬ることは、自分にとってはなんでもないことになった。

穢らわしい血だ。そう思った。拭えば消える穢らわしさではない。何代もにわたって、人を斬ることで穢れてきた血だ。

考えても仕方がない、と一角は思った。そういう血を受けて、生まれてきた。

眼を閉じた。風が、かすかに庭の木を戦がしている。

6

門弟六名は、葛秀典が連れてきた者たちだった。十六歳から十歳までで、三名は町人の子である。

十六歳の二名が、内弟子になった。

「武士とも町人とも思えんな、薬屋」

「どちらにも、なれます。とりあえずは、なんとか刀が遣えるようにしていただければ」

「それは試してみた。二人とも、変装などより、刀を遣う方が合っているだろう」

六名全員が、一族の子供なのだろう。田辺で欠けた人数を、補おうとしているのだと竜行は思った。

「姿が見えませぬが」

「部屋だ。二、三日は起きあがれんように、叩いておいた。俺は、八歳のころからそういう稽古をさせられたのだ。同じことしか、俺にはできん」

「なにも、申しあげることはございません。晴気様のお心のままに。意気地がなければ、打ち殺されてもよろしゅうございます」

「おまえの用事は、薬屋？」

「小川町のことでございます」

「以前ならば、機会はあった。いまは、おまえの手の者を遣うだけでは、無理だな」

「先日、立花様のお屋敷で会った、あのお武家様が加わられたら？」

「それなら、できる」

葛の眼が、冷たく光った。

「どこぞで、会えませぬか？」

「気紛れな男だ。また、旅に出たかもしれん」

「連雀町の、道場におられます」

「張っているのか。危険だぞ」

「充分に、心しております。われら一族、失ったのは剣を遣う者が多く、忍の技に優れた者は生き残っております」

「ひとつだけ言っておく。古坂を斬るとしても、それはおまえたち一族のためでもなければ、立花喜重郎のためでもない」

「承知しております」

田辺から持ち帰ったものを、竜行は葛にも立花にも見せていなかった。

もともと、この一族を信用してはいない。いまは、同じ目的を持っているというだけのことだ。

綾女が、茶を運んできた。葛の孫娘だが、忍の技よりも、剣にいいものを持っている。二人の内弟子は、綾女の足もとにも及んでいなかった。

竜行の世話はもとより、打ち据えた内弟子二人の面倒も、綾女が看ている。竜行の監視も命じられているのだろうが、そばにいてうるさいと感じたことはなかった。

「冬も、終ります」

冬の間に、古坂を斬ってくれと、葛は言っているようだった。

「小川町を潰したら、もう一度立花様にお会いいただけますか？」

「潰してから、考えよう」

「田辺から持ち帰られたものを、立花様ならうまく扱われるはずです」

それ以上、葛は押してこようとはしなかった。

「綾女は、お好きになさってよろしいのですよ、晴気様。一族に、強い男の種が入ることになりますし」

静乃が、一度訪ねてきていた。また来る、と言ったのである。綾女は、道場の外まで見送り、しばらく戻ってこなかった。

「ところで、服部弥九郎様の、片腕を斬り落とされましたな」

「こちらから、挑んだわけではない」

「わかっております。服部様は、立花様の御家中で随一の腕でございましたが」

竜行は、腕を組んだ。

「立花様は、先日のお武家様と服部様を組み合わせようとなさっておられました。うまく合わなかったのだそうです。はずすことに、服部様があれほどの反撥を示されるとは、立花様も考えてはおられなかったようで」

「死ななかったのだな」

「はい。右腕だけになられましたが」

片腕を斬り落としても、血を失って死ぬとはかぎらない。恐らく、素速く血止めをして、傷口を焼いたのだろう。

「これは、申しあげてよいのかどうかわかりませんが」

「なんだ」

「暗闇坂(くらやみざか)下の長元院に、高鳥源太という武士が住みこんでおります。大村屋にいた武士でございましたが、どうやら晴気様を待つつもりのようで」

「わかった」

「小川町を、先にお願いいたします」

左文字一角とは、あれから会っていない。古坂を斬るか斬らないか、という話をしていなかった。

深夜、人が訪ねてきたのは、葛とそういう話をした翌日だった。

庭に気配を感じて、竜行は眼を開いた。殺気ではなかった。訪ねてきたことを知らせるように、気配だけ送ってきたのである。

障子を開けた。

気配はあっても、姿は見えなかった。

竜行は、延寿国村を提げて、縁に立った。

「似合うか、晴気」

意外な声だった。左文字である。犬の気配がなかった。だから、高鳥源太かもしれない、と思ったのだ。

「その装束は？」

左文字は、黒い筒袖に黒い袴で、顔も黒い布で巻いていた。

「こういう姿で、俺は古坂邸を襲おうと思う。おまえがどういうなりをしようと勝手だが、俺はこのなりで人を斬る」

「古坂を斬る気になったのか？」

「仕事だ」

「俺が斬るぞ」

「明日の夜」

左文字は、それだけ言って闇に消えた。

7

夜が、静かに動いていた。

一角には、ぴたりと藤麿が付いている。捨とろくは連れてきていない。

藤麿は、まわりの忍の動きが気になるようだった。それも、古坂邸に近づくにしたがって、地に吸いこまれるように消えた。

代りに、別の忍の気配があった。

「気にするな、藤麿。それより、おまえは鉄砲ではなく、剣で闘うのだ。剣がどういうものか、人を斬ればわかるわけではない。しかし、人を斬らなければ、わかりはせん」

「何人の、敵ですか？」

「わからん。二十か三十だろうと、俺は思ってるが」

高鳥源太はいない、と葛秀典の手の者から知らされていた。葛とは、立花邸で一度引き合わされただけである。晴気竜行を、立花邸へ連れてきた老人でもあった。

一角は黒い装束で黒い布を顔に巻き、藤麿も同じなりをしていた。晴気も、ほとんど同じなりのはずだった。

一角は、足を止めた。葛の手の者からの合図に、耳を傾けた。ひゅう、と風が鳴った。一角は疾（はし）った。藤麿がぴったりとついてくる。古坂邸の門。ひとり通り抜けられるほど、開いていた。踏みこんだ。二人が、倒れるところだった。人の輪は、八人。さらに増えようとしている。一角は、斬りこんでいった。ひとりを、下から斬りあげる。さらに人は増え、さきに斬りこんでいた晴気は、新手に刀をむけている。

三十名近くはいそうだった。庭の方へ、一角と晴気は踏みこんでいった。たえず斬撃が送られてくるが、一角は上体だけを動かし、晴気は身を低くして、それをかわした。斬り返すことは、あまりしなかった。屋敷の中にいる人数の、大部分はここで引き出してしまいたい。三十名以上いた。一角と晴気は、じりじりと退がった。勢いづいて斬りこんでくる者は、斬り倒した。二人、三人と倒れていく。門のところまで、退がった。退路を塞ぐように、二人が門に回った。晴気が、そこに斬りこんでいく。一角が、人の輪の中に取り残された恰好だった。門のところの二人が、倒れた。黒い影は飛ぶように戻ってきて、人の輪を横から崩した。槍が二本。ともに、一角はけら首を斬り落とした。黒い影が現われ、手裏剣を打ってきた。それをかわしたところに、斬撃が来た。黒い影は二つ三つと増え、手裏剣は方々から飛んできた。龕灯が二つ、こちらを照らし出している。

攻めが、明らかに変っていた。二人、あるいは三人ひと組で、斬撃を送ってくる。はじめに斬り結んだ武士たちとは、遣う剣法も明らかに違う。しばし、攻勢に耐えた。斬り返すが、わずかに太刀先が触れる程度だった。門の方へ、退がった。門も、四人が固めている。さらに二人がむかおうとしていた。一角は門の四人の中に斬りこみ、ひとりを両断した。二人目は、斬りあげた。次の瞬間、門を飛び出していた。追ってこようとしていたひとりが、手裏剣で倒れた。

勝負が、はじまった。藤麿も飛び出してきていて、二人を相手にしている。

走った。追ってくる連携は見事なものだった。巧みに、一角と藤麿を引き離そうとしている。走っては止まり、斬りこみ、また走る。何度か、くり返した。一角と藤麿は、次第に離されはじめた。時々、手裏剣が交錯する。忍同士でも、激しく闘っているようだ。

三名が、同時に斬りかかってきた。地を蹴り、正面のひとりの脇を、一角は駈け抜けた。胴田貫は、その男の腹を両断していた。それでも、残った二人から続けざまの斬撃が来た。かわすので精一杯だった。龕灯の光の中で、藤麿が転がっているのが見えた。槍で突き立てられようとしている。

一角は跳んだ。絡みつくように斬撃を送ってきたひとりを、ぶつかるようにして斬った。刀は、その男の躰を通り抜けた、という感じだった。しかし、抜けにくくなっている。脂が巻きはじめているのだ。

さらに、二度跳んだ。槍を左腕で受けながら立った藤麿が、右手の刀を相手に打ち降ろすところだった。

古坂邸とは、だいぶ離れている。相手は十四、五名に減っていたが、一角の息もあがりはじめていた。藤麿の激しい息遣いは、一角のところまで聞える。

二人を斬れると踏んだのか、攻撃は執拗だった。二人ひと組の攻撃を、三方からかけてくる。六人が、同時に斬りかかってくるかたちだった。かわす。二人ばかりを斬るが、ともに浅い。藤麿は駈け回り、集中した攻撃を受けないようにしていた。それでも、もう長くはもたないだろう。一角は足を止め、胴田貫を正眼に構えて、全身の気を放った。瞬間、すべてが静止した。声も起きなかった。六人が、果敢に斬りこんできた。一角は地を蹴った。渾身の力で、胴田貫を横に払った。二人を、同時に倒していた。

「俺の、背中につけ」

相手を怯ませるのに充分だった。

言った時、藤麿はもう一角の背後についていた。気を取り直し、仕かけてくる。しかしこちらが背中合わせで構えているので、二人ひと組の同時攻撃が、最初のように効果を見せなかった。すぐに、攻撃のかたちが変った。ひとりずつが、一瞬の間を置いて斬りかかってくるのだ。ひとりを倒そうとする時、もう次の攻撃が来ていた。背後にいる藤麿の息は、すでに限界を示すように荒かった。

「走るぞ、もう一度」

言った時、一角は走っていた。十名ほどが、追ってくる。藤麿も、付いてきていた。一度止まり、先頭で追ってくるひとりを斬り伏せた。次に走りはじめた時、藤麿は少しずつ遅れはじめた。藤麿に、攻撃が集中する。転がりながら、藤麿は刀を振り回していた。

一角は止まり、下段に構えて藤麿に近づいていった。斬りこんでくる。下段から摺りあげた刀を、振り降ろす。降ろした刀を、またそのまま下段に構える。倒れた藤麿が、なんとか起きあがろうとしていた。近づいた。もうひとり倒した。肚の底から叫び声をあげ、一角は踏みこんでいった。二人を倒す。藤麿まで、あと五歩か六歩。風が鳴っていた。残っている相手は十人ほどで、半数は手負わせている。風が鳴り続けていた。藤麿が、最後の気力をふり搾ったように、立ちあがった。十名を、二方向から攻める。そういう恰好になった。

地を這うように低く斬りこんできた男を、一角は蹴り倒して踏みつけ、背中に胴田貫を突き立てた。

残った者たちは、そこで気力を失ったようだった。身を寄せ合って刀を構えたまま、後退りしていく。

「ちゃんと立て。眼が虚ろだ」

引き揚げる相手を追わず、一角は藤麿に声をかけた。藤麿は頷いたが、声は出せないようだった。いくつか、傷を受けている。一角の全身にもかなりの数の浅傷（あさで）があるが、深傷（ふかで）は一ヵ所も受けていなかった。

風が鳴り続けている。葛の手の者の合図だった。膝を折りかかった藤麿を肩に担ぎあげ、一角は歩きはじめた。

8

ひとりで、斬りこんだ。

すぐに、左文字一角が続いてきた。二人で、取り囲んだ者たちをあしらいながら、庭の端まで進んだ。そこで、相手は三十数名になっていた。門まで退がった。門を塞いでいる二人を斬り倒したところで、そこに潜んでいた黒装束の男と、竜行は入れ替った。

あとは、潜んだまま斬り合いが門外に移るのを、ただ待てばよかった。竜行と入れ替った男も、かなり腕が立つ。

門外に斬り合いが移ると、邸内はしんと静まり返った。

気配を殺したまま、竜行は庭へ回った。一室に行灯がともり、二人の武士の姿が見えた。ひとりは、古坂頼母だ。

そこへ行こうとすると、三名が遮ってきた。遮ると同時に、三名で攻撃をかけてくる。竜行は、横に走ってそれをかわした。たえず、古坂の方には気を配っていた。三名は、次には一瞬の間を置いた、続けざまの攻撃をしかけてきた。二人目までかわし、三人目は転がった。転がったことでかわせた、と相手に思わせた。古坂は、じっと端座している。

三人の攻撃は、立ちあがりかけた時に来た。また倒れ、転がり、立ちあがりながら、ひとりを背中から刺した。転がる。攻撃してくるのは二人で、竜行は何度か立ちあがろうとしながら、また転がった。隙を見て、ひとりの腿に斬りつける。

「どけ」

古坂と部屋にいた男だった。三人が退がった。ひとりは脚を引き摺り、もうひとりは背中からかなりの血を流していた。

「功名を狙って、ひとり残ったか。愚かな」

男は、着流しのまま縁から降りてきた。古坂が、落ち着いて部屋にいた理由が、よくわかった。手練れである。構えに、微塵の隙もなかった。

竜行は、延寿国村を正眼に構えた。

「名を、訊いておこうか」

「堀田兵庫」

小さく、呟いた。男が、全身から気を放った。勝負は早い方がいい。相手は、古坂なのだ。潮合も待たず、竜行は踏みこんだ。男の剣先が、ぴくりと動いた。間合。どちらの打ちこみも、相手に届く。男は、動きかかる自分を抑えていた。それが、竜行にはっきりと感じられた。このまま踏みこめば、打ちこみになにか足りないものが出る。相手は、力を溜めているのだ。相討なら。竜行はそう思った。思った時は、踏みこんでいた。男との位置が、入れ替った。

男の表情に、驚きに似たものが走った。着物の脇が裂け、血が噴き出している。竜行は、全身の気を放った。男の眼が見開かれた。跳んだ。竜行の鬢を、男の太刀先がかすめた。再び、位置が入れ替った。残心の形をとったまま、男はしばらくして前に倒れた。

三人が、斬りかかってくる。竜行は走った。ひとりの腕を斬り飛ばし、もうひとりの首を落とし、最後のひとりの胸を貫くと、走りながら刀を引き抜いた。

腰をあげかかった古坂頼母に、血の滴る延寿国村を突きつけていた。

「晴気竜行か」

古坂の声は、竜行が知っているものよりずっと低く、そして憂鬱そうだった。竜行は、額に巻いた布をとった。

「はじめに丹後から戻った時、始末しておくべきだった」

「堀田兵庫が、なぜ死ななければならなかったのか、訊きたい」

古坂が、低い声で笑った。

「友情などという、甘いものを信じるな、晴気。兵庫には、はじめからそんなものはなかった。おまえを刺客に仕立てたのも、すべて兵庫が考え、段取りをしたことだった」

「なぜ、兵庫は死ななければならなかったのか、俺は訊いている」

「おかしな動きをしたからだ。立花喜重郎と、接触した。兵庫の望みは、小普請から脱け出すことなどではなかったからな。もっと上を望んでいた。こちらと立花側の、両方に足をかけていた気配があるのだ」

「突き殺されていた。どこで、どうやって突き殺した？」

「大久保様の下屋敷。おまえが刺客をやり遂げたという知らせが入ったので、兵庫を座敷牢で待たせることにした。おまえがやり遂げたことは、兵庫にも驚きであったろう。座敷牢で待つことを肯んじた。おまえを大御番に入れようというと喜んでいたから、多少気が咎めるところもあったのだろう」

「それで？」

「兵庫は、幕臣の中でもおまえと並ぶ手練れだった。無用な犠牲は出したくない。ゆえに、丸腰で牢にいるところを、槍で突き殺させた。槍の遣手が二人がかりで、仕留めるまで半刻もかかった」

「兵庫は、俺を待っていたはずだ」

「牢に入ったのは、死んだ日だ。それまで、兵庫は自由だった」

「信じられんな」

「おまえは、私を斬る気でいる。私には、それを防ぐこともできん。いまさら偽りを並べたてて、見苦しいこともしたくない」

「あんたは、知佐殿と密通していた」

「新之助が生まれて、一年ほど経ってからだ。兵庫は知っていたのかもしれぬ、といまにして思う。だから、立花とも繋がろうとしたのだとな。そう考えれば、合点がいくところもあるのだ」

「兵庫も、知佐殿も死んでいる」

「私も、死ぬであろう」

「俺は、信じない」

「それはいい。兵庫は、いい友を持ったのだろう。あの妖婦にさえ惑わされなければ、いい友であり続けられたのだろうな」

竜行は、まだ信じてはいなかった。兵庫は、牢で自分を待っていたはずだ。

「古坂、覚悟は？」

「できている。私は、疲れた。これで楽になれると思うと、おまえに礼を言いたいぐらいだ」

竜行は、延寿国村を、上段から一閃させた。

古坂頼母は微動だにせず、表情は穏やかなままだった。やがて、頭や顔から、ぷつぷつと血が噴き出し、すぐに一本の線になった。

仰むけに倒れた古坂頼母の躰は、頭頂から腹まで二つに割れていた。

刀身の血は、古坂を斬ることで、まるで拭ったように消えていた。そのまま鞘に収め、竜行は歩いて門を出た。

決めてあった、神田のしもた屋まで、ゆっくりと歩いた。心に去来するものは、いくらもある。それも、ことさら竜行は拭き消した。

「お見事でございました」

葛秀典だった。

「左文字様はまた、三十数名を相手に、壮絶な斬り合いをなされました。従者の方が傷を負われましたが、なんのわれらの薬草がございますので」

「薬屋、堀田兵庫という名を聞いたことは？」

葛は、答えようとしなかった。

静かな夜だった。遠くで犬の遠吠えが聞えた。月明りが、竜行が歩く道を、冷たく照らし出している。

第十二章　春の日

1

　全身に、気が満ちる。持って生まれたものだろう。打ちこみには、四歳の童とは思えない鋭さもある。しかし、臆病さが足りなかった。

「新之助、こい」

　声をかけると、全身に気を漲らせて果敢に打ちこんでくるのだ。源太は、箒の柄を割って布で包み、二尺ほどの竹刀を作っていた。はじめはそれで弾き返していたが、きのうから、打ちこんでいた。打たれると痛い。それを、躰の芯に叩きこんでおくべきだ。

　打ちこんでくる時の新之助の表情に、束の間、怯むような翳が走る。それから、打ちこんでくる。かわし、どこかを打つ。細い竹を、さらに細かく割ってある竹なので、幼い躰の芯の方を傷つけることはない。皮膚の方々が腫れ、痣になっているだけである。

堀田兵庫に額を打ち据えられて泣いたことがある、と寺男に聞かされていた。この寺では、晴気竜行は堀田兵庫と名乗っているらしい。打たれたぐらいで泣くな、と晴気に言われ、それから泣かなくなったという。

見れば見るほど、惚れ惚れするような構えだった。直心影流は、自分の田舎剣法とは違う、と源太はしみじみと思う。何代にもわたって、鍛え抜かれてきた剣法だ。

源太が、隙を作る。それを、新之助が察知するのが、むかい合っているとよくわかる。打ちこんでくる。源太は、籠手を打ち、新之助の二尺余の木刀を叩き落とした。

「拾え」

うずくまっている、新之助に言う。

「刀を落とせば、斬られる。なにがあっても、刀は放すな。真剣でむかい合っていると思え。負けることは、死ぬことだ」

木刀を拾いあげた新之助が、構える。源太の方から打ちこむ。二度は受けさせ、三度目に顔を打った。頬骨のところで、眼にも頭の芯にも、それほどの衝撃はないはずだ。ただ痛く、皮膚は破れやすい。

　血がひと条、口のあたりまで流れ落ちてくるのが見えた。新之助は、木刀を手から放してはいない。眼の下が腫れてくるのを、源太は竹刀を構えたまま見ていた。

「泣いているのか」

　言って、源太は笑った。血の中に、涙が混じっている。片眼だけだから、痛さで涙が出ているのだろう。隙を作る。打ちこんでくる。かわすより先に、打つ。しばらく続けると、新之助は動けなくなった。木刀を握ったままの手を、地につけている。

「終りだ」

　源太は、竹刀を持って境内の中を歩きはじめた。照海が、新之助に駈け寄っているのが見える。

　照海は、呼ばなくても長元院にやってくる。大村屋から手当を貰っているから、というだけではなさそうだった。来れば、照海の躰を抱く。それだけのことだった。大村屋が考えているように、照海の躰に縛られていることはない、と源太は思った。

　もっとも、このところ照海は、源太よりも新之助が気になる気配だった。きのうは、散々に打ち据えた新之助を、しばらく抱きしめていた。打たれたところを、水で冷やしてやってもいるようだ。

今日は顔から出血しているので、照海の介抱はもっと大袈裟になるだろう。

「幼い躰を、あれほどに打ってもよいものでしょうか?」

住持の信光だった。この住持を、源太は好きではなかった。庫裡の一室で照海を抱いていても、見ぬふりをしている。そのくせ、新之助については、余計なことを言いたがる。

「経を誦むわけではありません。刀で殺し合いをするのですから。甘い剣法は、そのまま命を落とすことです」

「しかし」

「剣とは怕いものだ、ということを躰が知っていなければならない。それを躰に覚えさせるのは、幼い時の方がいい」

「高鳥殿も、そうやって修行なされたのですか?」

「俺は、剣が怕いものだとは、思っていませんでしたよ。強ければ、斬られることもない、と考えていた。強くても、さらに強い相手とむかい合うことがある。その時、運よく命を落とさなければ、はじめて剣の怕さが身に沁みるのです。俺は、そうだった」

「剣のことは、私にはわかりませんが、新之助とむき合っておられる高鳥殿には、憎しみのようなものさえ感じます」

「憎んでいるかもしれない」

源太は笑った。

「としても、それは新之助をではない。長い歳月をかけ、何人もの達人によって完成された、剣法を憎んでいるのでしょう。棒を振り回すところからはじめた人間としては、構えひとつ畏怖の対象になります」

気を籠めて、源太はそばの松の枝を竹刀で打った。足もとに落ちてきた枝を拾いあげる。

「童の骨は、この枝よりずっと脆いものですよ、御住持。俺が本気で打てば、新之助は死にます。この竹刀でね。しかし、骨の一本も折れていないではないですか」

「余計な口出しは無用ということですか」

信光が、大袈裟に息を吐いた。

庫裡の縁で、照海が新之助の傷の手当てをしている。照海は、かすかに涙ぐんでいるようだ。

「新之助、本堂で座ってこい。俺がいいと言うまで、座っているのだ。なにを考えてもいい。俺を憎んでもいいし、自分の腑甲斐なさを嗤ってもいい」

「源太様、新之助殿は血を流しているのですよ。お稽古の厳しさは仕方がないとしても、終ってから罰のように本堂に座らせることはないではありませんか」

照海の声は、怒りでふるえを帯びていた。

「どうするか、新之助に選ばせてもよいぞ。おまえが俺に抱かれているところを、新之助に見て貰うことにするか」

照海の表情が変った。しかし、口から言葉は出せないでいる。照海がこの寺に出入りするのは、源太に抱かれるためで、新之助の傷の手当てをするためではない。

新之助が立ちあがり、きちんと照海に一礼すると、本堂の方へ歩いていった。

源太は、照海の背を押して部屋へ入り、帯に手をかけた。

「いやです」

「売り物だろう、おまえの躰は。金は大村屋が充分に払っているはずだ」

照海の表情が変った。源太の手を払いのけ、自分で帯を解きはじめる。

押し倒した照海の眼から、涙が流れ落ちていた。源太の中で、残酷な情欲が頭をもたげてきた。照海の中へ、押し入っていく。照海は、唇を嚙(か)んでいた。ひとしきり、源太は動き続けた。打つような勢いで手の甲を口に当て、歯を立てている。声だけは出すまいとしているようだ。源太は、照海の躰を持ちあげた。腕を膝の裏に回し、脇に手をあてがい、胡座（あぐら）をかいた姿勢で、源太は照海の躰を持ちあげては落とした。源太の膝の上から、照海はのがれようとしてもがいた。涙は流し続けている。さらに激しく、源太は照海の躰を動かし、自分も動いた。顎（あご）を引いた照海が、息を止めたように束の間静止した。それから頭をのけ反らせ、首筋から胸のあたりまで紅潮させながら、叫び声をあげはじめた。それは長く尾を曳（ひ）き、何度もくり返され、人間のものではないように聞えた。源太の膝の上で、照海の全身は小刻みにふるえ続けている。畳に放り出しても、照海は背中を丸め、時々全身を痙攣（けいれん）させながら、低く唸り続けていた。

大村屋の手代が、書状を届けてきたのは、夕刻だった。照海はまだいて、めしの仕度をしていた。

新之助は、本堂で座ったあと、自室で寝ているようだった。住持や新之助の分も含まれている。

「わかった、と伝えろ」

「くれぐれも、お忘れにならないように、と主人に重ねて申しつけられております」

「くどいな、大村屋も。それとも、臆病か」

「要心は、商人の心得でございますから」

手代が、表情も変えずに言った。

2

深川佐賀町の大村屋の別宅には、浪人が十人ほどいた。

「俺ひとりに護られていくか、あの十人に護られていくか、どちらかを選べ、大村屋」

「そうおっしゃるだろうとは思っておりましたが、念のため十人の方にも備えていただいたのです」

はじめから、源太に護られていくつもりだったようだ。

古坂頼母が、死んだ。どういうふうに襲われ、どう死んだか、大村屋に聞かされていた。晴気竜行かとも思えたが、手練れが二人か三人はいる。それに忍も加わったようだ。

相手方が、全力を出してきた、と大村屋は見たようだった。どういう争いか源太は知る気もなかったが、最後の段階に入っているのかもしれないという気はした。

「古坂様が斬られたので、大村屋も足場を失ったと見られておりましょう。しかし、私はとうに、古坂様を見限ってもおりました。あのお方は、疲れてしまっておいででしたからな」

古坂の上に位置する人間にも、渡りをつけておいたということなのだろう。大村屋なら、それぐらいの手は打っているはずだ。

「筧好光様。同じ旗本でも、古坂様よりはずっと名門で、遠くない日に勘定奉行に昇られ、将来は御老中というお方です」

旗本が加増され、大名になっていく。めずらしいことではなかった。大名ならば、老中にも就ける。

「足場を失ったはずの私が、筧邸へ出入りするということになれば、以前にも増して私は狙われることになると思います。古坂あっての大村屋ではなかったのですから」

「俺は、いつも大村屋から離れられんというのは、御免だな」

「大事な時だけで、よろしいのですよ。雇っている浪人は十六名にもなります。腕の立たない者は捨て、腕の立つ者だけを残して、その人数になりました」

「俺も、その中のひとりか」

「高鳥さんは、特別でございましてね。どう集めようと、ほんとうの手練れが用心棒などというのは稀な話で。高鳥さんに出会ってよかった、と私は思っております」

「とにかく、行こう。屋敷は、小石川という話だったが」

「高鳥さんひとりというのが、私にはなかなか決心のいることでしてね」

「決心したのだろう、もう」

言うと、大村屋は真顔で頷いた。

「人数がいればいいものではない。古坂様の果てられ方を見ていると、そう思います」

別宅を出た。二人だけである。

おかしな気配は、なにもなかった。大村屋も、日本橋の通りを歩いている商人と、なんの変りもなかった。いざとなると、肚は据った男なのだ。

小石川の筧邸は、玄関のあたりから緊張した気配が漂っていた。古坂邸が襲撃された、ということがあるのだろう。

大村屋が筧好光と会っている間、源太は別室で待たされていた。

いい気なものだ、と思う。生まれた家によって、下士にもなれば旗本にも大名にもなる。生まれた時から、決まってしまっていることなのだ。

田辺藩の下士のままでいたら、五両、十両の金を工面するのさえ、ほとんど不可能に近いことだと思っただろう。この屋敷なら、まだ前髪姿の若党でさえ、懐には何両か持っていそうだった。

大村屋も、このひと月で二千両は運びこんだ、と言っていた。幕府の要職にあれば、じっとしていても金は入ってくる。

二人の話は、一刻半にも及んだ。

玄関先に出てきた大村屋は、ひどく疲れたような表情をしていた。それでも、暗い顔ではなかった。

外はもう暮れていて、源太は先に潜り戸から出た。

「筧様が言われましたよ。またここへ来ることができれば、おまえも本物であろうと。帰り道にはなにかある、という謎かけでございましょうね」

筧邸を見張っている者がいたら、襲撃の準備をする時は充分にあったはずだ。

大村屋と書かれた提灯を、源太は右手に持っていた。気配を感じたのは、歩きはじめてすぐだった。

「連れのお侍がひとりというのが、筧様にはよく見えたようです。十人も連れていれば、もっと御機嫌は悪かったでしょうね」

金さえ貰えば機嫌がいい、というものでもないらしい。

「大村屋、俺から離れるな。そこの塀に背中を張りつけて、じっとしていろ」

なにか言いかけた大村屋が、全身を固くした。

闇から湧き出したように、六、七人の黒い影が押し寄せてきた。

源太は、息ひとつ、刀を抜くのを堪えた。相手を引きつける。抜撃ちを放った刀を、すぐに振り降ろした。二人が、声もなく倒れた。抜刀して、囲むように立っているのは五人だった。浪人などではなかった。袴の股立ちをとった武士で、多分、旗本の若い者たちなのだろう。腕も立つ。

源太は、青江助次を下段に構えた。しばらく、膠着した対峙が続いた。動いたのは、源太の方からだ。地を滑るように姿勢を低くして踏みこみ、ひとりを斬りあげ、退がりながらもうひとりの腕も斬った。深傷はひとりだけだろう。源太は元の位置に戻り、同じ構えをとった。

ひとりが、声をあげた。構えたまま二歩退がり、それから踵を返した。手負いの者も支えられて駈け去り、屍体が二つ残されただけだった。そのひとつの屍体の袴で、源太は青江助次の刀身を拭った。

「行こうか」

塀に張りついたままの大村屋に、源太は声をかけた。大村屋が、息を吐くのが聞えた。歩きはじめた。尾行てくる気配はなく、源太は両手を懐に入れた。

3

指でつまんだだけでも、塊になって毛が抜けた。ろくの毛が、冬のものから夏のものに入れ替ろうとしている。

「いいなあ、おまえは」

腹のあたりの毛を抜いてやりながら、一角は呟いた。

「冬が終れば、新しい衣をまとえる」

ろくの毛は、すでに足もとでひと抱えほどになっている。

青梅村（おうめむら）のはずれの、山中だった。畠はあまりなく、雑木林と草原が交互にあるだけだ。ろくの毛を抜くのに飽きてくると、一角は胴田貫を抱いて草に寝転んだ。

しばらく眠った。眼醒（めざ）めた時は、陽が傾きかけていた。上体だけ起こし、一角は指笛を吹いた。捨が舞い降りてくる。

「そろそろ、雉子（きじ）でも獲ろうか」

言うと、腹這いで寝ていたろくが、立ちあがった。

「よし、追い立てろ」

雑木林の方を指さし、一角は言った。ろくが駈け出していく。捨を左腕に移した。待った。雑子が一羽、雑木林の上に舞いあがった。左腕を、軽く上にあげる。束の間、爪の力が腕にかかり、捨が舞いあがった。

一旦上空で舞った捨が、空を裂くように翔んだ。打ちこみに似ている、と一角はいつも思う。一旦飛翔をはじめた捨は、決してその方向を変えない。飛んでいる雉子が、違う方向にいてもだ。なぜか雉子は、魅入られたように、捨の飛翔線上に入ってくる。

雉子を摑んだ捨が、戻ってきた。しばらくして、ろくが雑木林から駈け出てくるのが見えた。捨が雉子を捕えたことを確かめてから、戻ってくるのだ。捨の気に入らない雉子がいて、その時は飛翔しない。するとろくは、別の雉子を追い立てるのだった。

捨とろくが、言葉を交わして手筈を決めているようにさえ思える。ただしそれは、狩りの時だけだ。あとは、一緒にいてもお互いの存在を認めているというにすぎなかった。

一角は、大木の根かたの方へ歩いていった。

兎が一羽、ぶらさげてある。すでに皮を剝ぎ、内臓も抜いていた。

雉子の羽を手早くむしった。

火を燃やしたころ、ようやく周囲は暗くなってきた。肉を炙る。兎はそのままで、雉子には塩を擦りこんだ。兎の脂が火の中に落ちて音を立て、炎が大きくなる。

気配を感じて、一角は胴田貫に手をのばした。捨は爪に力を入れ、ろくは耳を立てている。その耳が伏せられ、低い唸り声があがった。

「座れ、ろく。けだものではない。似ているがな」

晴気竜行だった。別に気配を殺すでもなく、しかし足音さえたてずに近づいてきた。闇にも眼が利くようだ。

「このあたりだろうと、薬屋が俺に耳打ちした」

言って、晴気は焚火のそばに腰を降ろした。

「ろく、気を鎮めろ」

一角は、ろくの首筋に手を置いた。納得したように、ろくは腹這いになった。

葛秀典が、よく左文字道場に出入りするようになった。酒や米を運びこんだり、植木職人を連れてきて、庭の手入れをさせたりしているのだ。一角の部屋で、話しこむこともあった。

「用があるのか、晴気。おまえに捜されたのは、はじめてだという気がする」

「おまえに、用があるわけではない」

立花喜重郎に用があるのだろう。甲府に行っていて、明日あたり青梅を通って江戸に戻るはずだ。

肉が焼きあがっていた。兎の肉は、まだ背骨のあたりが生だが、捨もろくもそちらの方を好む。内臓は、獲った時に食わせていた。

古坂邸襲撃で、晴気はほとんど傷を負わなかったようだった。一角の浅傷（あさで）も数日できれいになったし、藤麿の傷も稽古ができるまでに回復している。

兎の肉を切り分け、生のところを二つにして、捨とろくに与えた。捨は、火の明りさえあれば、ものを食うぐらいはできる。

「雉子肉を食ってみるか。塩を擦りこんでから焼いてある。なかなかうまいぞ」

木の枝に刺して渡した雉子肉に、晴気は息を吹きかけて食らいついた。

「古坂頼母を斬ったことで、結着がついたものはあるのか、晴気？」

「いや、なにも」

「それは、厄介（やっかい）な話だな。次々に、違う相手が現われてくる、ということにはならんのか？」

「どうかな」

「立花喜重郎が、必ずしもおまえの味方ともかぎらない？」

「誰かを、味方と思ったことはない」

「相変らず、固苦しい男だ。ひとりを好むのが悪いことだとは思わんが」

「おまえは、立花に借りでもあるのか、左文字？」

「いや」

ならばなぜ、刺客を受けたのか、と晴気は言いたいのだろう。

人斬りの血。おぞましいと思っても、拭い去れるわけではなかった。斬るかどうかは、こちらの勝手というところもある。古坂については、立花は策が尽きて父のところに持ちこんできたに違いなかった。

それでも、人斬りの血は流れている。

「親父が、大きな借りを作っていた。それを俺が少し返したというところだ」

「左文字市兵衛殿もそうだったのか」

「伯父は、剣しか知らない男だったが、親父には商売気というのがあってな」

「市兵衛殿には、負けていた。雪がなければ、俺は負けていた」

「雪も、勝負のうちだ」

一角は、兎肉に塩をふった。兎肉の場合は、塩焼きにするよりこちらの方がいい。

「このところ、葛秀典がよく道場に出入りしてくる。この間のことで、すっかり仲間にでもなった気分らしい。葛一族というのは、どこかの山で村を作っているという話だが」

「薬屋だ、俺には。最初に会った時が、そうだった」

「高島源太が、麻布暗闇坂下の長元院にいるそうだな。新之助という童もいるらしい。おまえの息子かもしれんと葛は言っていたが、どういうことなのだ」

「俺の子ではない」

「ふうん。ならばなぜ、高島が長元院にいるのだ。おまえを待っているようだぞ」

「新之助を、長元院に預けたのは、俺だ」

どういう間柄か、晴気には語る気がないらしい。

「高島は、腕をあげた。田辺のころとは、別人のようだ。もともと、荒い修行で鍛えていた。天稟(てんぴん)もあった。臆病なだけだったのだ。それが、自分を捨てることを覚えた。人があれほど変るということを知って、俺はいささか驚いたよ」

臆病さも、剣の天稟のひとつだった。相手の打ちこみを、ぎりぎりのところでかわす。臆病な男ほど、その感覚は鋭い。自分にそういう臆病さが欠けていることを、一角はなんとなく自覚しはじめていた。

「おまえとは、いつか斬り合うことになると思っていたが、このままでは友となることもありそうだな」

「俺は、友はいらんよ」

暗い言い方だった。思わず、一角は晴気に眼をやった。炎に照らされて、晴気の唇のあたりがてらてらと光っている。肉の脂だろう、と一角は思った。

「気に食わん男だよ、まったく。いずれ立合うことになったら、その頭を両断してやりたいな」

「いずれな」

晴気が、田辺藩領と姫路で刺客をやった、ほんとうの理由を一角は知らなかった。古坂を斬った理由も、わからない。

いずれ立合う相手。晴気には、すべての人間がそう見えるのだろうか。

「水は、晴気？」

「貰おう」

竹筒に、一角は手をのばした。

4

一角は、草原に寝そべっていた。

捨を一度飛ばせてみたが、なにもなく戻ってきた。あまり捨を飛ばせていると、気づかれるかもしれない。ほんとうは、こうやって待つだけでいいのだ。

ろくは、一角のそばで腹這いになっている。捨は、石と石の間に渡した胴田貫の、鞘にとまっていた。

晴気竜行は、立ち去るでもなく、大木の根かたにいて、こちらを見ていた。ろくも、もう気にしなくなっている。

ろくの耳が動いた。

一角は、胴田貫を摑んだ。上体を起こし、捨を左腕に移した。

虚空を睨んだ。左腕を、軽くあげる。捨が舞いあがった。小さな点になるまで、捨は一気に舞いあがった。鳩が飛んでくる。捨が、飛翔に移った。鳩の躰とぶつかった。そう思った時、飛んでいるのは捨の姿だけになった。悠然と、捨は一角の左腕に舞い降りてきた。

鳩の脚に、小さな筒が付けられている。その中には、なにか書いた紙が入っていた。

商人の名が三つ。それを読むと、一角は別の書きつけを筒の中に入れた。

鳩は、首のところに傷を負っていた。捨の爪の跡だ。軽く摑むことが、捨にはできない。

しばらく、鳩の様子を見守った。薬草もなにもつけなかった。傷を負いながらも、江戸まで飛んでいくことができるだろうか。

わからなかった。途中で力が尽きれば、葛秀典の目論見は半分だけ成功したということになる。

鳩を放した。弱々しく鳩は頭上を舞い、方向を決めると飛び去った。

鳩は、御岳の頂上から、江戸にむかって飛ぶ。青梅街道か甲州街道を人が往く代りに、鳩を飛ばしているのだ。それがわかったのは、ついこの間だった、と葛は言った。待ちはじめて二日目の朝に、鳩は飛んできた。さらに時を置いて、飛ばしてくるはずだ。少なくとも三羽はいるだろう。

半刻ほど待って、同じように鳩が飛んできた。さらに半刻後に、もう一羽飛んできた。二羽目は死に、三羽目は、翼に軽い傷を負っていた。これなら、江戸まで飛ぶこともできるだろう、と一角は思った。

「けものを捕えるのに、鷹を使うのはいい」

晴気が、そばへ来て言った。

「それだけにしておけよ」

「そうだな。俺も、そんな気がしていた。葛秀典に頼まれて、気軽に引き受けてしまったのだが。人と人の争いに、この鷹はふさわしくないな」

「蒼鷹（おおたか）か」

「こいつは、枝の間もよく飛び抜ける。隼（はやぶさ）は速いが、森を抜けるような技はできん」

「大きいな、雄か？」

「雌さ。鷹は、大抵（たいてい）雌の方が大きい」

「実に、鋭い飛び方をする」

「まるで打ちこみに似ている、と俺はよく思う」

「気に満ちている。捨というのが名か。俺は好きになった」

めずらしく、晴気はよく喋った。

「飛んでいる鳩を襲う。鳩がどう飛ぶかも、本能で察知するのだな。ちょっとばかり、驚いた。おまえがかわいがるわけも、わかったような気がする」

四羽目の鳩は、一刻待っても飛んでこなかった。

「青梅村まで行って、昼めしにありつくことにするか」

一角が歩きはじめると、竜行は黙って付いてきた。

立花喜重郎の一行は、すでに青梅村の宿に入っていた。騎乗三名を中心にした、二十名ほどの一行である。宿の入口で、ひとり立ち塞がってきた。左腕がない。

「弥九郎か。どけ。この男が立花様に用がある」

「晴気竜行か」

服部弥九郎は、以前にはなかった凄愴な気を放っていた。

「会うのが、早過ぎた」

「おまえ、片腕で晴気と立合おうというのか。笑止だぞ。ここで死ぬ気になって、どういう意味がある？」

「意味を考えて、立合いはせん」

「まあ、無理に俺は止めようと思わんがね」

「負けても、ひと太刀は浴せてみせる」

晴気は、ただ立っているだけだった。服部は、まさに満身創痍（そうい）だった。放つ気の凄愴さは、追いつめられたがゆえとも思える。

「弥九郎」

声がかけられた。旅装の立花喜重郎だった。

「晴気に勝てるまで、腕を磨け。一本しかない腕なら、常人の二倍は磨け。それまで、おまえは屈辱にも耐えるのだ。死で、屈辱がそそげるとは思うな」

「殿」

「剣で生きる者は、まこと厳しいものよのう。しかし、政事の勝負と違って、勝敗もすぐに見える」

服部は、蒼ざめて立ったまま、唇を嚙んでいた。

立花喜重郎の背後には、同じく武士の旅装をした葛秀典が立っている。この男の変り身は、気味が悪いほどだった。

「左文字は、仕事をしたようではないか。のう」

立花喜重郎が、葛の方をふり返って言った。

「晴気が会いたがっていたので、連れてきただけです」

「立花殿」

晴気が、一歩踏み出して言った。このところ、立花は屋敷にはおらず、城中に詰めている気配だった。久しぶりの外出だったはずである。

「堀田兵庫という、旗本を御存知か？」

立花の顔よりも、葛の顔に変化が走ったのを、一角は見逃さなかった。

「あの、堀田兵庫か。大久保加賀守殿の下屋敷で、腹を切って果てた」

「御存知なのですな」

「あがれ、晴気。中で話したい」

言って、立花は踵を返した。あがっていく晴気の背を、一角は黙って見送った。

5

道場に、静乃が来ていた。綾女と話しこんでいるので、竜行は放っておいた。法市と布市が、木刀を構えている。この内弟子二人は、かなり腕をあげていた。木刀で打たれる痛みも、よく知っている。だから二人とも、容易に竜行に打ちこめないでいた。

隙を作ってやる。それが作った隙だということも、わかるようになっていた。

二人の息が、乱れはじめている。どちらも、怯えてはいなかった。息を乱しながらも、耐えられる時間は長くなっている。

葛秀典が道場に入ってきたので、竜行は二歩踏みこみ、二度木刀を振った。法市も布市も、崩れるように倒れた。首筋を軽く打ったのだ。

「今朝から、品川は大騒ぎでございますよ。あの鳩が、思わぬ働きをいたしました」

丹後田辺に、抜荷が入ってくる。羅紗(ラシャ)や各種の薬草に混じって、媚薬もあるという。竜行が手に入れて持ち帰ったのは、羅紗に包まれた阿芙蓉(あふよう)だった。阿片とも言い、煙を吸うと陶然とするという。竜行に阿芙蓉の知識はなく、葛に教えられたものだった。

「どの商人にむけた荷が、抜荷なのか書かれていたのですよ。それを、鳩が知らせていたのです。ところが、知らされた荷の中に、目当ての品物はなかった、というわけです。もっとも、阿芙蓉はなく、羅紗と安い薬草だけですが」

きのうの夜に、高輪に戻ってきていた。今朝からの騒ぎは、知らない。

「阿芙蓉は、船でなど運びません。そして、最後の勝負は阿芙蓉でつく、と私は思っております」

竜行が、田辺で斬った城代家老は、抜荷をやめさせようとしていた。姫路にいた牧野主膳は、その城代家老の後押しをしていた。

古坂頼母から上に繋がる線が、田辺藩と組んで抜荷をやっている。そして立花喜重郎を中心とする線が、抜荷の確証を摑もうとしている。それはすでに、見えてきていた。立花側が、必ずしも大義を持っているともかぎらないだろう。つまりは、自分とは関係のないところで、勢力争いが行われているだけなのだ。

兵庫がそれを知っていたのか、ということだけを、竜行は考え続けていた。

立花のもとへ、兵庫が出入りしていたことは、間違いないらしい。立花は、古坂がそうさせているという疑いを捨てきれなかったという。

兵庫が、ずっと大久保加賀守の下屋敷にいたわけではないことは、確かになった。それだけで、兵庫が自分を裏切っていたと、竜行は考えたくなかった。

「三艘の船が、何者かに襲われそうになりまして、御先手組の方々が蹴散らされたそうでございますよ」

御先手組は、幕府の軍制の中にある先鋒隊で、血の気が多いと言われている。斬捨御免を嘯く火盗改も、主に御先手組から選ばれているはずだ。立花喜重郎が、幕府の軍制の中に影響力を持っている、と葛は言っているようだった。

「品川には、血の雨でも降ったのか？」

「その前に、蹴散らされておりました。いまは、火盗改の方々も加わり、積荷の検分が行われております。もっとも、物を見つけ出すことはできても、どこから紛れこんだかはわかりますまい」

「俺には、無縁のことだな」

「堀田兵庫様のこともありますのに？」

「薬屋、ひとつだけ言っておくが、兵庫の名で、俺を動かそうとするな。兵庫がなにをやっていたのか、俺が調べる」

「しかし、晴気様」

「斬るぞ。兵庫の名を再び出したら」

葛が口を閉ざし、しばらく畳を見つめていた。口もとの皺が深い。

「無縁とは言えないのではありますまいか。晴気様がお持ちの物が、いやでも縁を作ってしまいます」

「あれは、俺が使いたいように使う」

「大久保加賀守を、単身で敵に回すと言われるのですか？」

「古坂ひとりを斬るのにも、おまえたちの力が必要だった、と言わせたいのか？」

「お互いに必要とした、ということではございませんか」

「あの時は、だ。俺はもともと、おまえらとは違う。野心など、なにも持っていない」

「晴気様、われらは」

「いいのさ。誰も、自分の思いを野心だなどとは思いたくない」

葛が、眼を閉じた。

「静乃と申される、女性が見えておられましたが」

葛が話題を変えた。

「綾女には、手をつけておられませんな、晴気様は」

「女で、おまえたちにとりこまれたい、とは思わん」

「左文字様のように、大らかになられたら」

「いいな。綾女は左文字にあてがってやれ」

左文字が、明るく大らかなだけの男だと、竜行は思っていなかった。何度か、暗い部分に触れた、と竜行は感じている。

「去ね、薬屋。用事もなく、俺を訪ねてはくるな」

「奥で喋っている女二人が、なんとなく気になりましてな」

葛が笑った。

竜行は、葛に興味を失って、畳に横たわった。置物のように座って、葛は動こうとしない。

6

夜になって、左文字が訪ねてきた。

徳利をぶらさげている。一緒に飲もうというのだろう。あまり気は進まなかった。

「花見にでも行こうと思ってな」

「酔狂な」

桜は、とうに散っていた。

「新緑も終りかというころだぞ、晴気。俺が見物したいのはもっと赤い花さ。品川で、斬り合いがあるらしい」

「もっと、ごめんだな」

「堀田兵庫と言っていたよな、おまえ」

「それが、どうした？」

「そいつと、立合ったというやつがいる。もっとも、木刀でだが。御先手組だよ」

兵庫と接した。そういう人間が、見つけられずにいた。いや、いまの竜行の立場では、捜しようがなかった。

「行こう」

「気の早い男だな。斬り合いは、夜が明けてからだ。港の出入りを監視している武士が、いま四十名ほどいる。その中の二十五名が、夜明けに戻らなければならん。非番が明けるのさ。ほとんどが、御先手や火盗かららしいからな」

「相手は？」

「正体は、よくわからん。とにかく、捨がきっかけを作ったようだからな。俺は見届けるつもりだ」

「兵庫のことを、おまえに言ったのは、薬屋か？」

「いや、服部弥九郎だ。おまえが先に行ったので、俺はあの一行から服部を引っ張り出して一緒に戻ってきた。服部も、堀田兵庫という名は気になっていたらしい。ほんとうは、自分が立合ってみたかったのだろう」

「どこで、立合ったのだ？」

「立花邸の庭らしい」

竜行は、左文字を道場に上げた。客と思ったのか、綾女が起き出してきた。酒肴(しゅこう)を、竜行は頼んだ。左文字が、じっと見ている。

「あれが、葛秀典の孫か。できるな。静乃殿が来たという話だったが」

「奥で、一刻ほども話しこんでいた」

それ以上のことを、左文字は訊こうとしなかった。

夜明け前に、道場を出た。

ろくが、左文字にぴったりと付いて歩いていた。見物にいい場所を、左文字はあらかじめ選んでいたらしい。船着場の一帯を見通すことができる、高台だった。夜が明けようとしていて、四十名ほどの武士の半数以上が引揚げていった。

「直井圭介という男で、御先手組随一の腕だそうだ」

左文字が言った。竜行は黙って見ていた。半刻もしないうちに、明らかに船着場の気配が変った。三十名ほどが、いきなり斬りこんでいった。十五名も、素速く抜刀して応じた。

ひとりが、果敢に相手の中に突き進んだ。無謀とも見えるが、斬撃のすべてはかわしていた。ひときわ鮮やかに、太刀が舞った。二人が倒れ、ひとりの刀が飛ばされた。襲った側が、怯んだようだ。さらに、もうひとりが真向から斬り倒された。十五名の方が、それで勢いづいた。激しいぶつかり合いになったが、襲った方は押され、崩れていった。

「あっさり、決まったな。思ったほどの赤い花も咲かなかった」

「旗本にも、いろいろといるな」

「まったくだ。軟弱な男ばかり、というわけではないらしい」

「立花喜重郎は、古坂頼母を斬るのに、なぜあの男を使わなかったのだ」

「それなりの家柄の男さ、あれは。俺たちとは違う」

「俺も、旗本だった」

言って、竜行は自分で笑いたくなった。ずっと、小普請で過してきた。そして出奔した。旗本だったという言い方でさえ、いまは嘲笑（ちょうしょう）を買うだけだろう。

「小野派一刀流だな」

左文字が、呟くように言った。十五名はひとりも欠けることがなく、すでに残された屍体を片付けはじめている。

竜行は、左文字と別れて、船着場の方へ歩いていった。

かなり手前で、誰何（すいか）された。

「直井圭介殿が、こちらにおられると聞いた」

「直井は、俺だが」
四、五人で立っていた男の中から、ひとりふりむいて言った。

「俺になにか？」

「堀田兵庫という名を、憶えておられますか？」

「憶えている。貴公は？」

「堀田兵庫の朋輩で、晴気竜行という」

「旗本か？」

「元は、小普請だった」

直井圭介は、測るような眼差しを竜行にむけ、あちらへ行こうか、と人のいない方を指差して言った。

どこにでもいそうな男だった。

斬り合いの後の、気のたかぶりも見せていない。竜行にむけてくる視線は、静かだった。

「晴気竜行という名も、聞いたことがある。三年も前になるかな。旗本の手練れとして、堀田兵庫と並んで名が出た」

竜行は、直井圭介という名を知らなかった。八百石直井家というのはある。そこの次男か三男で、御先手組に拾いあげられた口かもしれない。

「兵庫と立合った、という話を聞いた」

「立合ったよ」

積んである荷に、直井は腰を降ろした。遠くを見るような眼をしている。

「立花喜重郎殿の屋敷だった。腕の売りこみに来た旗本だという話だったが、名を聞いて、俺が立合ってみようという気になった」

「立花は、それを許したのか？」

「本来なら、追い返すだろう。なにか、立花殿の気持に触れるものがあったのだろう、と思う。それでも、客であった俺に立合わせることなど、するはずがない。あその家中には、服部という手練れがいるからな。服部が、竹刀ででも立合ってみればよかったのだ」

直井は、こめかみのあたりの面擦れを、指で二、三度掻いた。道場で、腕を磨いた口なのだろう。真剣の技は、いつどこで身につけたのか。湛えている静かな気配は、やはりただ者ではなかった。

「もっとも、このところの騒動で、服部は斬り刻まれている。右脚をやられているし、左腕はなくした。それでも、自分の剣をきわめようという気は、失っていないらしい」

「それで、兵庫は？」

「俺は木刀を望んだ。道場で竹刀稽古を積んだが、それは、暴れたがる自分を抑えるためだった。どんなふうに暴れたかは、昔のことだがね」

「兵庫も、木刀を肯んじたのか？」

木刀の立合は、真剣と変りなかった。むしろ、真剣よりひどい傷を躰に残すことがある。骨が小砂利のように砕けると、そこから肉が腐ったりするのだ。

「望むところ、という感じだった。いまも、あの時のことは思い出すよ」

「どちらが、勝った？」

「勝敗は、わからん。一度も打ち合わなかったのだからな。一刻ほど対峙していて、見ている立花殿の方が耐えられなくなったようだ。止めに入った」

「そうか」

竜行も、直井と並んで腰を降ろした。

「いまも、あの直心影流の正眼を思い出す。悲壮と言ってもいいような剣だった。祈っている、と言ってもいいかもしれない。俺が感じたのは、痛々しさだ。だからといって、余裕があったわけでもない。きわどく、相討に持ちこめる。そう思っていたような気がするな。すべて、後で考えたことだ」

「真剣だったら？」

「立花殿も、止めることはできなかっただろう。どちらかが、倒れていた。堀田兵庫は、それから立花殿のもとに出入りするようになったらしいが、だいぶ前に、腹を切って果てたという噂を聞いた」

竜行は、腰をあげ、礼を言った。

「あれが、直心影流の剣だと、俺はいまは思っていない。堀田兵庫の剣だ。祈るような、なにかを諦めたような、そこから来る澄んだ剣気だった」

「むしろ、闊達（かったつ）な剣だった、兵庫は」

「なにかが、変えたのだろうな。あんたとも、いずれ立合うような気がする。いろいろと騒がしいしな。そんなものに惑わされたくはない、と思うが」

直井は、遠くの海に眼をやっていた。前後に錨（いかり）を打った三艘の船は、何事もなかったように静かに浮いていた。艀（はしけ）がようやく動きはじめている。春の陽光を照り返す海が、竜行には別のもののように見えた。

第十三章　黒き狼

1

立花喜重郎は、じっと一角を見据えていた。

本郷の寺の、庫裡の一室である。立花に供回りはいなかった。そう見えるだけで、どこかに警固は付いているだろう。この寺へ一角を案内したのも、町人姿の葛秀典だった。

「次は、俺に誰を斬らせたいのです？」

なにも答えず、立花は境内の大木に眼を移した。初夏の光の中で、大木の影がくっきりと地上に落ちている。

「人斬りとして、俺を呼ばれたのでしょう？」

「皮肉な言い方をするじゃないか、一角」

「俺は、何人斬れば立花様から解放されるのか、と考えながらここへ来ました」

「斬りたくなければ、斬る必要はないのだ、一角。しかし、解放されることもない」

「人斬りの血は、拭い難いと言うのですな」

「人は、それぞれに、生まれながらの血を受けている」

「なるほど」

「軽く言うのう、一角。伯父の市兵衛のごとく、流浪の旅にでも出ればよい、と軽く考えているのだな」

「性に合っています」

「それもよかろう。しかし、いままでの旅とは、自ずから違ってくるだろうな」

それは、一角も感じていることだった。躰に流れる血を知ったことで、なにが変るというのだ。二十数年間生きてきた自分を、どう変えるというのだ。そういうことをたえず考えること自体、以前の自分とは違っていた。

「ところで、斬りたい男だが」

立花は、まだ大木に眼をやったままだ。

「晴気竜行」

「ほう」

「斬るだけなら、難しくないという気がする。晴気が、丹後で手に入れてきたものがあるのだ。私は、それを必要としている」

一角は、腕を組んだ。立花が眼をむけてきたので、にやりと笑った。

「長元院という寺には、晴気を狙う手練れがいるそうだ。旗本の中にも、晴気を斬る腕を持った者がいる」

「高鳥源太と直井圭介か。甘いな。俺はそう思います」

「晴気の方が、上かのう？」

「それは、立合ってみなければわからない。俺も、そうです。そして立合は、機が熟さなければ起こりません」

「どういうことだ？」

「言った通りの意味ですよ。いくら立花様が望まれようと、機が熟さなければ起きないし、望まれていない時でも、機が熟していれば、起きてしまう」

「私が斬れと言ったことが、機にはならんのか、一角？」

「なりませんね。晴気とは、剣と剣の闘いになる。政事の薄汚なさなど、受け付けないのですよ。古坂邸を襲撃したこととは、わけが違う」

「四十名の刺客を送ったら？」

「刺客で、晴気は倒せませんよ」

一角は、声をあげて笑った。

「だから、立花様は俺を呼ばれたのでしょう。諦めることですな」

「そうか。晴気は斬れぬか」

「立花様も、古坂頼母に似てこられましたな。御自身で、そうは思われませんか？」

「急ぎ過ぎている、ということか？」

「古坂は、晴気を刺客に使った。そこが最大の誤りだったのですよ。刺客以上のものに晴気は化けてしまって、古坂を食い殺すことになった」

「おまえも、化けるということかな」

「それでは、まるで俺が立花様を脅しているようです」

「脅されている、と感じた」

一角は腕組みを解き、一礼して腰をあげた。

山門で、葛秀典が待っていたが、一角は声をかけなかった。

「左文字様は、なにがお望みでございますか？」

「ろく」

言って、一角は二度指を鳴らした。ろくが牙を剝き、葛に飛びかかろうとした。

「これはお戯れを、左文字様」

「おまえが、ろくを倒すぐらいの腕を持っているのは、わかっている。ろくも、のど笛に食らいついて放さないぐらいのことはやるだろう。その時、捨がおまえの両眼を抉る。おまえのような男は、斬るに値せぬ。けだものに食い殺されるのが、似合っている」

「たとえどのように果てようと、志だけはと思っております」

一角が歩きはじめると、ろくは付いてきた。指を三度鳴らさないかぎり、威嚇だけである。葛は追ってこなかった。

連雀町の道場には帰らなかった。

一角が足を止めたのは、麻布暗闇坂下の長元院の前だった。

境内に、気が満ちていた。高鳥源太が、短い竹刀を構えて立っている。むかっているのは、木刀を持った童である。

打ちこんだ童を、高鳥は容赦なく叩き据えた。童は、しばらく立ちあがれなかった。

「本堂に座ってこい、新之助」

汗まみれの顔だけをあげた童に、高島が言った。立ちあがりかけた童が、杖のようについていた木刀を、高島に打ちつけた。腰のあたりに、それは当たった。とっさに、一角が高島に気を放ったのである。

「当たったな、新之助」

苦笑しながら、高島が言った。

「どうも、俺の方も未熟なようだ。約束通り、明日から真剣を持たせてやる。行け。和尚に預けてある、真剣を取り戻してきてよいぞ」

童が立ちあがり、駈け去っていった。

「ほう、あんな童に真剣か」

「おまえが、邪魔をするからだ、左文字」

「それは悪かった。俺の気がどれほどのものか、おまえは見切るだろうと思ったのだ」

「見切ったのさ。だから、新之助の木刀はかわさなかった」

自分でも、意外なほどの気を放ったことは、一角も気づいていた。

「晴気が預けた童か。まるで、おまえが預かったようではないか」

「預かったつもりに、俺はなっているよ」

高島が、井戸の方へ歩きはじめた。

「俺に、なにか？」

「暇を持て余している。それだけだ」

「古坂頼母が、見事に斬られた。斬ったのは、晴気だろう。ほかに二人手練れがいたという話だが、それが誰かはわからん」

水を汲みながら、高島は一角の方を見た。

「新之助というのか、あの童」

「堀田新之助だ」

「なるほどな」

「なにがだ？」

「名前に感心した。それだけさ」

父親が、堀田兵庫なのだろう、と一角は思った。縁に腰を降ろし、眼を細めて一角は境内に眼をやった。陽射しは、すでに夏のものだった。高島も並んで腰を降ろしてきた。しばらく、光を見つめていた。

新之助が、真剣を持って境内に出てきた。

高島の許しを受けるでもなく、鞘を払って構えた。いい構えだった。直心影流だろう。堀田兵庫が伝授したものと思えた。

「斬ってよいぞ、新之助」

新之助の前に立ち、一角は言っていた。新之助は臆するでもなく、一角に剣先をむけてきた。しばらく睨み合っていた。新之助の顔からは、汗が噴き出している。耐えられる限界を越えているはずだが、新之助は耐え続けていた。一歩踏み出し、一角はわずかに保たれていた均衡を破った。

気合とともに、新之助が斬りこんでくる。かわさず、一角は胴田貫を抜撃った。凍りついたように立ち竦んだ新之助の額に、血が滲み、汗と混じり合って薄い色になった。下から斬りあげた。稽古着の肩のところが割れ、そこにも血が滲んだ。

新之助は、立ち竦んだまま刀を構えている。四ヵ所斬ったところで、女が飛び出してきた。新之助を庇うようにして、地面に額を擦りつけている。身なりから、芸者だろうと一角は見当をつけた。まだ構えられたままの新之助の刀を、峰で弾き飛ばした。

「真剣を持って、浮かれるな」

一角は言った。新之助の袴が、濡れている。それを見て、高鳥が笑い声をあげた。

2

立花喜重郎が襲われたという知らせは、葛秀典の手の者が持ってきた。

夜半である。場所が柳原土手ということで、連雀町からそれほど離れていない。

藤麿を連れて、一角は出かけた。葛の手の者は、すでに駈け去っている。

「道場の近くだ。面体ぐらいは隠しておこうぜ、藤麿」

顔に黒い布を巻きながら、一角は言った。

柳原土手をしばらく進むと、入り乱れた十数名の人影が見えた。一見して、尋常な襲撃でないことはわかった。相手の人数は増えている。いまも、柳原土手の反対側から、五、六人が駈けてくるのが見えた。

一角は、走りはじめた。背後から、襲いかかる恰好になった。二人を斬り倒した時、闇を裂いて矢が数本飛んできた。すべて、刀で払い落とした。服部弥九郎の姿が見えた。片手で持った刀を、頭上にあげている。ほかに武士が三名。葛の手の者らしい黒装束が四名。その後ろに、肩に矢を突き立てたままの立花が、片膝をついている。襲っているのは、全員武士である。すでに二十名に達しようとしていた。

一角は、服部から離れたまま、進まなかった。敵中で、敵を引き受けるという恰好である。二人の乱入によって、襲った側の連携は乱れていた。藤麿が、敵の中を駈け回る。一角が、手当たり次第に斬撃を送っていく。

立花の動きが、ようやくとれるようになったようだ。柳原土手を、八ツ小路の方へ少しずつ進んでいく。

うちの道場に逃げこむ気か、と一角は思った。方向としては、そうなる。立花は、八名になんとか護られていた。襲った側は、一角と藤麿の二名を持て余している。それでも、人は増えていた。立花の退路を塞ぐようなかたちで、四人が飛び出してきた。服部がそこを斬り開いている。

一角のまわりの人数は、三十名近くに増えていた。槍もくり出されてくる。

このままだと、数に押されそうだった。方々に散らしていた人数が、集まってきているという感じだ。

跳躍するように一角は駈け、立花のそばまで行った。矢だけでなく、刀も受けたらしく、立花の着物の片袖は血で濡れていた。月明りで、それだけが鮮やかに赤く見えた。

藤麿は、まだ敵の中を駈け回っている。

「走れるか、服部。人数が増えるばかりだ」

「追ってくる者を、止めてくれれば」

「ここで、止める」

一角が言うと、立花を護った一団は、すぐに駈けはじめた。前方にも敵が現われるが、なんとか斬り開いているようだ。

追おうとする者を一角が止め、藤麿が駈け回る。それがしばらく続いた。一角も藤麿も、少しずつは押された。

ほんとうに、左文字道場に逃げこむつもりか。立花を護った一団は、柳原土手からそれようとしない。できるかぎり、襲撃の一団と離すしかなかった。こちらが二人になると、矢の数も多くなった。誤射のおそれがなくなったのだろう。駈け回る藤麿より、立ち塞がっている一角に、矢は集中していた。

一角も、動きはじめた。矢が煩わしすぎるのだ。駈けながら、一角は立花の方を見た。行手に、多人数が現われている。三十名はいそうだった。間に合いそうもない、と一角は思った。立花を護った一団は、ためらいもなくその集団にぶつかろうとしていた。

斬り合いは、起きなかった。数十名は、立花を何重にも囲むようにして、柳原土手を後退しはじめた。

一角は、指笛を吹いた。駈け回っていた藤麿が、二人斬り倒しながら、一角のそばへ来て、背中を合わせた。

「八ツ小路まで、駈けるぞ」

言って、一角は地を蹴った。八ツ小路の手前の、火除御用地のあたりで、襲撃の一団の圧力が弱くなった。八ツ小路まで、入ってこようとはしない。

一角はそのまま筋違御門の脇を駈け抜け、連雀町は避けて八ツ小路を横切った。大通りを挟んで連雀町とむかい合っているのが、青山下野守の上屋敷だった。藩主忠裕は、老中に列している。立花を救った一団はそこから出てきて、立花を運びこんだようだった。

「なるほどな。青山下野守か。うちの、眼と鼻の先ではないか」

藤麿は、さすがにまだ呼吸を乱していた。無数の浅傷を受けたようだが、深傷がひとつもないことはわかった。紙一重で太刀先をかわす。古坂邸の襲撃で、身につけたのだろう。見事なものだった。

「腕をあげたな、藤麿」

「私はまだ、走り回らざるを得ません。ひと太刀の凄味が、先生の足もとにも及ばないのです」

「いずれ、それもわかるさ」

鎌倉河岸（かまくらがし）の方を回りこみ、面体を覆った布も取って、連雀町の道場に戻ってきた。

傷の手当てのために、藤麿に酒と晒（さらし）をやり、一角は自室へ戻った。

庭に葛秀典の姿が現われたのは、翌朝だった。腕に傷を負ったらしく、左手を懐に入れている。

「殿が、会いたがっておられます」

「かなりの傷を負っておられる。癒えてからの方がよかろう」

「いえ、青山下野守様でございます」

「ほう、葛一族は、青山家の家中か」

「いえ、青山恩顧（おんこ）の一族で、立花様とは三代前からでございますが」

「もういい」

一角は、葛の顔を見て笑った。

「葛一族は、何代かけて表に出てくるつもりだ。あと十代ぐらいか」

「殿が」

「時の老中などに、俺は会いたくない。会いたければ、そちらから来いと伝えろ」

葛は、うなだれて庭に立っていた。一角は、指笛でろくを呼んだ。

3

剣先が、わずかに動く。

たえず、源太の動きに反応しているのだ。考えてそうしているのではなく、躰がそう動いている。真剣の怕さを、新之助の身に沁みこませたのは、左文字一角だった。

自分にも、幼いころに真剣の怕さを教えてくれる師がいたら、と青江助次を構えたまま源太は何度も考えた。ほんとうに真剣の怕さを自分に教えたのは、晴気竜行だった。昔のことではない。しかも敵としてだ。いま命があるのは、運としか言いようがなかった。

新之助が構えているのは、小太刀である。それでも、新之助には重すぎるようだった。半刻ほどむかい合っただけで、すでに呼吸を乱しはじめている。

「いま退がれば、斬るぞ」

一歩踏み出せば、退がる。それはわかっていた。踏み出しながら、あえて声をかけたのである。新之助の全身が、ふるえはじめた。それでも、退がらずに立っている。

気を放った。蒼白な顔に絶望と決意を漲らせて、新之助が斬りこんできた。太刀筋に狂いがないのを見定めてから、源太は峰で軽く新之助の籠手を打った。

うずくまった新之助をそのままにして、源太は庫裡の縁に腰を降ろした。青江助次に打粉を打つ。二度、懐紙で拭い、鞘に収めた。

寺男の六蔵が、源太を見ていた。かすかに、源太は頷いて見せた。六蔵が、新之助に駈け寄った。新之助が立てないのは、痛みのせいではなく、気力が尽きているからだ。はじめは、むき合ってわずかな時しか立っていられなかったが、いまは半刻もつようになっている。

源太は、夕刻まで本堂に座っていた。

腰をあげた時、もう陽は落ちていた。包みをひとつ持ち、着流しで源太は長元院の山門を出た。行ったのは、すぐそばにある無人の寺である。檀家が来ることもないらしく、荒れたままだった。

源太は、単衣を脱ぎ、黒い装束に替えた。顔にも、黒い布を巻いた。

闇に溶けこんで、駈けた。

赤坂氷川神社のそばの、旗本屋敷で足を止めた。村川縫殿介という、三百石の旗本らしい。大村屋には、そう聞かされていた。

塀を、乗り越えた。小さな池があった。家には、まだ明りがある。近づきかけて、源太は足を止めた。

いままでとは違う。このところ源太は、大村屋に言われた旗本屋敷を四度襲い、六人を斬っていた。尋常に立合ったのではなく、忍び寄り、いきなり襲ったのである。抜き合わせてきた相手は、二人しかいなかった。

つまらぬ仕事と思ったが、青江助次の斬れ味に魅せられて、やめられなくなっていた。次に斬る相手は誰かと、源太の方が大村屋に催促するようになったのである。

今夜の相手は、いままでと違った。

塀を乗り越えた時から、源太の存在を感じとったようだ。庭に気が張りつめてきた。

障子が開き、ひとり縁に出てきた。

「気のせいであろう、直井殿」

「いや、なかなかの手練れですよ。虫の音さえ熄んでいない。村川殿は、そこで見ておられるがいい」

身を隠す理由がなくなり、源太は庭の中央まで出ていった。縁に立っている武士は、背後から光を受けて影だけにしか見えなかった。部屋にいる武士は、老齢のようだ。そちらが村川だろう、と源太は思った。

　直井と呼ばれた武士は、袴の股立ちをとり、すでに庭に降りてきていた。

「こんな男が、刺客をやっていたのか。俺がいてよかった」

　直井が言った。

「旗本が斬られることが、いくつか続いている。どうやら、おまえらしいな」

「別に、誰でもいい」

　源太は、青江助次の鞘を払った。

「捕えられないか、直井殿？」

　老人の声がした。

「無理ですね。俺と互角の腕です」

「そんなに」

　老人の声が途切れた。直井が、前に出てきた。まだ抜刀していない。

「狼のように、血に飢えているか」

「やっと、斬り甲斐のある相手に出会った」

「なぜ、旗本だけを襲う。それを聞かせてくれんか。俺も旗本でね。気になる」

「旗本を見ると、虫酸（むしず）が走る」

「西国の訛があるな。どこの者だ」

「もういい」

一歩、源太は踏み出した。直井も鞘を払う。小野派一刀流だった。江戸詰だった同僚が、主君の前で型を披露したのを、遠くから見たことがある。

何代にもわたって磨き抜かれた剣法を前にすると、源太はいつも気遅れに襲われる。自分の剣が、田舎剣法だと思い知る。藩には武術師範がいたが、誰の眼から見ても大した腕ではなく、自分ひとりで木刀を振って腕を磨いたようなものなのだ。

直井が、踏みこんできた。つん、と源太の背筋に冷たいものが走った。

玄関の方で、数人の声がした。村川殿という、酔った声も聞える。

「俺は、御先手組の直井圭介という。勝負は後日にしたい。邪魔のないところで」

「元田辺藩士、高鳥源太」

「約したぞ。行け」

直井の声は、低かった。眼が合った。放ってくる気は、さっきと違うものだった。かすかに頷き、源太は身を翻した。

長元院に戻った。

明りの洩れている本堂を覗くと、新之助がひとりで端座していた。

小賢しい。思ったのは、それだった。源太は自室に入り、明りもつけずそのまま横たわった。直心影流がなんだ。小野派一刀流がなんだ。呟きたい気分だった。

それも抑え、源太は眼を閉じた。

4

久しぶりの、大村屋の別宅だった。

「村川縫殿介は、元気で登城しておりますな。大御番衆の中では、なかなかの人物と評判でして」

「斬れなかったのだ、仕方あるまい」

「もう一度、斬りに行ってくれませんか、高鳥さん。どうも、目障りなところがありましてな」

「断る。ほかの者を使え」

「そうですか。では、そういうことにいたしましょうか。ところで、今日は？」

「金を貰いに来た」

「いかほどで？」

「照海を身請けできるだけの金だ」

「なるほど。そういうことでございましたか。このところ、人を斬るのに熱心になっておられた。で、身請けして、どのようにすればよろしいので？」

「長元院にやってくれ」

承知したというように、大村屋は大きく頷いた。

「ところで、晴気竜行という浪人のことですがね。浪人ひとりどうでもいいと思っておられたようですが、そうにもいかなくなったそうです。田辺で奪われたものを、どうやら晴気が持っているようで。奪い返すか、晴気を斬るかしろ、と言われております」

「誰が言っているのだ？」

「筧好光様ですよ」

「ほう。筧邸へ、ひとりで行けるようになったのか？」

「とんでもない。立花喜重郎様を何者かが襲い、それからは筧様が狙われております」

つまり報復というやつだろう、と源太は思った。上の方で、勝手にやっている殺し合いだった。立花喜重郎が、老中青山下野守の上屋敷に駈けこんで、かろうじて難を逃れたことは、大村屋から聞かされていた。

青山邸の裏手が、連雀町の左文字道場の筋むかいになることだけが、源太の気持にひっかかっていた。

「高島さんがおられた離れに、いま別の人がおられましてね。植田五郎と言われます。その方が、筧様のお屋敷には付いてきてくださいますので」

「ほう、どこで見つけてきた？」

「八王子千人組から。槍で、右に出る方はおられますまい」

「八王子千人組というのは？」

「もともと、甲斐武田の遺臣ですよ。徳川家の家臣団に組み入れられた時、甲州方面の備えとして八王子に耕地を貰った方々で」

耕地というからには、領地とはいくらか違うのだろう、と源太は思った。自分で耕しているのだ。郷士のようなものなのかもしれない。

「立合おうなどと、考えないでくださいよ、高島さん。いま、命の潰し合いがはじまっています。味方同士で立合ったりすると、相手を利することになります」

俺は誰の味方でもない、と言おうとしたが、源太は口を噤んだ。

「晴気竜行を、斬る気にはなれませんか、高島さん？」

「まだ、機が熟してはいない」

「そんなもんですか。いいでしょう。照海は、高鳥さんのものとして身請けしておきます。晴気は、植田さんに片付けて貰うことにするしかないな」

大村屋が、自分を挑発していることは、よくわかった。植田という男が、晴気を倒せるとは思えない。倒せるのは、自分だけだ。そう思い続けてきたから、焦りはなかった。いつか、機が熟すだろう。

「照海のこと、頼んだからな」

植田五郎にも会わず、源太は大村屋の別宅を出た。

暑い日だった。源太は日陰を選んで歩いたが、周囲が田畑になると、その日陰もなくなった。全身に汗が滲み出している。

直井圭介は、先に来ていた。

「着流しか。黒い装束の方が似合っている。少なくとも、俺はその方が怕かったよ」

「夜なら、そうした。真昼の光の中で、小野派一刀流を見てみたかった」

「刺客になりきれぬ男か。剣とは不思議なものだな、高鳥。闘わずにはいられなくなる。相手の技倆(ぎりょう)を見てしまうと、この男と闘うために腕を磨いてきたと思ってしまう」

「俺はいいよ、直井さん。斬り損ねた相手を斬る。それだけでいい」

「どうかな」

「もともと死んでいる。俺という男は、そうなのさ」

「何流を遣う？」

「我流さ。猿真似を続けていて、こうなった」

「遺恨は残すまい」

「そのため、誰もいない場所を選んだ」

直井圭介が、一歩退がった。全身に覇気が満ちている。源太は、その場で青江助次を抜き放った。直井は、まだ抜刀していない。居合も遣うのかと思ったが、その気配はなかった。

「江戸は、これから大騒ぎになる。そして何人も死ぬ。いつの間にか、俺も巻きこまれているようだ。しかし、この勝負は違うぞ、高鳥。剣と剣の闘いだ」

「くどい男だ」

「狼と闘う。だからはじめに断っている」

直井が、抜刀した。

構えを見て、やはり源太は畏怖に近いものを覚えた。撥ね返そうとは思わなかった。自分の剣も、どれだけ粗削りであろうと、死地はくぐったのだ。ここで、もうひとつくぐる。それで、晴気竜行と立合う機も、熟していくことになるはずだった。

一刻余り、正眼でむかい合っていた。

どちらからともなく、動いた。位置が入れ替っていた。胸から、血が噴き出している。お互いに正眼で、直井の腿からも血が噴き出していた。

「相討か」

「らしいな。このままでは、二人とも血を失って死ぬぞ、高鳥」

「俺も、そう思う」

「いずれ、また会おう」

頷き、源太は踵を返した。しばらく歩いてから、刀を鞘に収めた。血は、止まらなかった。暗闇坂下の長元院まで、歩けそうもなかった。

農家を見つけ、源太は訪いを入れた。戸をあけた老人が、血を見て腰を抜かした。

「傷に当てる布が欲しい。それから、しばらく休ませてくれ」

躰を動かすと、出血は激しくなる。横たわって、じっとしていることだった。

「これを」

老人が、晒を持ってきた。源太は、上がり框のところで、それを傷に当てた。まさか、と思うような傷だった。脇腹から胸にかけて斬りあげられているのだ。

「こちらへ」

老人が言った。源太はあがり、夜具がのべられたところに横たわった。懐から一両出し、夜具の脇に置いた。

「薬草を、買って参ります」

「印籠にある。それより、針と糸と、できれば酒をくれんか」

一両が、老人を熱心にさせていた。

源太は、上体だけ起こし、開いた傷口を手早く縫い合わせた。血を拭い、酒を吹きかけ、新しい晒を当てた。それからもう一両夜具の脇に置き、眼を閉じた。

しばらくすると、血は止まったようだった。印籠の薬草を、傷口に塗った。暑い季節である。膿むと厄介だった。

水を貰って飲み、しばらく眠った。

眼醒めた時、外は暗くなりかけていた。土間の隅に四人の人間の眼が見える。野良に出ていた若夫婦と童が、戻ってきたようだ。

「世話になるな」

「これを、頂いてよろしいのでございますか、お侍様」

二両を、捧げ持つようにしていた。

「取っておいてくれ。それから、明日の朝までここで休ませてくれ」

「そりゃ、何日でも。大した食いものはございませんが」

源太は、かすかな笑みを返した。

なにかふっ切れている。それだけを感じた。対峙していた一刻は、一瞬にも思える。気負いもなく、自分の剣を遣った。勝ち負けは、どうでもいいことのように思えた。

5

大きな男だった。

構えている槍も、太いものだ。対峙している法市の木刀が、楊枝のように見える。

二人とも、動かなかった。竜行は神棚の下に端座して、槍の動きを見ていた。普通の槍の遣い方とは、どこか違うという気がする。突き筋がいくらかずれている、と思えるのだ。

これまでに、道場破りは二人ほど来た。法市と布市がそれぞれ相手をし、なんとか勝っていた。この相手は、たやすくいきそうもなかった。

蟬(せみ)の声が、かまびすしい。照りつける日の午後だが、道場には冷たい空気が漂っていた。法市が、一歩踏み出した。槍を相手に、間合を取りすぎていると、躰のどこかが感じたのだろう。しかし、おかしい。植田五郎と名乗った男は、接近を嫌っているようには見えなかった。二人の間の気が、張りつめ、裂けそうな雲行になってきた。

やめの声をかけるべきかどうか、竜行は束の間迷った。二人の気合が錯綜し、法市の躰が二つに折れたようになって、羽目板まで飛んだ。突き飛ばされた法市は、そのまま躰を痙攣(けいれん)させている。口からは血が噴き出していた。

黙って、竜行は腰をあげた。凄じい突きだが、法市は死んでいないはずだ。水月(みずおち)の急所を、わずかにかわす余裕があった。稽古が、無駄になっていなかったということだろう。

「師範代殿が、立合ってくださるか」

植田は、槍を脇に抱えて言った。答えず、竜行は木刀を右手にぶらさげて前へ出た。槍も構えられる。

竜行は、無造作に三歩踏みこんだ。さすがに、植田は一歩退がった。次の瞬間、槍が横ざまに来て、腰を打ちそうになった。

どういう槍か、ほぼ見えた。突くというより、打つ槍である。八王子千人組。すぐにその名が竜行の頭に浮かんだ。川面を槍で打つ荒稽古があるはずだ。すると、勝負は横からではなく上から打ってくる。そこで安易に近づけば、石突（いしづき）の返し技は当然あるだろう。

確かに、並の手練れではなかった。しかし、なにかが足りない。死地を何度も潜り抜けて、はじめて得られるなにか。それが植田の槍には欠けているのが、はっきり見えた。

対峙は、互角だった。それに意味はなかった。いずれ崩れる。どちらかに傾く。互角が、いつまでも続くことはあり得ない。

踏み出したのは、竜行からだった。植田が跳んだ。頭上から振り降ろされてきた槍をかわすと、横ざまに二度来た。風が、全身を打った。かわした瞬間、竜行は踏みこんでいた。石突の返し。それを撥ねあげた。次には、木刀を振り降ろした。

植田は、両膝から落ちた。槍が床板を打ち、木片を飛び散らせた。槍を放り出した植田が、左の肩を押さえてうずくまり、顔だけあげた。

「参った」

「俺を殺す気で打ちかかってきて、参ったとは笑止な」

「確かに殺す気だったが、俺の手には負えん。それがわかった。頭を下げる」

「死んで貰うぞ」

「待ってくれ。恨みで、こんな真似をしたわけではない。頼まれただけなのだ」

「ほう、誰に？」

「偽らずに言う。だから助けてくれ。俺には老母がいる。そのために、金を稼がなければならなかった」

「誰だ？」

「材木問屋の大村屋万蔵」

「なるほど。あそこには、高鳥源太という男がいるはずだが」

「斬られていて、使いものにならん。大村屋は、そう言った」

「高鳥が、斬られた？」

左文字一角の顔が浮かんだ。しかしわからない。江戸に、高鳥と並ぶ手練れは少なくなかった。

「道場破りだと、木刀を相手にするので、その太い槍が有利と考えたのか。姑息だったな。負ければ、真剣も同じだ」

「待て。喋れば殺さんと言ったではないか」

「言わんな。おまえが勝手に決めただけだ」

植田は、額にびっしりと汗の粒を浮かべていた。生きているから、痛みもあれば汗もかく。竜行は、ふとそう思った。

「俺は、死ぬわけにはいかんのだ」

植田が、ふり搾るような声で言った。

次の瞬間、脇差の抜撃ちがきた。一歩退がってそれをかわし、竜行は真向から木刀を打ちこんだ。頭蓋が砕け、血と脳漿が散った。

「片付けておけ。布市。床板も直すのだ。法市、いつまで倒れている気だ」

法市が起きあがり、口の血を拭った。

居室に戻ろうとすると、綾女が待っていた。睨みつけてくる。

「あの槍で、突き殺されてしまえばよかったのに」

言い捨て、駈け去っていった。

このところ、三日に一度は静乃がきている。静乃と交わった。肩に手をかけても、それほど抗おうとしなかったのだ。静乃のあげる声を、綾女は当然聞いているはずだった。

女体を選り好みする気分ではなかった。肩に手をかけたのは、静乃の視線に誘われたからだ。綾女はただ、父や祖父に言いつけられて、竜行が抱くのを待っている、という気配しかなかった。

葛一族には、気を許してはいない。それは法市や布市も同じだった。いつ敵に回るかわからない。というより、もともと味方など持ったつもりはなかった。

竜行は、自室に入ると畳に寝そべった。

ここしばらく、道場で待っていた。いつ、相手が動きはじめるのか、あまり考えずにただ待った。古坂頼母を斬ると、もう相手はいないような気分にもなったのだ。兵庫を誑かしたのは、古坂ひとりではない。古坂の姿が、はっきり見えていただけだ。大久保加賀守の姿も、見え隠れしていた。

大村屋万蔵か、と竜行は呟いた。

待っていて、最初に見えてきたのが、この男だ。

6

葛秀典が尾行てきていた。気配を殺しているわけでもないので、尾行ているというより付いてきていると言った方がいいかもしれない。

竜行は黒い装束で、顔に巻く黒い布を懐に入れていた。それが、自分に似合った身なりだという気分に、このところしばしば襲われる。

「浅草東仲町(ひがしなかちょう)の、大村屋にむかわれますか」

闇の中から、声だけが聞えてきた。

「そこに、大村屋万蔵はおりません」

ようやく姿が見えた。葛秀典は竜行の数歩後ろまで来ていた。

「深川佐賀町の別邸におります。およそ千二百坪ほどで、寮に使っているという話ですが、手代が何人も詰めております。近くに木置場などがありますのでな」

葛には構わず、竜行は歩き続けた。

「母屋に、蔵が二つ。それに離れ。離れには、一時高鳥源太が暮しておりました。大村屋が護りたいのは、二つの蔵というわけでして。見回りも厳しいものでございますよ。雇われている二十名ほどの侍のうちの半数は、その別邸に詰めております。植田五郎も、その中のひとりでございますよ」

植田ほどの手練れが十名と考えると、単身で大村屋に近づくのは難しいかもしれない。しかし、あれだけの手練れを、大村屋が何人も集められるとも思えなかった。

「離れの裏の塀は、大川に面しております。永代橋(えいたいばし)をくぐれば、もう海というわけでして。川に面した塀には、出入りのための戸も付けられております。余計な真似をしたかもしれませんが、小舟を用意してあります。それで行かれるのがよろしいかと」

「薬屋、おまえとまた利害が一致したらしいな」

「それについては、お願いがございます。大村屋万蔵を、斬らずに生かしておいていただけませんか」

「約束できるものか、そんなことが。まったく勝手な男だよ」

「できれば、そうしていただきたい、ということでございまして」

葛が導く通りに、竜行は歩いていった。

柳橋から少し下ったところだった。竿ではなく、櫓の付いた小舟があった。大村屋の別邸の位置を、葛がくどくどと説明している。

「大村屋万蔵は、間違いなく母屋におります。ただ逃げ足が早いので、お気をつけを」

聞き流して、竜行は小舟に乗り、舫いを解いた。大川に漕ぎ出すと、あとは流れに任せた。両国橋、新大橋とくぐっていく。

大村屋の別邸は、すぐにわかった。

竜行は顔に黒い布を巻きつけた。それ以外に、身を隠したわけでもない。戸には錠が降りていたようなので、塀を乗り越えた。離れ、蔵、母屋。すべてよくわかった。

歩いていく。母屋の手前まで、誰にも会わず気配も感じなかった。

最初に竜行が躰をむけたのは、蔵の入口だった。二人いる。数歩手前へ竜行が近づくまで、二人とも気づかなかった。跳躍した。ひとりを斬り下げ、もうひとりの胴を横に薙いだ。二人とも、抜き合わせることもしなかった。

母屋から、三人出てきた。さすがに、人を斬る気配は感じたのだろう。

竜行は、闇の中を走っていた。体を開いてひとりの斬撃をかわし、二人目を袈裟に斬り、三人目の足を斬り飛ばした時、すでに母屋の縁に立っていた。

障子越しに、刀が突き出されてきた。払いのけただけで、竜行は部屋へ飛びこんだ。襖を蹴倒し、奥の部屋へ進む。二人が、両側から斬りかかってきた。刀を横に払った。ひとりの腿を斬ったが、もうひとりは跳び退った。次の部屋に、さらに二人いた。武士がいる先に、大村屋はいるはずだった。

二人の刀を、峰で払いのけた。

襖を開く。男がひとり、夜具の上に座っていた。刀をのばし、首筋にぴたりと当て、男の動きを止めた。小肥りで、髪には白いものが混じった男だった。

「大村屋万蔵」

一瞬、竜行を見た大村屋の眼が、光を照り返したように光った。

「植田五郎の代りに、戻ってきたよ」

「そうですか。植田さんじゃ駄目ですか」

「所詮(しょせん)は、金だけだ。いま俺に斬りかかろうとしている連中もそうさ」

大村屋が死ねば、金は貰えない。だから大村屋の首筋に当てた竜行の刀が動いてしまうような無謀は、決しておかさない。

「大人しく、付いてきてくれるか？」

「仕方ありますまい。こうなった以上、暴れてみてもはじまりません」

竜行は頷き、刀をわずかだけ首筋から離した。大村屋が立ちあがる。

外へ出て、庭を歩いた。離れの裏にある塀まで、抜刀した武士たちは遠巻きで付いてきた。大村屋は、怯えた様子もなく歩いた。戸は、内側からは開いた。石積みを降り、小舟に乗り移る。舫いを解いて漕ぎ出した時、武士たちははじめて声をあげはじめた。

「一頭では役に立たないので、何頭もと思ったのですが、犬は犬でございますな」

自嘲するような口調で、大村屋が言った。

「高鳥ほどの者は、そうはいない」

「しかし、犬のように尻尾を振りもいたしません。飼うには気難しすぎる狼ですよ」

永代橋の下を通り、海に出た。三艘の小舟が近づいてきたが、竜行は勢いよく櫓を漕いで、闇の中に滑りこんだ。近づいてきたのは、葛一族の舟だろう。漁師に負けない櫓を、竜行は遣える。

「私をお断りになりますか、晴気様？」

「多分」

「二千両、差しあげますが」

「俺は商人ではない。金の話はするな」

櫓を止めると、小舟はゆるやかに持ちあげられては沈むことをくり返した。そういう中でも、竜行は立っていられる。

「俺が持っているのは、なんなのだ、大村屋？」

「抜荷に加わっている、大名や商人の誓紙でございますよ。大名がおよそ六名、商人が十八名というところでございますか」

「薬草らしきものも、持っている」

「まさしく、薬草そのものでございます。それから羅紗(ラシャ)。そんなものに混じって、阿(あ)芙蓉(ふよう)もございます。抜荷のほとんどはどうでもいいものですが、阿芙蓉だけは奪い合いでございますな。田辺藩にしか、いまのところ入って参りません。ほとんど賂と して使われております。金には代えられぬ価値があるというわけで。欲しがるのは、大奥をはじめ、さまざまな家中の奥向きでございましょう。私は、田辺から運ばれた抜荷の元締のような役目で、誓紙にあった大名や商人に、ほかの抜荷に紛れこませて配るんですよ」

「おまえを使っているのは？」

「水野出羽守様、でございましょう」

「そこまでは、わからんか？」

「寛好光様と、なんとか会えるというところです。その前は、古坂頼母様でございました」

「よく喋るな、大村屋」

「私は、死ぬのでございましょう、晴気様？」

「そのつもりだ」

「死んだあと、どうなるのか愉しみでございますよ。細々と材木を扱うところからはじめて、天下の情勢も動かせるのではないかと思ったりいたしましたが、これまでの運だったのだと思います。なに、生きたいように生きて参りましたので、悔いはございません」

「もうひとつ、訊こう」

闇の中で、大村屋の表情はほとんどわからなかった。ただ、声は落ち着いている。

「堀田兵庫という名に、憶えは？」

「直接には、なにもございません。ただ、阿芙蓉については、かなり御存知だった方で、しかも晴気様の朋輩に当たられる方とか。それ以上は、なにも存じません」

波が、舟べりを打つ音がしていた。海は静かなようだ。

竜行は、延寿国村を振り降ろした。しばらくして、石でも投げたような水音がした。首がなくなった大村屋の躰も、持ちあげるようにして海に落とした。

第十四章　秋霖

1

高安は、旅が少なくなっていた。出稽古も、ほとんどは断っている。

道場に立っている、父の姿を見ることが多くなった。竹刀を遣わせたら、さすがと思うものがある。

「一角、おまえの弟子の腕を試してみるか」

稽古が終ってから、高安が言った。藤麿には稽古相手がいなかった。一角が稽古をつける以外は、ひとりで真剣を振っているだけだ。

「木刀で打ち合う稽古をさせておりますが」

「構わぬ。おまえに言ったことがあったろう。竹刀であろうと、真剣と思い定めることができるかどうか。木刀も、また同じだ。ちょっと呼べ」

「いま、吉兵衛の手伝いで、薪を割っております。それを終えたら」

吉兵衛が両手で持った薪に、藤麿が斧を振り降ろす。吉兵衛の手の中で、薪は二つに割れるのである。一角が胴田貫の試しをやった時、藤麿に石を持たせて斬った。その手際が、藤麿には忘れられられなかったらしい。

はじめ、吉兵衛の手から薪は飛んでいた。見ていた一角が、一度だけやってみせた。それから割れるようになるまで、何日も根気よく吉兵衛は藤麿に付き合った。割れた日、吉兵衛はひそかに一角に報告に来た。薪は飛ぶが、割れるのだという。やがて、薪も飛ばなくなった。いまでは、吉兵衛は手にほとんどなにも感じないようだ。

吉兵衛と藤麿には、どこか父子のような感じがあった。一角に打ちのめされて動けなくなっている藤麿の面倒を看たのは、吉兵衛だった。吉兵衛は、いまは爺やの仕事しかしようとしないが、かなり小太刀を遣える。父の人斬りの旅にも、若いころは同道していた気配だが、二人ともなにも言わない。

「おまえ、立花様の御依頼を、にべもなく断ったそうだな」

晴気竜行を斬れ、という件のことだろう。

「にべもなくかどうかは別として、断りましたよ。立花様は、人を道具としか思っていない。そこのところが、どうにも私には我慢できませんでね。晴気も、気持は別として、結果として立花様のために働いたのです」

「それだけか？」

「それだけです。いずれわれらも、使い古した道具のように、捨てられるような気がいたします」

晴気に、複雑な思いを感じていた。なぜ複雑か考えて、晴気に対する友情にも似た思いが滲み出していることに気づき、一角は自分で驚いたのだった。それは、父に言わなかった。

それに、いま江戸でいろいろと起きていることは、ほとんど政争のように一角には思えた。その中で純粋なのは、晴気と高鳥源太の二人だけだと、一角は思っていた。あの二人と本気で立合う時は、自分も純粋でありたい。その思いも、父には言わなかった。

「おのが血を、疎しいと思うか、一角？」

「思います」

「私も、若いころはそうであった」

「いまは？」

「若いころは、隠密のような真似もした。それと較べると、悪くないと思う」

父が商家の後家をひとり囲っていることを、一角は数年前から知っていた。そういうことができるようになった生活を、父は悪くないと言っているのか。

薪割りを終えた藤麿が、吉兵衛に連れられてきた。道場で待て、と一角は言った。

高安は、すぐに腰をあげた。眼に覇気がある。俺に対する当てつけか、と一角は思った。場合によっては、藤麿を打ち殺す気なのかもしれない。

いつもいる道場の隅に、藤麿は端座して待っていた。脇に座っている吉兵衛の猫背の姿が、ことさら自然体に見える。

「藤麿と言ったな。一角の弟子になってどれほど腕をあげたか、試してやろう。竹刀か木刀を選べ」

「できれば、木刀を」

頷き、なにも言わず高安は木刀を執った。

藤麿が、高安の前に立ち、一礼して木刀を構えた。高安は、片手下段のままで、全身から気を放った。藤麿は、耐えている。藤麿のすべてだった野性は影をひそめ、剣を遣おうという意志がはっきりと見える。

固着した状態が、しばらく続いた。藤麿は額にびっしりと汗を浮かべている。高安は、微動もせず、表情も変えていない。

潮合が来た。打ちこんだのは、藤麿の方だった。木刀が空を切る音だけがした。二人の位置が入れ替っている。高安は、正眼だった。剣先がやや低く、面をあけた恰好である。一角は、眼をこらした。なにかを、父は自分に伝えようとしている。それがよくわかった。藤麿が、また打ちこんだ。木刀が宙を舞っていた。尻から床に落ちた藤麿の、鼻先に木刀が突きつけられている。口を開け、藤麿は喘(あえ)いでいた。

高安の木刀の動きを、一角はしっかりと見きわめていた。巻き落としたのでも、力で弾いたのでもない。相手と気を合わせた。打ちこんだ藤麿が、もう一度気を入れ替えようとしたところを、高安は軽く撥(は)ねあげただけだった。それで藤麿の木刀は飛び、振り降ろした木刀は、藤麿の鼻先で止まった。真剣だったら、据物(すえもの)斬りのように、藤麿の頭蓋を両断することもできた。

「二度目の打ちこみでは、気が読める。三度、気を読ませずに打ちこめ。四度目に、ほんとうの自分が出る」

一角に語りかけるような口調だった。藤麿が床に平伏した。

父が真剣を遣ったら、と一角は思った。四度目の打ちこみからはじまる。そういうことだろう。そしてそれは、自分でも予測のできない打ちこみのはずだ。

伯父の市兵衛と父は、どこか違っていた。腕を磨くために修行した伯父と、人を斬るために旅を続けていた父の違い、とでも言うのだろうか。

「申し訳ありません」

高安が道場を出ていくと、藤磨がまた平伏した。吉兵衛の表情には、かすかな笑みが浮かんでいる。

「よく打ちこめた。吉兵衛もそう思っているぞ」

「しかし」

「親父殿は、本気を出された。それは滅多にないことだ。なあ、爺や」

「大先生が、霞(かすみ)の技を遣われるのを、久しぶりに見ました。それだけ、藤磨は上達したということです」

「剣というものが、けものの技でないことだけは、わかってきたようだ」

声をあげて、一角は笑った。霞と呼ばれる技は、市兵衛から聞かされたことはある。見たのは、はじめてだった。

「酒でも飲むか、三人で」

一角が言うと、吉兵衛が嬉しそうな顔をした。このところ博奕(ばくち)には勝っているので、懐具合は豊かである。

2

静乃が、道場から庭の方へ回ってきて、一角の居室を覗(のぞ)いた。門弟の刀の研ぎの註文(ちゅうもん)を取るために、しばしば顔を出している。

「商売は、もう終ったのか？」

「常吉が、刀を拝見させていただいております。このところ、兄も常吉をひとり前の研師に育てあげようと思っているらしくて、はじめからやらせているのですよ」

「弥八は、相変らず酒はやめんのか？」

飲みはじめるといつまでもやめず、酒に溺(おぼ)れていってしまうような弥八への愚痴を、一角はよく聞かされていた。

「お酒は、兄の気持を解き放つようなところがあるみたいです。解き放たれて、けものになってしまうんですが、人にむかうのではなく、砥石にむかっているんですから」

「長生きは、できそうもない男だな」

一角は、弥八に会ったことがなかった。しかし弥八が研いだ胴田貫を見れば、どういう男かはよくわかる。

「弥八の愚痴でないとすると、静乃さんの用件はなにかな。胴田貫は、鈍（なま）るどころかますます鋭くなっているぞ」

「若先生に、博奕のことを教えて貰いたくて」

「まさか、賭場通いをするわけではあるまい」

「一発勝負というのを、する時期なんです。晴気様を、あたしのものにしたくて」

「ほう、晴気のどこに惚れた？」

「わかりません。ただ、ひたむきなものを感じます。いまは暗い方へしかむいていませんが、明るい方へむかったら、なにか大きなことをなされるかもしれないと」

「やめた方がいい。医師だった御亭主と同じことになるぞ」

「晴気様が、早死にをされるとおっしゃるのですね」

「いくらあれだけの腕を持っていても、いつまでも生き延びられはせんよ」

「子種は残せます」

「それが、あんたの博奕かね。子を孕（はら）めるかどうかということが。お門違いだぞ」

「もう抱かれています。だから、晴気様が子を生（な）そうと思ってくだされはいいのです」

「難しいな、晴気が相手の勝負では」

静乃が晴気に惹かれているらしいことは、言葉の端々から一角は気づいていた。男と女になっていたとしても、不思議はない。一度は人の妻になった女の、生娘にはない奔放さもありそうだ。

「晴気をその気にできるかどうかが、静乃さんの言う博奕の勝負か」

「躰の潮時は、わかっております。人の妻でありましたし。晴気様の心が動かないかぎり、私の中で精を放ってはくださいますまい」

「露骨な話だぜ、静乃さん」

「女が、好きな殿御の子を生もうというのが、どう露骨なのです」

「わかった、わかった」

男と女は違う。それはわかっていた。違うということが、わかっているだけだ。

一角も、人の親になっていた。藤麿の姉凍子が、男の子を生み、育てているのだ。夜叉丸と名付けた、という知らせも受けている。

「人に頼らず、自分で機を見ようとすることだ、と俺は思う。博奕では、そうだな」

「わかりました」

「しかし、静乃さん」

一角は縁に出て静乃と並んで座り、秋の色に変りはじめた庭に眼をやった。

「厄介な男に惚れたな、あんた」

静乃は答えず、ただうつむいた。

一角が藤麿を伴って高輪に行ったのは、それから五日ほど後だった。

静乃の話が、頭のどこかにひっかかっていたのかもしれない。

このところ、藤麿を連れて外出することが多くなった。武蔵野へ、狩に行ったこともある。夜叉丸が生まれたと聞いてから、少しずつ藤麿を弟子ではなく義弟と見るようになったのかもしれない。

柳心流の道場には、相変らず門弟の姿が少なかった。晴気に、門弟を育てようという気は、あまりないのだろう。この道場にいて、晴気は見えない相手とやり取りをしている。そのやり取りが、どのあたりまで進んでいるのか、一角には見当がつかない。よく顔を出していた葛秀典も、このところあまり姿を見せないのだ。一角のところで無駄な時を過せないほど、暗闘は激しくなっているのかもしれなかった。

「やってみろ」

一角は、道場に入ると藤麿に言った。ここでは、木刀を稽古に遣っている。双子のようによく似た兄弟のひとりが、相手に立ってきた。構え合う。いい勝負だということが、その瞬間にわかった。

「やめ」

神棚の下にいた晴気が、苦笑しながら言った。殺し合いになる。それが見えたのだろう。

「弟子に、無謀な遊びはさせるな、左文字」

「まったくだ。おまえの弟子が、そこまで腕をあげているとは思わなかった」

「捨は連れてきたのか？」

「俺はいつも、捨とろくが一緒だ」

「庭へ回れ。ろくもいやがらなければ一緒でいいぞ」

頷き、一角は立ちあがった。藤麿と布市という晴気の弟子は、木刀を持ってなにか喋っている。

庭へ行くと、晴気が捨に腕を出してきた。捨は、晴気の腕に移った。空を翔ぶこの猛禽が、晴気はひどく気に入っているようだ。

「高鳥が、斬られて苦しんでいた。脇腹から胸にかけてだが、膿んじまったんだ。俺が長元院に行った時、脇差で切り開いて膿を出してやった。いまごろは、快癒しているだろう」

「高鳥源太を斬る手練れが、江戸にいるのか」

晴気は、捨にじっと眼を注いでいた。

「その話は聞いていた。おまえが斬ったのではないかと思っていたよ、左文字」

「俺は、おまえだと思っていた」

晴気でないとすると、誰と斬り合いをしたのか。幕閣の暗闘の中で、思いもよらぬ手練れに出会ったということか。

「長元院では、照海という芸者だった女が、堀田新之助の面倒を看ている。新之助は、もう真剣を振っているよ」

「いい眼をしている、この蒼鷹(おおたか)は」

一角の肩に、晴気は捨を返してきた。

「熟れた実が弾けるように、これから暗闘は激しくなるぞ、晴気。おまえはそれを、ひとりで斬り開くつもりだろう。俺もそうさ」

静乃のことを語ろうと思っていたが、どうでもいいような気がしてきた。

「俺はふと思った。おまえもひとり、俺もひとりだとな。俺と組んで、斬り開こうじゃないか。相手がなにかも見定め難いが、それは斬り開いて、自由の天地に立った時に見えてくると思う」

「おまえが、なぜ？」

「俺は俺で、躰に流れている血を、断ち切りたいのだ。俺の代でな」

「わからん」

「それでもいい。俺とおまえは、大きなところでは組むべきだ。できれば高鳥もだが、それは無理だろう」

「相変らず、よく喋るな」

「友などいらぬ、と言いたければ言えよ、晴気。しかし、人はひとりで生きるものではない、と俺は思う」

晴気は、ただ捨に眼をむけているだけだ。

3

大柄で、闊達（かったつ）そうな男だった。尊大な印象もある。

源太は、横をむき、縁に腰を降ろした。

「筧好光という。名ぐらい、死んだ大村屋から聞いておろう」

「屋敷を訪ねたこともある。生まれた時から、人を顎（あご）で使うことしか知らぬ男の屋敷だ、と思った。

「大村屋の言う通り、拗ね者だな」

口もとだけで、筧が笑った。

直井圭介に斬られた傷は、すでに癒えている。ふらりと現われた左文字が、膿んだ傷を脇差で切り開いた。膿を出しきってからの癒え方は、自分でも驚くほどだった。

照海が、茶を運んできた。源太は、葉が色づきはじめた、境内の欅の木を見ていた。

「立合ができるかどうか、見にきた。大丈夫なようだな。晴気竜行を斬ってこい、高鳥」

「ごめんだね。俺は晴気を斬るが、それはあんたらに命令されてじゃない。だから、いつ斬るかも、俺が決める。顎で使われる男ばかりだ、とは思わないことだな」

「そうか。ならば、おまえは晴気と立合えぬぞ。明日、晴気は死ぬ」

「勝手に、刺客を送ればいいいさ」

「今度ばかりは、むこうから誘ってきた。自分が持っているものにどれほどの価値があるか、斬る前に大村屋から訊き出したのだろう。つまり、はじめて欲を見せた。二千両で取引したいと言ってきたのだ」

源太は、欅を見続けていた。晴気が、金を必要としても、なんの不思議もない。源太には大村屋がいて、欲しいものは手に入れてくれた。

「手練れを、三十人集めた。鉄砲の用意もある。晴気が倒されたらおまえが無念だろうと思って、教えているだけだ」

死ぬものなら、晴気はとうに死んでいるだろう、と源太は思った。堂々と生き延びてきている。機が熟した時に立合う。それしか倒す方法はないはずだ。

「晴気は、無欲で乗り切ってきた。今度は、いささか違う。欲を見せれば、隙も見える。そういうものだろう」

照海が運んできた茶に、筧は手をのばした。山門のところに、供の武士が四人ほど立っている。見えないところにも、警固を付けているのかもしれなかった。

「大久保加賀守殿の下屋敷だ。ここからは目と鼻の先だ。気がむいたら、来い。まずおまえと一対一の立合をさせてやってもよい。私は古坂とは違うぞ。手温い真似はせん。おまえが倒れても、晴気は必ず殺す」

筧が、縁から腰をあげた。源太は、まだ欅の木を見つめていた。

来客の姿が消えたのを見澄したのか、新之助が境内に出てきた。真剣は振らず、六蔵が作った独楽で遊びはじめた。源太が傷で臥せっている間に、照海は新之助に遊ぶことを覚えさせた。独楽を作らせたのも、照海らしい。

髪型を若女房ふうにした照海が、声をあげながら出てきた。着るものも、地味になっている。新之助は、独楽を回せるのが、得意そうだった。遊ぶようになってから、新之助の剣の振り方は伸びやかになっている。

「照海」

声をかけ、源太は庫裡の居室に入った。抱きたい時に、照海を抱く。大抵は昼間で、照海が新之助と遊んでいる時が多い。抱かれると、照海はけだもののような哮え声を何度もあげる。それを新之助がどう聞いているだろうと考えると、源太もいままでにない快感に襲われるのだった。

夜が更けると、源太は着流しで長元院を出て、途中の寺で黒い装束に替えた。六本木の大久保加賀守の下屋敷まで、歩いてすぐだった。

人の気配はあるが、特に警戒しているというようには見えなかった。それでも源太は、塀に接した火除地の隅で、注意深く動きを待った。

細かい雨が降りはじめていた。じっとしていると、躰の芯まで湿ってくるような雨だ。濡れていく自分が、心地よかった。

動きがあったのは、明け方だった。

四人、五人と、分れて屋敷を出ていった。鉄砲らしいものを、蓑(みの)に包んで持った一団もいた。筧好光の姿はない。千両箱らしいものを二つ担いで出てきた一団が、最後だった。

源太は、尾行(つけ)ていった。忍が加わっているらしい気配はどこにもない。いずれにしても、高輪へむかうと思えたが、途中から大崎村(おおさきむら)の方へ方向を変えた。

高輪から遠くなさそうだ。

江戸でしばらく暮したと言っても、源太はそれほど地理に詳しくはなかった。

高輪からはずれると、もうほとんど田畑ばかりになる。雑木林も多かった。人家もなく、やがて木立と原野だけになった。木立の中で、杉の大木が三本並んでいるのが、遠くからでも見えた。人数は、その近辺で合流しているようだった。

枯れた色の草の中に、源太は身を隠した。鉄砲の配置を決めているのか、ひとりが腕を動かして指示をしている。

雨は降り続けていた。ひどくなりそうではないが、やみそうでもなかった。

人数はすべて潜んでしまったのか、原野は無人にしか見えなかった。晴気竜行は、ここへ来るのか。二千両を手に入れるために、鉄砲にも身を晒(さら)そうというのか。

一刻が過ぎ、二刻が過ぎた。

胸騒ぎに似たものを感じて、源太は草の中で膝を立てた。

なにかが、近づいてくる。波のように押し寄せてくる。そう思った。ひとりや二人ではなさそうだった。

無人に見えた原野からも、気配を感じたのか、二人三人と姿を現わしはじめた。

雑木林の中から、いきなり抜刀した集団が飛び出してきた。二、三十人はいる。晴気竜行。見えた。先頭に立ち、三本杉にむかって突っ走っている。

晴気を遮ろうとした男がひとり、頭頂から斬り降ろされた。その男の躰が、ほとんど二つに割れたように、源太には見えた。晴気はすでに、刀を横に構えて次の相手にむかって突っ走っている。晴気の刀がどう動くのか。源太はそれだけ見きわめようとしていた。

鉄砲の音が、霧雨を貫いた。三つ続いたが、晴気には当たらなかった。動きがめまぐるしすぎて、狙いをつけられないのだろう。

乱戦になっていた。戦さながらの斬り合いだった。晴気の姿も、その乱戦の中に紛れた。怒号が、源太のいる場所まで聞えてきそうだった。

源太は、もう一度眼をこらした。晴気がいない。乱戦に紛れているのではなく、晴気の姿が消えている。そうとしか思えなかった。晴気の太刀捌きまで、乱戦に紛れるわけはなかった。

なぜ、そしてどこへ、消えたのか。

源太は、一瞬狼狽に襲われた。対峙している相手が、忽然と消えてしまった、という錯覚はしかしすぐに消えた。

二千両など、晴気にとってはどうでもよかったのだ。欲を出したわけではない。

争闘は、さらに激しくなっていた。互角なだけに、どちらも退きにくいと見えた。

源太はにやりと笑い、斬り合いに背をむけて霧雨の中を歩きはじめた。

4

地に鼻を近づけ、ろくはほとんど迷うことなく進んだ。

高輪へ戻っていく、という気配はない。江戸市中へ、真直ぐにむかっていた。ろくはかなり速く、一角も遅れないように歩いていた。晴気は、もっと速く歩いているのだろう。

晴気竜行から立花喜重郎に取引の申し入れがあった、ときのう知らせてきたのは葛秀典だった。二千両という大金で、晴気は持っているものを売るという。立花に、まともに買おうという気はないだろう、と一角は思った。晴気がなにを持っているか知らないが、持っていた晴気をも、立花は殺そうとするはずだ。もともと、晴気を殺したがっていた。

晴気ではなく、立花の方を一角は見張った。立花邸の近くの伝通院に、三十人ほどの武士が集まったのは、翌日の朝だった。鉄砲と弓を用意しているようだった。鉄砲に対して晴気がどう対処するか、というぐらいの興味しか一角は持たなかった。ほんとうに知りたかったのは、晴気がなにを考えて動きはじめたか、ということだった。いまさら金を欲しがっている、とは思えない。

約定の場所らしいところに、晴気はひとりで現われた。三十人はいるということは、当然わかっていただろう。ふた言三言交わし、晴気はいきなり走りはじめた。鉄砲を撃つ余裕もなかったようだ。わずかに、矢が追ったが、それは晴気に届かなかった。

三十人が一団となって追い、雑木林をいくつか抜けると、さらにそこに数十人の人間が待ち受けていた。

それを見た時、対立している二つの集団をぶつからせたのだと、一角ははじめて気づいた。卓抜な戦法だった。一角は、晴気がひとりを斬り倒したのを見たところで、その場を離れた。あとは、ろくの鼻にまかせたのである。

小雨だが、人通りは少なくなかった。水溜りの跳ねをあげて駈けていく者もいる。ろくはそんなものも気にせず、匂いだけを追っていた。匂いが流されてしまうほどの、強い雨ではない。

対立している二つの勢力をぶつからせるというのは、単身で闘おうとしている晴気が取り得る唯一の方法だ、というのがいまはよくわかる。対立が激しくなれば、両方とも晴気には構っていられなくなるだろう。なにをやるにしろ、晴気は誰の助けを借りるつもりもないのだろう。

伝通院のそばを通った。筧好光か、と一角は思った。立花喜重郎の敵が誰なのか、知る気がなくても、葛秀典が出入りしていれば知ってしまう。筧好光から、老中大久保加賀守と水野出羽守に繋がっていく線。立花は、青山下野守に繋がっている。

筧邸の門前で、はじめてろくは一角の方をふり返った。門から入った、ということだろう。

一角は、捨を飛ばした。屋敷内からは、それほど人の気配は伝わってこない。ほんとうにそうかどうかは、捨を庭に舞い降りさせてみればわかる。一度虚空に舞いあがった捨が、一角の合図に従って降りてくる。降りてくる時は、鳥ではない別の生きものが飛んでくる、というように見えた。しかし捨は、途中で羽のかたちを変え、屋根の上を舞いはじめる。もう一度やっても同じだった。

忍か、と一角は呟いた。一角は、塀に手をつき、背中を丸めた。ろくが駈けてきて、一角の背、塀の上と跳んでいった。一角も、素速く塀を乗り越えた。

庭に面した縁を、晴気が歩いている姿が見えた。まわりには、誰もいない。尋常に入ったわけではないことは、草鞋のままの晴気を見ればわかる。晴気もまた、なんの気配も漂わせていなかった。

軽く一度、一角は口笛を吹いた。ろくがゆっくりと歩き出していく。捨は、一角が塀を乗り越えた時に、肩に戻ってきていた。指を鳴らした。捨が舞いあがる。ろくが、植込の中へ飛びこんでいった。黒装束の男がひとり飛び出す。捨が一直線に舞い降りてくる。男の注意が空にむいた瞬間、一角は跳躍し、その男を両断していた。

「忍の群の中に飛びこむとは、不用意な真似をするではないか、晴気」

晴気は、縁に立ったまま一角の方を見ていた。ろくが哮える。男がまた植込から飛び出してくる。捨が襲う。その男が振った刀は、捨に届かなかった。構え直した時、片腕は一角の胴田貫が飛ばしていた。

潜んでいる無駄を悟って、十四、五人の黒装束が姿を現わした。ろくが、塀際の方へ回った。捨は松の枝にいる。ひとりも逃がさない。一角は、そういうふうに構えていた。

忍の動きに幻惑される前に、一角は踏み出していた。胴田貫を横に薙ぎ、それから下段に構えて撥ねあげた。

二人倒した時、忍の連携は崩れていた。晴気が斬りこんできたのだ。互いの連携を失った忍は、脆いものだった。逃げようとする者に追いすがり、一角は斬り伏せた。

さらに二人斬り倒した時、立っている者は晴気を除き四人しか見えなくなっていた。晴気の刀が動いた。下から上。上から下。それに伴い、晴気は数歩踏み出していた。四人の間を通り抜けた。そう見えた時、四人は倒れていた。

「なんの真似だ、左文字？」

「俺も、筧好光を斬りに来たのさ。そうしたら、おまえがのこのこ縁を歩いていた」

「どこから、俺に付いてきた？」

「さあ、どこからかな」

「犬か」

ろくの方に眼をやり、晴気が言った。

「うまい具合に、二つの勢力をぶつかり合わせたものだ。あれじゃ、両方ともほとんど使いものにはならんだろう。よく考えたもんだ。高輪の道場主に収ってしまうかと思っていたが、考えてはいたようだな」

「相変らず、よく喋る」

「喋りついでに言うが、この屋敷には、まだ四、五人は残っているだろう。ろくに捜させる。それを待て」

「わかった」

ろくが、縁に駈けあがっていく。一角は、晴気と並んでそれに続いた。

ひとりを一角が斬りあげ、もうひとり出てきたところを、晴気が横に薙いだ。

奥の部屋へ入った。

二人の武士が、ひとりを守るようにして抜刀していた。

同時に、二人が斬りこんできて、その姿勢のまま前のめりに倒れた。

ろくが、大柄の武士にむかって、牙を剝いていた。脇差だけの武士は、床柱を背にして静かに立っていた。

「筧好光殿ですな」

晴気が言った。倒れている武士の袴で胴田貫を拭い、一角は鞘に収めた。晴気が刀を突き出すと、ろくが後退りした。筧は、じっと晴気に眼をむけているだけだった。

筧好光の眼は、怯えを押し殺そうとしているように見えた。竜行は一歩、筧の方へ踏みこんだ。

「おまえの望みを言ってみろ、晴気竜行」

「あんたらに望むものは、なにもない」

「二千両が欲しかったのではないのか。それとも、千石取りの旗本になりたいか？」

自分を護る人間が、ひとりもいなくなっている。筧にわかっているのは、多分それだけだろう。三十名が戻ってくれば、と考えているのかもしれない。古坂頼母と較べると、底の見えた男だった。

「堀田兵庫について、知っていることを喋ってくれ」

「なぜ、堀田などを。阿芙蓉（あふよう）に溺れた、木偶（でく）のような男ではないか」

「兵庫が、阿芙蓉に？」

「剣の腕は立った。幕臣中随一の腕であろうと、古坂が調べてきた。その腕を、阿芙蓉欲しさに遣っただけだ」

「馬鹿な」

「古坂にかかれば、赤子の手を捩（ひね）るようなものであったな。丹後田辺から戻れば、おまえも阿芙蓉に溺れさせる、と古坂は言っていた。しかし、うまい方法がなかった。

もともと、おまえは田辺から戻れぬ、と思われていたのだ」

「なぜ、兵庫は殺された？」

「阿芙蓉に溺れると、どうにもならなくなるそうだ。使いものにならなくな。それで死なせた、ということらしい」

「兵庫は、正気だった。俺が田辺に発つ時、正気だった」

「そう見えるだけだ。阿芙蓉が切れると、狂いはじめる。いいか、晴気、阿芙蓉に溺れた者は、すでに人ではないのだ。命じられれば誰でも斬るし、友を裏切ることなども、なんとも思わん。もっと利巧になれ、晴気。幸い、おまえは阿芙蓉に溺れてもおらん」

「なにか、別のものに溺れているような気がする、俺は」

もう一歩、竜行は踏み出した。筧の表情に、はっきりと怯えが浮かんだ。

「待て、晴気。堀田を斬れと言ったのは、大久保様だ。古坂からなにか報告を受けて、斬ることを決められたらしい」

「牢の外から、槍で突き殺されている」

「人斬りをやってきた男だ。暴れればこちらも犠牲が出る。それだけが理由なのかどうか、俺は知らん。俺は、古坂が死んだので、後始末をしているようなものだ」

踏みこみはしなかった。延寿国村を、左一文字に一閃させただけだ。

竜行が鞘に刀身を収めてから、筧好光は前のめりに倒れた。すでに死んでいる。

「行くぞ、晴気。斬り合いをしている連中が戻ってきたら、面倒になる」

左文字が言った。

筧邸の門を出るまで、誰も追ってこようとはしなかった。

「堀田兵庫という男に、こだわりすぎるのではないか、晴気」

前を、ろくが歩いていく。捨は左文字の肩だ。人通りが途絶える時刻ではなかった。ただ霧雨が続いていて、前方に傘をさした町人の姿が二つほど見えるだけだった。

「事情は、詳しくは知らん。葛秀典に聞いただけだからな。友だというのはわかる。しかし、死んだ人間にこだわって、おまえは老中とまで対決しようというのか？」

竜行は、兵庫が阿芙蓉に溺れていた、という筧の言葉を思い起こしていた。

兵庫が痩せはじめた、とは確かに思っていた。それだけだった。阿芙蓉に溺れると、痩せるのか。阿芙蓉を、兵庫は古坂から与えられていたのか。

「阿芙蓉が絡んでいる。多分、それの奪い合いをしているのだろう。それも、幕府の中枢にいる人間たちがだ。そこに、俺たちは踏みこんじまっている。死んだ人間のことは、頭から消せ、晴気。生き延びる道を、考えた方がいいぞ」

「おまえは、生き延びたいのか、左文字？」

「生き延びたいな。それも、人斬りとしてではなくだ。命じられて、人を斬る。それを命じるのが、筧のような男なのだと考えると、反吐が出る」

「自分のために、生き延びたいのだな、おまえ？」

「当たり前だろう。いま俺がいる場所から逃れるためなら、何人でも斬ってやる。遮る者は斬り倒す。そして俺は、ひとりの男として生きられる場所へ、自分の力で抜け出したいのだ」

「よく喋る男だ」

「いくらでも、喋ってやるぞ。筧と立花の手の者をぶつからせた。お互いに、大きな打撃を受けただろうさ。そんなことを考えられる男が、なぜ最後は死んだ堀田兵庫なのだ？」

「死んだからさ」

「わからんな。わからんよ」

捨はいいな、と竜行はふと思った。天空を、自由に舞える。遠くまで見える。人の生死のさまも、地上とは違うものに映るだろう。

「俺は、立花喜重郎と闘わねばならん。それから大久保加賀守とも。もっと別の相手も現われるだろう。ひとりで闘う覚悟はできているが、おまえと手を組んで闘った方が、より強く闘える、と思っている。友か、友でないか、ということとは別に、闘い方の方法として、俺と手を結ぶ道を選んでもよいのではないか、晴気」

「確かにな」

「では、手を結ぼう。おまえと俺が、それぞれに生きる地に立つことができる。それまでは手を結ぼう。俺は、裏切らん。おまえが俺を裏切るのは勝手さ」

「ほう」

「そういう相手と手を結んだ自分が未熟だった、と思うだけだ」

「純粋だなあ、左文字。ろくや捨が、無心におまえになつくのが、わかるような気がする」

「自分は変えられん。人斬りの血が流れていたとしても、自分は自分だ。無理に変えようとも思わなくなった」

竜行は、黙って歩いた。先を行くろくが、時々ふりかえる。竜行を見ても、あまり警戒することはなくなった。主人の友だと、ろくなりに決めたのかもしれない。警戒はしないが、ろくが気を許すとも思えなかった。

5

高輪の道場は、しんとしていた。

布市と法市はいるだろうが、ほかの弟子は姿を見せていない。

陽が暮れようとしていた。玄関で声があがった時、竜行は居室で寝そべっていた。

「道場で、布市、法市が待っています」

告げにきたのは、綾女だった。

「玄関に、誰が来た？」

「祖父です。静乃さんを連れて」

かすかに、綾女は笑ったように見えた。黙って、竜行は腰をあげた。

道場には、葛秀典と十三郎が、静乃を挟んで座っていた。布市、法市は、羽目板を背にしている。眼が合うと、静乃は白い歯で唇を嚙んだ。

「二千両、お受けになりませんでしたな、晴気様。それどころか、筧好光の手の者と立花様の手の者をぶつからせた。双方、傷つき倒れたものはそれぞれ二十名を超します」

「はじめから、売るつもりなどなかった。立花喜重郎も、買うつもりはなかった。騙し合いさ。筧好光とも同じだよ。欲を出した同士がぶつかった。それだけのことさ」

「残念でございますよ。二千両などとおっしゃらず、せめて四、五百両と言われれば、立花様もお出しになったでありましょうに」

「根もとのところで、おまえはいつまでも俺をわかろうとしないな、薬屋。一万両であろうと二万両であろうと、俺には売る気はない。おまえがことごとく失敗する理由を教えてやろうか」

「欲だ、とおっしゃるのですな。葛一族は、財を求めているわけではありません」

「だから、なおさら質が悪い。金を求めるならいっそさわやかだが、悲願だの夢だのと、人の心を食い荒らすものをいつも持ち出す。一族をあげて財を成し、それを賂にして夢を買った方が早道だぞ」

「一族の誇りというものもございます」

「すぐそれだ」

竜行は、口もとだけで笑った。静乃は手を後ろに回されている。ぴたりと寄り添って座った十三郎が、匕首を突きつけているようだ。

「われらは、勝負を望んでいます」

法市が、叫ぶような声を出した。

「ひとりでは、先生に太刀打ちできません。しかし、布市と二人で対するということになれば、いささかの工夫もしてあります」

「それを、一族の長が許さんか。しかし、血迷ったものだな、薬屋」

「事は切迫しております。立花様は、なにがなんでも筧好光を潰さなければならぬ、と考えておられます」

「だから、血迷っている、と言っているのだ。この道場にいる理由も、もうない。俺は出ていくことにしようか」

「静乃様を、ここに置いていかれるのですか？」

「わかった。みんな死ね」

竜行は、全身から気を放った。法市、布市が、座ったまま身構えるのがわかった。

葛秀典が、肩を落とした。

「今日一日、さまざまなことがございました。いつかは、筧好光と対決することになるだろうと、立花様が集めておられた方々も、ほとんど残っておりません」

葛秀典は、床に両手をついていた。

「静乃様をお放ししろ、十三郎」

「はい」

綾女の父で、葛秀典の長男になる。いずれは一族を背負うのだろうが、いまはその覇気も失い、命じられるままに動いているという感じしかない。

「帰れ、静乃さん」

「帰りませんよ。こんなところに、晴気様を残しては帰れません。出て行くとおっしゃられましたが、ならばあたしも一緒に行きます。ここに残られるなら、あたしも残ります」

「好きにするさ」

葛秀典は、まだ床に手をついたままだった。両手の間に、水滴が落ちている。

どういう一族なのか、竜行は知らなかった。知ろうとしたこともない。いまのままでは、決して表舞台に出てくることはない、闇の一族。光の中に出たいと希うのも、無理のないことなのかもしれない。そしてそういう夢を持つかぎり、常に誰かに利用される。

「法市、布市、俺に勝てると言ったな」

「立合っていただけますか？」

「よし、二人同時に来い」

竜行は、木刀を執った。

「おまえらが勝てば、薬屋が欲しがっているものを、渡してやるぞ。一族の命運を背負ったつもりで、力のかぎり来い」

法市と布市は、立ちあがると、素速く木刀を構えた。ほとんど躰をぴったりと寄せ合っている。法市は正眼で、布市は上段だった。

竜行は、木刀を片手にぶら下げていた。躰を寄せているところに、二人の工夫が見える。二人でひとり。あるのは、その思いだったのだろう。どちらかが打ち倒されることは、覚悟した構えと言ってよかった。

道場に、気が満ちてきた。竜行は、わずかに木刀をあげた。二人の吸う息も吐く息も、ぴったりと合っていた。竜行の方から、一歩踏み出した。二人は、耐えていた。二人とも、腕をあげた。どちらが道場主になっても、他流試合で敗れることはあまりあるまい。それぐらいの腕にはなった。しかし、足りないものがある。

もう一歩、竜行は踏み出した。二人が同時に、一歩退がった。二人の額に、汗が浮いている。竜行の全身にも、汗が滲みはじめていた。

木刀に、竜行は左手を添えた。下段に構えた木刀を、徐々にあげていった。

竜行の木刀が正眼に構えられる前に。二人が、同時にそう思ったことがわかった。満身の気を、二人ともふり搾（しぼ）っている。

足。動きかける。竜行の足の方が速かった。正眼に構える前に、竜行は木刀を突き出していた。

二歩、退がった。二人は、正眼と上段に構えたままだ。それでも、道場から気は消えていた。二人の躰が、はじめて離れた。ひとつの躰が割れるように、両側に倒れたのだ。

しばらくして、十三郎が倒れた二人ににじり寄った。

「二人とも、息がないか」

霞（かすみ）と呼ばれる、こめかみの急所を打った。二人のこめかみは、一尺ほどしか離れていなかった。だからほとんど、同時に打てたのである。

「二人とも、この道場を継げる腕になっていた。惜しいことをしたな」

立合を見守っていた葛秀典が、また床に両手をついた。

「おまえは、味のある男だ、薬屋」

竜行が言っても、葛秀典は顔をあげなかった。十三郎は、二人のそばにしゃがみこんでいるだけである。

「しかし、好きにはなれなかった。というより、おまえのその惨めさは嫌いだな」

綾女が、竜行をじっと睨みつけているだけだった。竜行は木刀を置き、居室に戻った。

静乃がついてきた。

「出ていかれるのですね」

「ああ」

「行く当てが、晴気様にあるわけはありませんよね。兄のところか、長元院か」

「そうだな」

どうでもよかった。長元院には、新之助がいる。行ってみるのもいい、と竜行は思った。高鳥源太と立合うことにもなる。

「あたしの家があります」

「静乃さんの？」

「あたしは、追い出されたわけではないんです。主人は、死にました。二人で住んだ家が、いまは空家になっております。疫病で死にかかった人たちを、何人も運びこみました。それで、誰も住もうとしないのです。運びこんだ人たちは、ほとんど死にましたから」

「そうか。そんな家なら、俺にお似合いだな」

延寿国村を、腰に差した。ほかに、持ち出すものなどなかった。

第十五章　父と子

1

四人いた。浪人がひとり混じっている。まだ博奕の客が集まる時刻ではなかった。

「伝蔵というのは？」

源太が声をかけると、赤ら顔の男が顔をあげた。

「まだ賭場は開いちゃいねえよ」

子分らしい男が、首だけ源太にむけて言った。隣の小屋が、夕刻から賭場になるらしい。源太は、草履のまま上がり框に足をかけた。

「なんだ、てめえっ」

最初に立ちあがったのは子分のひとりで、全部言う前に前のめりに倒れた。さすがに、浪人は片膝を立てて抜き合わせてきた。その刀を横に払い、下から斬りあげる。浪人がのけぞった。次の瞬間、残る二人を両断していた。刀身の血を、伝蔵の着物の裾で拭い、源太は外へ出た。

風が吹いていた。源太は懐手で歩き続け、両国橋を広小路の方へ渡ると、薬研堀へむかった。小さな家である。ふだんは誰も住んでいないことは、饐えたような匂いでよくわかった。

「十両だ」

ひとり、上がり框に腰を降ろしている男に、源太は言った。大店の主ふうの、でっぷりした男である。外の光を眩しそうに手で遮っていた。

「しばらく、お待ちを」

誰かを、検分にやっているのだろう、と源太は思った。大村屋が死んでから、金ならどうにでもなるという状態ではなくなった。寛好光も、死んでいる。

男と並んで、源太も上がり框に腰を降ろした。男の躰は、おぞましいものでも近づいたように、ぴくりと動いた。

源太はじっとしていた。外で舞っている風が、家の中まで土埃を運んできた。若い男が、息を切らせて駈けこんでくる。源太の姿を見て、立ち竦んだ。男が腰をあげ、戸口の方へ行った。しばらくして戻ってきた男は、黙って源太のそばに十両置いた。それを摑み、源太は外へ出た。

名も知らない男からの依頼である。伝蔵に恨みがあると言っていたが、ほんとうは博奕の負けでも取り立てられていたのかもしれない。どうでもよかった。十両になったということが、源太には大事だった。

暗闇坂下の長元院まで、風の中を歩いた。風も、冷たく感じる季節になっている。

境内では、新之助が真剣を振っていた。

ちょっと眼をくれただけで、源太は庫裡(くり)へ入っていった。照海の姿はなかった。文机(ふづくえ)に、懐の十両を放り出した。照海のために持ってきた金ではない。

境内で真剣を振る新之助の気が、源太のところまで伝わってきた。出て行きたいという思いを、源太は抑えていた。

不思議な心の変化だった。新之助のことが、いつも心にかかる。

真剣で、新之助とむかい合っていた。十日ほど前のことである。新之助は正眼に構え、全身に幼い気を漲(みなぎ)らせていた。見つめてくる眼の奥に、癒(い)や し難(がた)いような悲しみがある、と源太は感じた。その瞬間、刀を鞘に収め、抱きしめたいような情動に源太は襲われたのだった。

自分ではどうにもならず、理解もできない情動だった。涙ぐみそうになった。それをこらえているのを心気の乱れと読んだのか、新之助が打ちこんできた。源太は、峰で肩を軽く打った。うずくまっている新之助を見降ろしていても、抱きしめたいという衝動は消えなかった。

なんなのだ、と何度も自分に問いかけた。答は出てこなかった。新之助に対する思いが、心の底に沈み、しかししっかりと定着してくるのを感じるだけだった。

源太は腰をあげ、境内へ出ていった。

新之助が、素振りをやめる。じっと源太を見つめてきた。眼が合った。強くなれよ。そう呟きそうになった。俺のように、心の弱い男にはなるな。しかし源太は、黙って青江助次を抜き放っただけだった。

新之助が、刀を構える。

しばし、むき合って立っていた。新之助が気を漲らせる。幼い、掌に包みこんでやりたいような気だ。一歩、源太は踏みこんだ。新之助が打ちこんできた。胸のあたりを、新之助の太刀先が掠めた。袷が割れたようになり、血が滲んできた。新之助が眼を見開いた。斬ったということが、信じられないのだろう。全身を震わせはじめている。

「肚に力を籠めろ。しかし、ありのままの心を見失うな。いたずらに気負わず、もう一度打ちこんでみろ」

源太が気を放つと、新之助は一歩退がった。

「ここでしっかり踏みとどまらなければ、俺がおまえを斬るぞ」

新之助が、呻き声をあげた。源太を見据えてくる。幼い気合があがった。肩のあたりだった。袷の袖が、だらりと垂れてきた。血も滲んできているようだ。新之助が、荒い息をついていた。源太は、ずかずかと間合を詰めた。退がる新之助より、ずっと速かった。新之助が、また打ちこんでくる。腿のところだ。皮一枚は、斬られていた。

背後で、息を呑む気配があった。照海が戻ってきたらしい。

「よし。人を斬るという呼吸を、おまえは覚えた。これからは、そのつもりで刀の素振りをしろ」

言って、源太は刀を鞘に収めた。

新之助が、蒼白な顔をして、地面に尻を落とした。肩で息をし、放心している。

源太は、庫裡の居室に入り、袷を脱ぎ捨てた。照海が、慌てて晒を持ってくる。

「皮一枚だ。そんなものはいらん」

すでに、血は固まりつつあった。

新しい袷を照海が持ってきた。縫いものはうまい。料理もうまい。新之助の母親の役も、きちんとこなしている。

昼間、新之助が起きている時に、照海を抱くということが、この十日なくなっていた。

「どうされたのです。新之助に、わざわざ斬らせたのですか？」

「ほかの人間を斬ってしまうより、俺を斬る方がましだろう」

それだけ言い、源太は新しい袷の袖を通した。新之助は、まだ境内で座りこんだままのようだ。照海が、そちらの方を気にしている。

「放っておけ」

「変ですね」

「なにが？」

「源太様は、新之助にやさしくなられた。わたくし、そう思います。ついでに、わたくしにもやさしくなられました」

源太は、口もとだけでちょっと笑った。新之助に対する思いを、どう扱えばいいかわからない。あるのはそれだけなのだ。

「この十両は？」

「勝手に遣え」

「とおっしゃられても」

「新之助を、寺から外へ連れ出しても構わんぞ。寺では食いにくいものでも、食わせてやるといい」

照海は、どこからか縫いものの仕事などを受けてきていた。大村屋が死んでから、金は入ってこなくなっていたのだ。

「連れ出しても、構わないのですね」

十両より、そちらの方を照海は喜んだようだった。

2

赤鬼の伝蔵の賭場は、異様な空気に包まれていた。血の匂いを嗅ぎとったのか、ろくが低い唸り声をあげた。

「四人、死んでいるのか」

顔見知りの子分をつかまえて、一角は訊き出した。役人には届けていないようだ。

鶯谷で賭場を張っている、弟分の大黒の十兵衛という貸元が来ていた。

「こりゃどうも、左文字の旦那」

一角は、江戸の賭場の大部分に一度は顔を出している。赤鬼も大黒も、悪い賭場ではなかった。

「見せて貰うぜ」

一角は十兵衛に言い、家に入った。四人とも、ひと太刀で斬られている。高鳥源太。斬り口を見て、一角はすぐにそう確信した。しかしなぜ、高鳥が賭場を襲ったりしたのか。

「ひとりだな」

「わかりますか。侍ですよ。三下ですが、家から出てくるのを見たのがおりましてね。なんで追っていかなかったのかと、さっき焼きを入れたところなんで」

「貸しの取り立てで恨まれたか」

「御冗談を。兄貴のとこもうちも、そりゃ負けは取り立てますが、それ以上のことはしておりません。それに、証文は全部揃ってまさあ。恨みったって、そんなもんじゃねえです」

「ま、今夜は遊べそうもないな」

「旦那、人をこんなふうに斬れるもんなんですかい。賭場にゃ侍も出入りして、喧嘩沙汰もねえわけじゃねえ。だけど、こんなふうに人が斬られるのを見るのは、はじめてだ」

「手練れなら、たやすくやれるな」

「旦那も？」

十兵衛は、やくざ渡世に生きる男なりに、一角の腕を見抜いているところがあるようだった。

「俺は、どうかな」

「旦那なら、多分できます。ほかに旦那と並ぶ腕の侍が、江戸にどれくらいいますか？」

「十人かもしれんし、百人かもしれん。立合ったことがなけりゃ、わからんよ」

「しかし、いるんですね」

「いるよ」

「俺は、兄貴の仇（あだ）は討ちますよ。どんなことをしても、討ちます。だけど、野郎が侍ひとりと言ったことは、本当だったんだ」

「気をつけろよ、十兵衛。俺なら、災難だと思って諦めるがな」

一角は指を鳴らしてろくを呼び、そこを立ち去った。

研弥(ときや)に顔を出したのは、それから四日後だった。

「左文字一角様ですか」

顔色の悪い、痩せた男だった。

「弥八だな。会うのははじめてのはずだが」

「お腰のものと、何日か添寝させていただきましたので。とても、はじめてお目にかかるとは思えません」

弥八は、朝から飲んでいる気配だった。

「ふむ。これは大変なお腕前だ。晴気さんといい勝負だな。いえ、刀を見るように、お武家様も見てしまいます。私自身は、刀など扱えはいたしません」

しかし、研げる。刀の持っている力のすべてを、砥石の上で引き出してしまう。弥八が研ぐ前と後では、胴田貫はまるで違う刀になっていた。

「晴気が、高輪の道場から消えた。ここではないかと思っていたのだが」

「妹のところでございますよ。なにを思ったのか、千住(せんじゅ)の家で二人で暮しているということで」

静乃とはよく話をしたので、千住の家が疫病人を何十人と入れたところだということは、一角も知っていた。一角は、そんなことは気にならない。晴気もそうなのだろう。ただ、千住まではちょっと遠い。

「またな、弥八。胴田貫がいつか鈍ることがあったら、研ぎを頼もう」

「たやすく鈍りはいたしません。二年三年は大丈夫でございましょう。ようやく落ち着きはじめて、これから本性を出す刀でございますから」

一角は、口もとだけで笑って、研弥を出た。

暗闇坂下の長元院にむかう途中で、研弥に寄ってみただけのことだった。

長元院には、高鳥源太はいなかった。照海という、芸者あがりの女が迎えただけである。高鳥の傷を切開して膿を出してやった時にいたのも、この女だった。

「不在ならば、新之助に稽古でもつけていくか。どこにいる？」

「本堂に、座っております。いつもは叱られた時だけなのですが、この四、五日は、一刻ほどは本堂で」

「なるほど。なにか悟りでも開いたわけか」

気軽に、一角は本堂を覗いた。新之助は座ってはおらず、大の字に寝て天井を見つめていた。一角の気配に気づいて、跳ね起きた。

「外へ出ろ」

言うと、新之助は大人しく出てきた。以前より、ずっと眼がしっかりしていた。睨み合う。しばらくそうしていると、新之助は額に汗を浮かべはじめた。

「もういい」

一角は言って、新之助に背中をむけた。新之助が息を吐くのが聞えた。ろくが近づき、汗にまみれた新之助の顔を舐めている。めずらしいことだった。

「またな」

高鳥は新之助になにを教えたのだ、と思いながら、一角はそれを訊かなかった。睨み合っただけでも、新之助が大きく成長していることはわかった。

結局、無駄足だった。

道場に戻ってくると、高安が一角の居室に端座していた。

「おまえは、もう人を斬る気はないそうだな」

「命じられて、斬ろうとは思いません」

「しかし、筧好光を斬ったと、立花様は喜んでおられた」

「斬ったのは、晴気ですよ。父上は、立花邸へ行かれたのですか？」

「いや、御老中に呼ばれた」

「ほう、むかいの青山下野守に」

「違う。土井大炊頭様だ」

いま、水野出羽守と並び立つ、幕閣の大物だった。

「土井大炊頭が、これまでの人斬りの労をねぎらってでもくれましたか。それとも、また人斬りを命じたのかな」

「おまえがいやがる人斬りを、今後辞退したい、と申しあげてきた」

「それで、土井はなんと？」

「いやとは言えまいよ。これまで散々働いてきたのだ」

高安の表情に、晴々としたところはどこにもなかった。

一角は、部屋に入らず、縁に胡座をかいた。なにか言い出しそうに見えて、高安はそれ以上なにも言わなかった。一角も、黙ったまま庭に眼をやった。

3

意外な男だった。

いや、意外とは言えないかもしれない。この男とは、いずれまた会う宿縁だった。

「傷は、癒えたのだな、高鳥」

むき合って座ると、直井圭介はじっと源太を見つめてきた。直井の傷も、癒えているようだ。

「この居酒屋に、夜毎浪人が現われるという噂を聞いた」

この店で、商人ふうの男に声をかけられた。二両で持ちかけられた殺しを、源太は受けた。それから三つばかり話がきたが、次に受けたのは博徒を斬る仕事だったのだ。この居酒屋にいれば、仕事はいくらでもありそうだった。

「なぜだ、高鳥。世を拗ねたにしても、銭のために人を斬るとはな」

「俺は、ずっと銭のために人を斬ってきた。その前は藩のためだったが、突きつめれば同じことだと、いまの俺には思える」

「俺と、立合ったのもか？」

「何人か、いる。銭のためではなく立合いたいと思う男が」

直井は、じっと源太を見つめ続けている。口もとだけで笑い、源太は銚子を差し出した。直井が猪口で受ける。

「幕府の上の方が、なにやら騒々しい。御先手組の俺には、関りのないことだが、暗に刺客を頼んでくる幕閣もいる。晴気竜行を斬れということらしい」

「知っているのか？」

「一度、会った。朋輩だったという堀田兵庫とは、立合ったこともある」

新之助の、実の父親だった。直心影流の遣手であったことは、新之助の最初の手を見てわかった。どんな男だったのだ、という言葉を源太は呑みこんだ。すでに、自害している。

「賞金をつけ、触れ書を回そうと考えたお偉方もいたようだ。以前に、天領内でそれをやった。代官は動いたのだな。しかし、江戸町奉行は動かなかった。暗闘のどちらにも加担したくない、と思っている者も多いようだ」

「おぬしは？」

「俺は、上様の御先手だ」

直井は、まだ源太を見つめていた。武士二人に遠慮しているのか、近くで飲もうという町人はいない。源太は、銚子を二本頼んだ。

「俺は沢山だ、もう。もっといい役を回そうというやつがいる。石高をあげてやるというやつもいる。腕が立つのが、それほどの価値があるのか。俺は、暴れ回ろうとする俺の躰の中のけものを抑えるために、剣にうちこんだだけだ」

銚子が運ばれてきた。機が熟してきている。理由もなく、そういう思いに源太は襲われていた。直井を倒し、そして晴気竜行と立合う。流浪の身として丹後から出てきたのは、ただそれだけのためだった。

「おぬしに、また会えた。俺は、ただ嬉しい。わかるか、この気持が？」

答える代りに、源太は銚子を差し出した。

それ以上なにも言わず、差しむかいでしばらく飲んでいた。外は風が吹いている。三人残っていた客も、いつの間にかいなくなった。

直井が、腰をあげた。

「時と場所は、おぬしが決めろ、直井」

「明日、申の刻、霊巖島」

「承知した」

源太が言うと、直井はほほえみを返しただけで、背をむけた。

長元院には戻らず、無人の寺で源太は座っていた。いつか夜が明け、陽が高くなった。なにも、考えてはいない。時が、ただ過ぎていっただけだった。

腰をあげた。この無人の寺で黒い装束に替え、何度人を斬りに出ていっただろう、と源太はふと思った。数えてみようという気は、起きなかった。

長元院の山門の近くまできて、源太は足を止めた。

晴気竜行。

真直(まっす)ぐ、源太にむかって歩いてくる。立ち止まったまま、源太は待っていた。見つめてくる晴気の眼は、穏やかと言ってもいいものだった。

「ひとつずつ片付けていこう、と思いはじめた。それで、高鳥源太という名も浮かんできた」

「わざわざ、そちらから来てくれた、ということか」

「新之助も見ておこうと思ったのでな」

「ちゃんと育っている、と俺が言う筋合いでもないか」

「真剣を振っていた。同じ童とは思えぬほどの腕にもなっていた」

「直心影流を、忘れさせようとしただけだ」

晴気が、かすかに笑った。やはり機は熟したのだ、と源太は思っていた。直井との先約がある。

「三日後でもよいか？」

自分がなぜ三日後と言ったのか、源太は考えはじめた。明日でもよかったはずだ。深くは考えなかった。

「場所は？」

「長元院。直心影流が敗れるところを、新之助に見せてやれる。午(うま)の刻」

頷いた晴気が、またかすかに笑ったように思えた。

「田辺からの縁だな。もう田辺藩の動きなど、どうでもいいものになっているらしいが」

「俺も藩士ではない」

「ここまで来たのだ。お互いに縁はあったということだろう」

「そうだな。俺も、そう思う」

晴気が、歩きはじめた。擦れ違う時、源太はただかすかな風を感じた。歩きはじめる。背中に、擦れ違った時の風がいつまでも残っていた。

山門を入ると、幼い気合が聞えてきた。

「新之助」

源太は声をかけた。声に気を籠めていたので、新之助は構えを崩さなかった。

「そのまま俺に斬りこんでこい」

新之助が正眼のまま突っ走ってきた。童とは思えぬほどの、鋭い打ちこみだった。かわすと、すでに上段に構えている。

源太は青江助次を抜き放ち、全霊を籠めて上段から振り降ろした。刃風に打たれて、新之助が後ろに飛んだ。尻から地に落ちた新之助は、蒼白になり、それでも上段で刀を構えていた。痙攣したように、刀がふるえはじめる。

「驚くことはない。おまえはまだ幼いのだ。刀がいまのように襲ってくることがある、ということを躰に覚えさせておくだけでいい」

源太は新之助に背をむけ、庫裡の居室へ入っていった。

青江助次に打粉を打ち、懐紙で拭った。一度だけで、曇りはきれいに取れた。日々の手入れは、怠っていない。斬れ味は益々（ますます）冴えてきていたが、それより刀が躰や心そのものと思えるようになったのが、源太は不思議だった。抜刀していても、刀を構えているという気がしないのだ。

新之助を呼ぶ、照海の声が聞えた。

昼餉（ひるげ）は蕎麦（そば）だった。源太と新之助には、四文屋（しもんや）のものらしいてんぷらも付いている。

「和尚様が、新之助は変ったとおっしゃっておられました」

照海が言った。このところ、なにか喋っても、源太の返答を期待しているようではなかった。それでも、照海は喋る。

「そろそろ読み書きも教えた方がよかろう、ともおっしゃいましたが。源太様のお許しがあれば、和尚様が教えてくださるそうです。あたしは、難しいものは読めませんから」

黙って、源太は蕎麦を啜っていた。しばらく、住持の信光とは会っていない。武士は剣だけではない、という思いはあった。ただ、自分に教えられるのは剣だけだ。新之助と、なにか喋っておきたい、と源太は思った。しかし結局、なにも喋らなかった。新之助の方から、話しかけてくることはない。

源太は、縁に座りこんで境内を眺めはじめた。雲の影が、地表を暗くし、そしてまた光が射してきた。風が出はじめている。落葉が、時々巻きあげられていた。

4

源太が先に着いた。

風を避け、源太は大きな石のかげに腰を降ろした。着流しのままである。時々、背中につんと冷たいものが走った。今日、直井圭介を斬り、三日後には晴気竜行を斬る。斬れないはずはなかった。

野良犬が現われ、源太を見ていた。腹を減らしているらしい。痩せた犬だ。屍骸をひとつ残していってやる。それでも喰らっていろ。いま、俺はなにも持っていない。

呟いた源太に、野良犬が少し近づいてきた。源太がどう出るか窺いながら、そばへ来ようとしているようだ。もともと持っていた臆病さと、飢えによる大胆さがひとつになって、ひどく見苦しい動きだった。

口もとだけで、源太は嗤った。俺も同じようなものだ、とまた声に出して低く呟いた。

晴気まで斬ってしまえば、自分はどうすればいいのか、とふと思った。新之助の父親のような男のままでいるのか。それとも、なにか新しいものが見えてくるのか。いまさら、どこかに仕官したいという思いなどなかった。といって、なにかをやる当てもない。五両、十両で、人斬りを続けることになるのか。

気づくと、野良犬がそばまで来ていた。出した手に、鼻を近づけてくる。腹は減らしている。それ以上に、淋しくて人恋しいのかもしれない。頭を撫でてやると、大人しく源太の足もとに座った。

申の刻に近づくと、風はいっそう強くなった。枯れた色の草が靡いている。源太は眼を閉じ、その音を聞いていた。

犬が、足もとで躰を動かした。近づいてくる気配を、源太は眼を閉じたまま待った。

源太が眼を開いた時、犬は弾かれたように立ちあがり、尻尾を垂れて駈け去っていった。しばらくして、直井圭介の姿が、丈の高い枯れた草の間に見え隠れした。

源太は立ちあがった。

まだ遠いが、直井とはっきりと眼が合った。歩きながら、直井は袴の股立ち（ももだち）を取り、下緒（さげお）を解いて背に回し、襷（たすき）をかけた。

交わす言葉など、なかった。源太も歩きはじめた。数間の間合。立ち止まった。眼。合わせたままだ。直井の眼が、覇気を放った。静かに、源太はそれを受けた。

ほとんど同時に、抜刀した。

風が、土を巻きあげていく。直井の姿は、その土埃のむこう側だった。

じりじりと、間合を詰めた。

直井の放つ覇気も、澄んだ静かなものになっていた。正眼。お互いに、距離を詰められなくなった。固着。なにも、感じなくなった。風さえも、熄（や）んだようだ。

隙は見えない。見えるはずもない。お互いに、気と気をぶつかり合わせる。勝とうという気を、源太はとうに消していた。勝敗は、立合とは別のところにある。

どれほどの時を、固着したまま過ごしたのか。顎の先から滴る汗の感触で、源太はふっと自分を取り戻した。恐怖も、怯えもない。むしろ恍惚にも似た時が、源太を包みこんでいる。

直井が、一歩踏みこんできた。潮合。同時に跳んだ。位置が入れ替っただけだった。お互いに、刃風は痛いほど感じたはずだ。血は一滴も流れていない。

再び、固着だった。

源太は口を開け、一度肩で大きく息をした。直井は、微動だにしない。すべてが、静止していた。風も、ほんとうに熄んだようだ。じりっと、源太の方から距離を詰めた。意図があってそうしたのではなく、躰がそう動いていた。わずかに、静止が乱れた。直井が満身の気を放ち、源太もそれに応えた。直井の姿以外、なにも見えなくなった。

踏み出した。擦れ違っていた。構え直す。ひどく長い時間がかかったような気がしたし、一瞬とも思えた。

正眼に構えた直井の躰が、そのまま前のめりに倒れた。

勝った、と思ったのはだいぶ経ってからだった。

倒れた直井のそばに、かがみこんだ。直井は穏やかな顔をしている。半眼に開いた眼を、源太は指さきで閉じてやった。

腹から胸にかけて、横一文字に源太も斬られていた。深いようだ。生死を分けたのは、なんの差だったのか、と源太は思った。

とうに、暗くなっていた。それでも、倒れている直井だけははっきり見えた。

二刻ほど、源太は直井のそばでじっとしていた。袖を切り落とし、傷に当てた。出血が続いているのかどうかは、よくわからなかった。触れると、濡れているのがわかった。

犬がそばにいた。犬を呼び、脇差で源太は首を叩き落とした。直井を、犬に食わせるべきではない。はじめて、傷口に鈍い痛みを感じた。

立ちあがる。やはり、直井の姿だけはよく見えた。闇の中を、歩きはじめた。壊れものでも抱えたように、そろそろと歩いた。血は固まる。それが傷口を塞ぐはずだ。そのために、二刻もじっと動かずにいた。しかし、動くと血はまた出てくるだろう。休み休み、歩いた。休んで立ちあがるのが、次第に億劫になっていく。三日後には、晴気と立合う。それだけを自分に言い聞かせていた。

すでに深更になっているのか。出会う人間もいなかった。青江助次は、腰にある。いつ鞘に収めたかも、憶えていなかった。

長元院の山門を潜った。

庫裡の手前で、源太は膝をつきそうになった。声は出なかった。あと十数歩。それが進めない。

障子が開いた。音で、それがわかった。眼は、時々見えなくなっているようだ。

出てきたのは、照海ではなく、新之助だった。いまなら、俺を斬れるぞ。そう言おうとしたが、声が出なかった。新之助の姿が消えた。消えたのではなく、縁を駈け降りてきたようだ。視界が、なくなっては戻ってくる。

新之助に、支えられた。脇にある小さな躰。多分、新之助だろう。自分が立っているのか歩いているのかも、源太にはわからなかった。

5

冬の海と、むかい合っていた。

盛りあがった波が、砕ける。押し寄せてくる。それにむかって、正眼に構えている。波にも、気があった。荒々しくなったり、穏やかになったりはするが、決して乱れることのない気だった。それに、人の発する気はどこまで耐えられるのか。勝てるのか。

丹後田辺の、馴染(なじ)んだ砂浜だった。日によって変る砂浜の貌(かお)まで、知り尽していた。幼いころから、そこで木刀を振り続けてきたのだ。時には、波に勝とうとして打ちかかっていったこともあった。打ち据えた時、波はなくなっていた。荒い波も、穏やかな波もそうだった。

冬は、海からの風が強かった。砕けた波が吹き飛ばされ、波打際に立っていると痛いほどに飛沫(しぶき)が顔を打ってきた。それとも、むかい合った。海にむかい合うことは、すべてにむかい合うことだった。強くなりたいという思いとも、むかい合った。自分は強いとも思った。失意も希望もあった。しかし波は砕け、また盛りあがる。木刀で砕けはしないのだった。

かすかな息苦しさに襲われて、源太は眼を開いた。

新之助の顔が、そばにあった。夜ではないようだ、と源太は思った。新之助の背後の襖まで、はっきりと見えるのだ。

「強いやつがいる」

声に出して言ったつもりだったが、新之助には届かなかったようだ。訝(いぶか)しげな表情で、新之助が覗きこんできた。

「いまなら、おまえでも俺を斬れる」

聞えたようだった。表情を変えず、新之助は源太を見つめてきた。

「俺が憎ければ、首でも落としてみろ」

「いつか、先生に勝ちます」

新之助はそう言った。先生という言葉が、わけもなく源太の心に触れた。師であったことはない。そう言おうとしたが、どうにもならない気怠さが襲ってきた。しばらく、眠りに抗った。そして眠った。

眼醒めた時は、暗かった。

行灯の明りがひとつ、部屋の隅にあるだけだ。何日経ったのか。ふと考えた。晴気竜行には、三日後と言った。その三日は、まだ経っていないだろう。約定の場所はここで、晴気が現われたという気配はない。

「水を」

声がした。照海が、椀の水を口に流しこんできた。少しずつ、源太はそれを飲んでいった。はらわたはやられていない。傷は深かったが、肋の下の端を断ち切っただけだ。

血を失ったから、立てずにいる。はっきりとわかった。できるだけ血を失うまいとして、何度も休みながら戻ってきたのだ。駈け戻ったりしていれば、血を失って死んだだろう。

傷口を、縫い合わせておきたかった。いまは、その気力がない。それに暗い。夜が明けてからやればいいだろう。

照海が、顔を覗きこんできた。

ただ見ているだけだ。そう思った。眼差しに、情愛は感じられない。当たり前だ、と源太は思った。こうやって死ぬ男だと、ずっと思い続けてきたに違いない。

「新之助は？」

「眠っています。子供ですから、夜中まで付いていろと言うわけにはいきませんわ」

「そばにいろ、と言っているわけではない」

喋ると、息苦しいような感じはまだ消えていなかった。寒いのに、汗をかきはじめている。

「俺は、血を失った。しかし、死んではいない。血を失って死ぬのは、失ったすぐ後のことだ。だから、待っていても、俺は死なん」

「待っているなんて」

「待っているさ、おまえは」

眠くなった。照海はまだ、顔を覗きこんだままだった。耐えられなくなり、源太は眼を閉じた。気づくと、新之助がそばに座っていた。照海は、新之助の後ろだ。まだ暗く、行灯の明りが、かすかに源太の視線を揺らした。

「なぜ、寝ない？」

「もうすぐ、夜明けです」

「新之助は、小用に起きたら、もうここを動かなくなりました」

照海に訊いているわけではなかった。新之助を見つめた。視線の揺れは収ったようだ。

「おまえも、俺が死ぬと思っているのか？」

新之助は、なにも言おうとしなかった。

「死ぬと思っているのなら、おまえの手で斬ってみろ。無論、俺も黙って斬られてはいないが」

「新之助は、眠れなくなっただけなのですよ。あんなに血を見たのですから」

照海が、椀の水を口に流しこみながら言った。新之助の表情は動かない。

「胸騒ぎでもしたか。血が、おまえの胸を騒がせたか」

新之助を見つめたまま、源太は笑った。ほんとうに笑った顔になったかどうかは、よくわからなかった。眼を閉じた。眠ったのだろうか。それとも瞬（まばたき）に近かったのか。新之助も照海もそばにいた。ただ、行灯の明りが薄くなっている。夜明けだった。

「青江助次を」

源太は言った。

境内に、気配がある。ひとりや二人ではなかった。上体を起こした。視界が暗くなった。それはしばらく戻らず、耳も聴えなくなった。視界に明るさが戻ってくると、源太は枕辺の青江助次を執り、杖のように使って立ちあがった。また視界が暗くなったが、すぐに戻った。

「二人とも、ここを動くな」

障子を開け、縁に出た。夜は明けきっていない。自分の吐く息の白さが、ようやく見分けられるほどだ。

黙って、青江助次の鞘を払った。縁を降りる。十五人から二十人。そう見当をつけた。取るに足りない腕だ。

傷の痛みはなかった。青江助次を構えると、全身に力が漲(みなぎ)っているような気もしてきた。

一斉に斬りこんできた。源太は一歩も動かず、ほとんど同時に二人を斬り倒した。腹の傷が裂け、血が噴き出してきたようだ。あと三人斬れば、みんな逃げ出すだろう、と源太は思った。武士ではないが、刀には胆の据った力が籠っている者が多い。ただの町人でもないだろう。それ以上のことを、源太は考えなかった。

「石だ。石で打ち殺せ」

叫び声があがった。石が飛んでくる。源太は動かなかった。躰に石が当たる。額にも当たった。三歩前へ出た。その時、一番近くで石を投げていた男を両断していた。それでも、石は飛んできた。どれほどの血を失ったのか。あとどれほど立っていられるのか。死ぬかもしれない、と源太は思った。恐怖はなかった。石で打ち殺されるのが、いかにも自分らしいという気がどこかでした。嗤いたくなるような気分もあった。

「卑怯者」

幼い叫び声があがった。別の悲鳴も聞えた。新之助が、刀を抜いて斬りこんできていた。ひとりが、脚を抱えてのたうち回っている。こめかみのあたりに、石が当たった。また照海の悲鳴が聞えた。

視界が暗くなり、すぐに戻った。新之助が、上段に構えている。その姿が、大きなものに見えた。勝てる、と源太は思った。新之助は、充分に闘える。

俺の後ろへ回れ、新之助。声をかけた。あと二人か三人斬り倒せば、みんな怯むはずだ。俺が二人斬り倒す間に、おまえはひとり倒せるか。

前へ出た。何歩前へ出ても、新之助は近づいてこなかった。

6

走った。

いやな感じが、強くなってきたのだ。捨が肩から舞いあがる。すでに、捨の眼が利く明るさになっていた。ろくは、脇を駈けている。時々、哮え声をあげた。

昨夜から、鶯谷の大黒の十兵衛の賭場で博奕を続けていた。かなり勝っていた。博奕には、必ず波がある。次に来る波を待つまでどうやって凌ぎきるかで、勝敗は大きく左右される。凌いでいなければならないのが、わずかな時しかなかった。

夜明けも近くなったころ、十兵衛の姿が消えたことに気づいた。その前に、子分たちの姿も消えていて、賭場を仕切っているのは見知らぬ男たちになっていた。

赤鬼の伝蔵の仇を討つったってよ。ひとりが呟いているのを耳に挟んだ。

赤鬼の伝蔵を斬ったのが、高鳥源太だという調べはついたのだろう。なにしろ高鳥は、出ていくところの姿を見られているのだ。この連中の張りめぐらせている網には、ちょっとびっくりするようなところがある。上客を見つけ、博奕に引きこまなければならない。取り立てもやる。そのために、江戸中に張りめぐらせた網があるのだ。

また高鳥が人を斬ることになる。その時は、なんとなくそう思っただけだった。勝ち続けていたのだ。高鳥が並みはずれた腕であることを、大黒の十兵衛は知っているはずだ、とふと思った。それが気になった。十兵衛は、無謀を冒す男ではない。死にかかってるって話じゃねえか、その侍。それに十人も二十人も子分を連れていかなきゃなんねえとは、大黒もいざとなりゃ臆病なもんだ。

それを耳にした時、とっさに頭に浮かんだのは、晴気竜行の顔だった。晴気と高鳥が立合い、高鳥は死にかかっている。そうとしか考えられなかったのだ。

話していた男を外へ引っ張り出し、一分銀を握らせて訊き出した。

朝方、高鳥は血まみれの姿で寺へ戻ってきたらしい。それからも、十兵衛は慎重に張り続け、高鳥が動けないことを確かめたのだ。丸一日近く生きているなら、多分死なないだろうと一角は思った。血を失って死ぬのは、大抵は斬られた直後だ。立合った相手が誰なのかは、わからなかった。

動いてまた出血すれば、死ぬ可能性はあった。かなりの傷でも、高鳥が博徒たちに殺されるとは思えない。しかし、出血はどんな男でも殺す。

暗闇坂にさしかかった。

長元院のそばまで来た時、一角は足を緩めた。境内からは、争闘の気配が漂ってくる。それは、肌を刺すほど強い気配ではなかった。高鳥が、博徒たちを相手に遊んでいるとしか思えない。傷は、深いものではなかったのだろう。走り通してきた自分を、一角は嗤いたいような気分になった。

山門を潜ったところで、足を止めた。

倒れている高鳥源太と、上段に構えている堀田新之助の姿を、一角の眼は同時に捉えていた。

男がひとり、からかうように新之助の鼻先で刀を振っている。やめろ、と出かかった言葉を、一角は呑みこんだ。新之助が斬られるようには、見えなかったのだ。

男が、新之助に斬りつけた。新之助も踏み出していて、見事にかわした。新之助の刀の先が、男の二の腕を掠めた。悲鳴をあげた男が、すぐに逆上した。斬りつけていく。新之助は、それもかわした。擦れ違いざま、男の腿のあたりを斬った。刀を放り出して、男は転げ回った。

取り巻いていた男たちが、一斉に殺気を放った。新之助は、正眼に構え、肩で息をしている。

「やめろ」

一角は、ようやく声を発した。声の方をふりむいた大黒の十兵衛の顔に、怯えの表情が走った。十兵衛が怯えるだけの気を、一角は放ったのである。

「失せろ」

歩み寄りながら、一角は言った。十兵衛が慌てたようになにか指図し、倒れた者を担いで男たちは走り去った。

新之助は、まだ構えたままである。一角は一度頷いて見せ、高鳥のそばに片膝をついた。

正眼に構えたまま横たわったという恰好で、高鳥は死んでいた。腹からの出血が、命を奪ったようだった。巻いた晒は赤く染っている。ほかに斬られたような傷はなく、石で打たれた痕が残っているだけだ。額の出血も、石で打たれたためだろう。

照海という女も、背中から胸にかけて刺し貫かれ、絶命していた。

「もういい。落ち着け、新之助」

声をかけた。新之助は、柄から手を放せないでいた。指を開き、刀を取り、鞘に収めてやると、新之助はその場に座りこんだ。信じられないような、太刀捌きだった。

新之助も、自分が人を斬ったというのが信じられないのかもしれない。しばらく、放心させておくしかなかった。

斬られて死ぬことはできなかったか。高鳥の方を見て、一角はそう口の中で呟いた。自分に言っているような気もした。

捨が、肩に舞い降りてきた。

墨染姿の住持と、寺男らしい老人が、庫裡から出てきた。住持は、低く経を唱えていた。寺男は、怯えている。

ひとしきり経を唱えてから、住持は一角の方をむき、頭を下げた。

「いつかは、こんなことが起きるのではないか、と思っていました」

一角は、黙って住持を見つめていた。

「照海さんまで、亡くなるとは思いもしませんでしたが」

「新之助を育てる者が、いなくなりました」

「その心配は御無用に。もともと、高鳥殿から預かった子ではありません。育てるために、過分の喜捨もいただいております」

預けたのは、晴気竜行である。しかし、高鳥と立合ったのが晴気だとしたら、いま無事でいるのか、と一角は思った。

ろくが、鼻を押しつけてきた。濡れていて冷たい。

「俺は、消えた方がよさそうですね」

「そうしていただければ。新之助は、本堂で落ち着かせます」

一角は頭を下げ、山門にむかって歩いた。ふりむきはしなかった。ろくが、何度も不安そうに見あげてくる。山門を出たところで、一角はろくの頭に手をやった。濡れて冷たい鼻が、手の甲にまた押しつけられてきた。

第十六章　風を斬る日々

1

風にむかって、刀を構える。風が息をする瞬間があった。その時、風を斬る。

江戸は、木枯しの季節だった。夜ごと、河原へ出て刀を振った。自分の中で暴れるものを、抑えるためである。

幕閣の暗闘が、どういう帰結を迎えようとしているのか、竜行は知らなかった。誰と誰の暗闘かは、ぼんやりと見えている。暗闘であるがゆえに、竜行がのべつ襲撃の脅威に晒されることもない。双方とも、せいぜい百人ほどの人数を、暗闘に注ぎこんでいるだけだ。お互いに潰し合っているので、晴気にまではたやすく手を回せないのだろう。賞金首として江戸市中に触れ書が出たこともない。

自分から動かなければ、なにも起きないという日々がしばらく続いていた。このまま、平穏な時の中に埋もれていけるのではないか、という錯覚さえ起こしそうだった。

高鳥源太との立合に、生死を賭けるつもりだった。ひとつずつ片付けていくとしたら、まずそれからだと思った。丹後田辺からの因縁なのだ。約定の日、長元院へ行った。高鳥も、照海という女も死んだ、と住持の信光に教えられた。

新之助は、竜行の眼を見ようとしなかった。また、変っていた。高鳥と照海が死ぬのを、眼の前で見たのだろう。

ここにいろ、と竜行は言っただけだった。

あれから、半月ほどが過ぎている。

千住の、古い家での暮しも、長くなってきた。もともと旅籠だった建物で、静乃と二人で住むには広すぎる。二階は、ほとんど使わなかった。

江戸で疫病が流行(はや)った時は、大八車で次々に病人が運びこまれてきたという。庭にまで病人が溢(あふ)れ、それがいくらか収った時に、夫が同じ疫病で倒れた。静乃が倒れても、なんの不思議もなかった。少し遅れて自分も死ぬのだと思いながら、夫やほかの病人の介護をした。

立合を重ねてきた武士とはまた違ったが、静乃には生死を達観したところがあった。ふだんは、よく気の回る女という感じしかないが、なにかの時にそれが出る。一緒に暮していて、苦痛な女ではなかった。だからいつまでも暮そう、とも思っていなかった。人はつきつめればひとりで、それは静乃にもわかっている気配があった。ただ、静乃は子を産みたがっている。切ないほどの激しさで、竜行の精を求めてくるのだ。死んだ夫と子を生せなかったのが心残りなのでもなく、なんとしても竜行の子を欲しがっているわけでもなかった。ただ子を欲しがっているとしか思えないのだ。それが、竜行にとって女の理解し難い部分だった。

師走に入ったある日、左文字一角がふらりと訪ねてきた。

竜行は、左文字の肩に手をのばし、捨を自分の腕にとまらせた。いい姿をしていた。腕を摑む爪には、それほどの力は加えられていない。しかし、ひめられた力は痛いほど感じた。そして捨は、自由に空を翔ぶことができる。

「高鳥源太が死んだことは、知っているな?」

「ああ」

「おまえとは、ついに決着をつけることができずに、死んだ。直井圭介と立合ったことがわかった。直井はその場で死に、高鳥は深傷を負った。博徒どもが投げる石に打たれながら、死んでいった」

直井圭介と高鳥なら、どちらが死んでも不思議ではなかった。直井とは、一度話をしただけだ。兵庫と立合っていた。祈るような、痛々しい剣だった、と直井は言った。

「高鳥と直井は、どこかで会ったのだな。あの二人が立合ってみたくなるのは、わかるという気がする。高鳥は野性の剣で、直井は小野派一刀流の正統的な剣だった」

「もうよせ」

二人とも、死んだ。手練れの立合とは、そんなものかもしれない。

茶を運んできた静乃が、ろくに声をかけ、頭を撫でた。ろくは、静乃に対して余り警戒心を見せない。竜行が頭に手をやると、耳を伏せてじっと耐えているのだ。

「左文字様がお持ちになった刀、兄はまだ睨み続けておりますわ。時々、ああいうものをお持ちいただくと、兄も生きている気分を取り戻せるのだと思います」

「刀とむかい合うことでしか、生きられない男だからな」

捨は、竜行の腕の上でじっとしていた。声をかけると、わずかな反応を示す。

「青江助次だった」

静乃がいなくなると、左文字は言った。

「高島の差料さ。田辺でおまえに斬られて腰を抜かしていた時は、粗末な刀しか持っていなかったのにな。俺は、あの刀は新之助が受け継ぐべきだと思う」

「新之助が？」

「おまえは知らないだろうが、あの二人は、いつの間にか師弟というより父と子として通じ合うようになっていたのだと思う。そんな気がするが、あの青江助次は血を吸いすぎていた。だから、弥八に預けた」

弥八が血の匂いを抜いてしまう。それなら新之助が持っていてもいいような気がしたが、なぜ左文字がそれをやるのだとも思った。

「静かな時が過ぎているが、俺たちはいずれ死ぬぜ。それも遠くない日にな。立花喜重郎の動きが慌しい。どうせあの男は、次の大目付を狙っているのだろうが。おまえと俺とは、組んで、ここを乗り切ろうとしている。しかし、やつらが本気になれば、生き延びるのは難しいと思う」

「おまえ、立花のもとで人斬りとしてなら、生き残れるぞ」

「言うな。これから先、二度と同じことは言うなよ、晴気」

ふだんは感情をあまり見せない左文字が、めずらしく語気を強めた。それだけで、捨の爪は竜行の腕に力を加えてきた。

「やつらは、ずっと本気だった」

「それは、暗闘に関してだ。どちらかが勝つと、すべてが暗闘ではなくなる。俺たちがむかい合うのは、幕府そのものになるのだ」

「おまえには、はじめからその覚悟があったのではないのか、左文字？」

「ある。どこであろうと、自分の剣で斬り開いていく覚悟は。しかし、立花喜重郎の動きが、どうもおかしい。このひと月それを見ていたら、おまえと組んでいることを確かめたくなった。つまり、不安なのだ」

不安な時は不安だと、怖い時は怖いと、はっきり言える。左文字のいいところだった。このまま収るはずはない。収ったとしても、竜行はこのままで済ませる気はない。その時左文字がどうしようと、それは左文字の勝手だった。

最後はひとりだ、と竜行は心の底では思っている。

「俺がおまえに会いに来たのも、立花には知られているという気がする」

左文字は、茶を啜りながら、葉を落とした欅の梢に眼をやった。

「立花の背後にある力が、俺は怖い。そんな力に操られたくないという思いと、黙って言われた通り人を斬っていればいい、という思いがある」

「あまり喋るな、左文字」

「そうだな。はじめて会った時から、おまえにはいつも喋り過ぎると言われてきた」

「新しい動きが見えてくるまで、俺はここにいる。高鳥との決着をつけることも、もうなくなったからな」

捨を、左文字の肩に移した。やはり、捨はそこの方がずっと居心地がよさそうだった。

「俺はこれから、下総(しもうさ)へ行く。立花の領地があるのだ。そこに立花の弱味があるかもしれん。なんの当てもないが、じっとしているより、調べた方がいいような気がする」

「それぞれに、やり方はある」

「おまえは、相変らず友などいらんと思っているのだろう。俺は、俺が友と思う相手に、俺がどこへ行ったかだけでも、伝えておこうと思ったのだ。無事に戻れるかどうかも、わからぬ旅だからな」

左文字は、立花を探るということに、抵抗を感じているのだろう。考えようによっては、主筋と言ってもいいかもしれないのだ。

「帰りに、また寄る。余計なことだろうが、静乃さんまで巻きこまないようにな。高鳥と一緒に、照海という女まで殺されていたのは、あまりいい気持ではなかった」

左文字が、ろくを呼んだ。捨は左文字の肩で、四方に鋭い視線を放っている。

2

見張られていると思った。

立花喜重郎なのか、それとも大久保加賀守の配下なのか。見張られて、当たり前だった。むこうが攻めてくるまで、竜行の方からは手を出さなかった。隙だけは、充分に見せてやった。それでも襲ってこなければ、ただ見張っているだけということになる。

静乃は、江戸市中へ出かけていくことが多かった。弥八の商売を支えようとしているのだ。静乃が集めてきた研ぎの註文は、すべて常吉（つねきち）がこなしているのだろう。常吉は、弥八が研ぎにかかるのを、黙って見ているだけだという。青江助次が高鳥の差料だと、竜行は知らなかった。なにも言わずに、左文字が持ちこんだもので、弥八がまた刀と睨み合っているという話を、静乃から聞かされていただけだった。

高鳥の差料なら、弥八を久しぶりに生き返らせているだろう。いい刀というだけでなく、人を斬る気に満ちているはずだ。それを、もっと澄んだ気に研ぎあげていく。

そうすることで、刀は前の主人を忘れる。

千住の宿場は、よく歩き回った。歩き回っている間も、見張られているという感じはあった。

五人の武士がついてきた時も、別のところから見張られているという感じはあった。

河原の方へ、竜行は歩いた。

「晴気殿」

声をかけられた。五人とも殺気を孕(はら)んでいるが、節度を失ったようではなかった。

「われらは、直井圭介の朋輩で、同じ道場で学んだ者です」

竜行は、黙って男たちを見つめた。

「直井を斬ったのはあなただ、と教えられました。尋常な立合ならば、なにか言う筋合ではない。それはわかっています。しかし、直井が斬られるということが、信じられない思いもある」

「旗本か？」

「三人は。あとの二人は白河藩士です」

「直井を斬ったのは、俺ではない。斬った方も、あとで死んだよ」

「そういう言い方は、見た者でなければできん。立合を見届けた者が、あの場にいたとは思えないのです」

「俺に、なにをさせたい？」

「この者と、立合っていただきたい。それで、直井に勝てた腕だったのかどうか、われらにも得心がいきます」

埒もない、と言いかけた言葉を、竜行は呑みこんだ。竜行が直井を斬ったと言って、けしかけた者はいるのだ。

「いいだろう。直井圭介とは、一度会ったことがある。いつか立合う相手かもしれないと、その時思った」

「立合ってくださるのですね」

「立合うが、直井を斬ったのは俺ではない。俺だと言った者は、おぬしらの力を借りて俺を殺したいだけさ。それは忘れないでくれ」

相手として出てきたのは小柄な男で、旗本ではないようだった。

四人が遠巻きにする中で、竜行はその男とむかい合った。居合を遣う。柄に手をかけたまま、竜行に眼を据えてじっと立っている。

竜行も抜刀せず、睨み合った。

直井より、わずかに手が落ちる。それが見えた。大きかろうとわずかであろうと、落ちることには変りない。呆気なく、それが生死を分けるのだ。

寒風に晒された男の額に、汗が滲み出していた。竜行は、まだ柄に手もやっていない。斬り殺すほどのことはない、と竜行は思った。無造作に、一歩踏み出す。その圧力に耐えきれず、男は気合とともに刀を一閃させた。

柄に手をかけて、竜行は立っていた。上体を後ろに反らしてかわしただけである。動けば抜撃つ。それを気配に出した。右中段に構えたまま、男は硬直していた。汗にまみれ、口を開け、肩で息をしている。

「参った」

竜行が一歩出たとたん、男は地に両膝をついた。黙って、竜行は踵(きびす)を返した。宿場の方へ歩いていく。誰も追ってはこなかった。

「薬屋だな」

宿場の入口で、竜行は乞食に声をかけた。

「見つかりましたか」

「俺をずっと見張っているのは、おまえか?」

「いえ、青山下野守様の手の者です。私は、立花様からも青山様からも、不興を買いました。どこかで手柄を立てて、もう一度認めていただかねばなりません」

「むなしいことを、くり返しているな」

「このごろは、そう思うようにもなりました。葛一族を、幕府御用にというお話も、当てにならぬものだ、という気がしております」

事がすべてうまく運べば、取り立てられる機会があったかもしれない。しかし、それはもう遠い。

「ひとつだけ、晴気様に教えておきたいことがございまして」

竜行は、黙って歩きはじめた。葛秀典の言うことは、信用しない方がよさそうだ。

「お待ちください、晴気様」

乞食のなりをした葛が、駈け寄ってきて竜行の袴を摑んだ。

「堀田兵庫様のことでございますぞ」

竜行は、抜撃ちに葛を斬りつけた。跳び退った葛の手から、なにかが落ちた。指が二本。

「兵庫の名を、二度と口にするな、と言っておいたはずだ」

葛秀典は、路上にうずくまっていた。さすがに、とっさの血止めをしたらしく、ほとんど血は散っていない。

竜行は歩きはじめた。晴気様と呼ぶ声だけが、後ろから追ってきた。

3

見張られる日々が続いた。

葛秀典によると、老中青山下野守の手の者だというが、ほんとうかどうかはわからなかった。襲ってくる気配はない。

江戸市中に出かけていった。

研弥は覗かず、長元院を訪(おとな)っただけである。境内の隅で、新之助が真剣を構えていた。相手をしているのは、左文字一角の門弟で、藤麿と呼ばれている男だった。高鳥源太からなにか伝えられたのか、新之助の構えは尋常な童とは思えなかった。剣に、気が籠っている。それが、境内を覆うほどに強い。

藤麿は、木刀で相手をしていた。藤麿の木刀にも気が満ちていて、真剣の立合という感じさえある。

庫裡の縁に腰を降ろしていると、寺男の老人が湯を運んできた。

「六蔵といったな。新之助は、いつもあんな具合か？」

「はい。しばらくは、ひとりで刀を振っておりました。和尚様が止められても、やめませんでした。一日に二刻はそうしておりました。二刻は読み書きを習っておりますので、童らしい遊びをする暇などございません」

「いまは、あの男も一緒ということだな」

「読み書きまで、一緒に習っております。字がまったく読めぬようで、新之助の方がずっと上達しております」

「剣は、そういうわけにはいかんようだな」

新之助が気合とともに打ちこみ、刀を弾き飛ばされた。藤麿は、かなりできる。

「それでも、高鳥様がこられたばかりの時より、ずっとましでございましょう」

「ほう、高鳥はもっと新之助を苛めたか」

「そういうことではなく、若い女性も御一緒でございました。その女性は、ふだんは母親のようだったのでございますが」

時として、男女の媾合いを新之助に見せることにでもなった、ということか。

新之助にとって、それが大きなことであるはずはなかった。母親の知佐が竜行と媾合い、そして斬り殺された。そのすべてを、新之助は見ていた。心からそれを消そうとしているのかもしれないが、決して消えてはしまわないはずだ。

「読み書きは、信光殿が教えておられるのだな？」

「新之助は賢いと、いつも言っておられます」

「新之助がかわいいか、六蔵？」

「孫がいたら、こんな気持なのだろうと思います。娘はおりましたが、孫など生まれてはおりますまい。宿場女郎に売ってしまいましたので。博奕でございます。渡り中間などもやって参りましたが、もうこの寺で終りでございましょう。生き過ぎたのです。終りに、孫のような童に出会えた。それは思ってもみなかった喜びでございます」

「いくつだ、六蔵？」

「六十三になります」

信光より、六蔵の方が坊主らしい、と竜行は思った。信光は、まだ俗なものをいくらも残しているという気がする。

「信光殿の戻りは、明日か」

「申し訳ございません。せっかく旦那様が新之助に会いに来られましたのに。剣術だけでなく、読み書きを習っているところも、御覧いただきたかったと思います」

六蔵は、縁に座りこんでいた。背中から腰にかけて、大きく曲がりはじめている。

「お見えになっているのは、わかっておりましたが」

稽古を終えた藤麿が、そばへ来て言った。新之助は、汗にまみれている。六蔵が、すぐに井戸端に連れていった。

「休むことなく、立合を続けよ、と先生に命じられております。童とは思えないほどの剣勢で、私も押されるような気がする時があります」

藤麿の剣は、まだ野性だった。真剣で、ほんとうの力を出す男だろう。

「左文字は、狩野派一刀流をおまえに教えたわけではなさそうだな」

「技は、なにも習っておりません」

「俺と立合え、と左文字は言ったか？」

「いいえ。戻るまで、堀田新之助と一緒に暮せと。なぜ童と、と思いました。稽古をしてみて、なるほどとわかったものがあります」

「直心影流さ。堀田兵庫の直伝だ。兵庫は、俺より腕が立ったかもしれん」

「晴気様よりですか。信じられません」

「兵庫と、立合ってはいない。だからわからん。俺にないものを持っているやつだと、ずっと思い続けてきたような気もする」

藤麿が、足首に巻いた縄を解いた。歩けはするが、走れないし跳べない。左文字に、そうして新之助とむかい合うように、命じられたのかもしれない。

「尾行(つけ)られていますか、晴気様？」

「ずっとだ。おまえの師とは昵懇(じっこん)の、青山下野守の手の者らしいが、気にしてはおらん。見張るだけで、襲ってはこん」

ここにいて、竜行が尾行られていることに気づいている。けもののような男だった。

新之助が、六蔵に連れられてきた。童とは思えない、眼の据り方だった。一度、死の中に踏みこんだ者の眼だ。丹後田辺で、はじめて出会った時の高鳥源太には、この眼がなかった。

「母者(ははじゃ)を憶えているか、新之助？」

「はい」

「どういうふうにして、母者は死んでしまわれた？」

新之助がうつむいた。竜行は、新之助から視線をはずさなかった。こうして見ていると、面差しは兵庫に似てきたという気がする。

「どうした？」

新之助は、顔をあげなかった。思い出してはいない。新之助にとっては、夢のようなものだったのだろう。そして、母親がいなくなったという現実だけが残った。

「剣を振るのも学問もいいが、それを思い出しておけ。今日は、それを言いに来た」

竜行は腰をあげた。六蔵がお辞儀をする。新之助の方をふり返らず、山門まで歩いた。藤麿が付いてきた。

「犯したあと、斬り捨てた。俺がだ」

言って、竜行は山門をくぐった。

「晴気様は、先生と立合われるのですか？」

声だけが追ってきた。

「おまえが、代りにやろうとでもいうのか？」

「私には、勝てません。勝てるわけがないのが、よくわかります。先生は、晴気様を友と思っておられます。私は、いやな気がするのです。お二人が、立合われるような」

「そういう縁なら、立合うだろう。そういうものだ、藤麿。いまはまだ、左文字とどういう縁か、よく見えん」

「堀田兵庫様は、晴気様の友であられます。晴気様は堀田様のためには、身命を惜んでおられません。私は、山の中でけもののように生きてきた者です。しかし、友の大切さというのはわかります。晴気様と先生は、無二の友になれると信じています。お二人が、立合われるようなことがあってはなりません」

「俺が、なぜ兵庫にこだわるか、わかるか？」

「それは」

「友だからではない。死んだ友だからだ。もう裏切れぬし、立合うこともできん。生きていた時の兵庫が、そのまま俺の心に残っている。そういうものだ」

「わかるような気もします」

「左文字は、生きている」

竜行は歩きはじめた。もう、藤麿の声は追ってこなかった。

4

長元院から研弥は、それほど遠くなかった。それでも、竜行は赤坂の方へむかった。

弥八は、まだ青江助次とむき合っているという。そういう時は、そばに誰がいても眼に入らないから、訪ねても邪魔になるわけではなかった。ただ、尾行(つけ)てくる者の執拗さが、竜行は気になりはじめていた。

溜池のそばまで歩いた時、別の気配が竜行を打った。

立って竜行を待っている。尾行てくる者たちとは、関係はなさそうだった。

「鍋島の中屋敷の裏は、人がいない」

服部弥九郎だった。

「ほう。立花喜重郎の命を受けたとは思えんがな」

「どうして、そう思う？」

「このところの動きが、静かすぎる」

「俺は、貴公と高鳥源太の二人と立合うために、生きていたようなものだ」

服部が、肩を並べて歩きはじめた。左の袖は、風で揺れている。片脚も引き摺っていた。それでも、竜行に遅れずに歩いてくる。

「鍋島屋敷の裏でよいのだな？」

「ここでもよいが、人眼につかぬともかぎらん。確かに俺は、殿に命じられているわけではない」

「高鳥は、死んだ」

「知っている。直井圭介と斬り合ったのさ。直井は、よく屋敷に出入りしていた。立合ってみたいような男だった」

「立花邸で、堀田兵庫と直井が立合った時、おまえは見ていたのか？」

「見ていた。直心影流と小野派一刀流。いい勝負だったが、殿が途中で止められた」

祈るような剣だった。直井は、そう言った。

「勝敗は、見えなかった。互角とも思えたな。江戸にも手練れがいるものだ。あの時は、それだけ考えていた」

祈るような、痛々しい剣。それは直井が感じたことで、服部が同じことを感じたわけではなさそうだった。

「おまえは、なぜ立花にそむく？」

「そむいてはいない。殿が、斬れと言われないだけだ。俺には、それがなぜだかわからん。わからんのは、それだけではない。すべて、俺にはわからなくなった」

「すべてとは？」

すでに、鍋島藩中屋敷の裏にきていた。背後は、溜池（ためいけ）の水面である。

「水野忠成（みずのただあきら）を中心とする勢力が、田辺藩を使って抜荷をやった。その中に混じっていた阿芙蓉が、争いの中心だった。殿は、阿芙蓉を国に入れるような水野を、許せぬと言われていた」

服部は、削げた頬を歪めて笑った。凶相が、いっそうひどいものになった。隻腕で、竜行に挑もうとしている。よほどの習練を積んだのか、それともなにかを投げ出したのか。

「なにもかも、なくなってしまうのだ」

「なくなる？」

「何人も、死んだ。その者たちはみんな斬り合いで死んだのに、病死や切腹ということになっている。逐電したことになった者もいる。争いなど、どこにもないのだ」

「立花に訊け」

「殿は、なにも言われぬ。しかし、水野の方もそうなのだぞ。古坂頼母も筧好光も病死したことになっている。ほかの者たちもだ」

「それは、そうだろう」

「争いに加わって死んだ者だけが、そうなのだ。直井圭介は、浪人との私闘で果てたとされている。おかしいのだ」

「それを、俺に言ってどうする？」

「訊かれたから、言ったまでだ。貴公が生きているのも、やはりおかしい。何十人かで押し包んで、討ち果してしまえばいい。それもできぬ。公になりそうなことは、なにもできぬ。たとえそういうことが起こっても、なにもなかったことになってしまう。俺がここで果てても、病死であろうな」

「苛立っているな、服部」

「当たり前だ。水野が、阿芙蓉を国に入れている。老中の筆頭にある者がだぞ。いずれどこかの大名などに流して、それを弱味として摑んでいるのであろうが。しかし、殿は公にはなされぬ。はじめからだ。公にすれば、たとえ老中であろうと、無事には済むまいと思えるのだが、なされぬ。俺は、貴公を討つために御先手組の七、八十人も繰り出そうとしないことに、苛立った。古坂も、筧も、それをしなかった」

「俺が、証拠を握っているからさ」

「それならなおさら、御先手組でも町奉行でも、いやお庭番でも使えばいいのだ。水野も、それはせぬ。おかしいのだ。すべてが、おかしい」

「もういい、服部。そんなことなら、俺とおまえは立合う理由もないではないか」

「俺は、貴公を斬る」

死ぬ覚悟を決めているのか、と竜行は思った。立花のもとでは思ったような出世は遂げられないというようなことではなく、自分がなんのために闘ってきたのかわからなくなったためだろう。

「俺は、剣というものが、もっと役に立つものだと思っていたよ」

言って、服部が大刀を抜き放った。

竜行も、ゆっくりと延寿国村の鞘を払った。服部は、空に突き立てるように、刀を頭上に構えていた。隙は見える。しかしそのすべてが、ほんとうの隙ではない。相手を誘う、妖しい剣だった。

竜行は、見える隙に惑わされないように、眼を閉じた。一歩、前へ出る。全身に、粟が立った。服部の送ってくる気の波動は、やはり乱れたものだ。眼を閉じていても、気の隙はわかった。それも、あやかしだろう。うかつに斬りこめば、そのあやかしに捉えられる。

竜行は、眼を開いた。

わずかな風が吹いている。それ以外は、静かすぎるほどだ。正眼に構えた刀を、自分の放つ気に合わせて、竜行はかすかに振っていた。汗が滲み出してくる。服部は、勝とうとしていないのだ。相討で果てる。それが、はっきりと見えた。

一歩、踏みこんだ。服部は、微動だにしない。垂直の刀身に、決意を孕ませているだけだ。もう一歩、踏みこんだ。すでに、間合には入っている。顎のさきから、汗が滴ってきた。もう一歩。切先は、ほとんど服部の胸に触れそうだった。竜行は横に跳び、斬撃を送った。服部の頭上から、白い光が振り降ろされてきた。かわせない。とっさに、竜行は斬撃の方向を変えていた。光が、自分の躰を両断した。そう思えた。しかし竜行は、服部の刀を鍔もとから斬っていた。服部が、眼を見開いた。躰は、もう止めようがなかった。竜行の刀で断ち割られた腹に眼をやり、しばらくして服部は仰むけに倒れた。その顔のそばの土に、斬り落とされた刀が突き立っていた。

5

竜ケ崎村まで来ていた。

ここは下総との国境を越え、常陸になる。しかも伊達藩の飛地である。一角は、先に立って歩くろくの鼻を疑ってはいなかった。

下総の立花喜重郎の領地から、真直ぐにこちらへむかって歩いてきている。武士が三人だった。三人が昨夜代官の屋敷に忍びこむのを、一角は見ていた。屋敷の中の武士は代官がひとりと、用人その他で六名だった。斬り合いなど起きなかった。三人は忍びこんだ場所から静かに出てきて、朝まで林の中の小屋に潜み、それから街道を竜ケ崎にむけて歩きはじめたのだ。

三人が潜んだ小屋の匂いを、ろくはしっかりと嗅いでいる。

ろくが立ち止まって振り返ったのは、伊達藩の陣屋の前だった。

一角は、陣屋を見張れる場所で、待つことにした。立花喜重郎の領地で感じた不審は、三人の武士の動きだけだったのである。

一日待った。そこを離れる時も、ろくは見張りにつけておいた。一角以外には、ほとんど人に馴れない犬である。そして一角が命じれば、二刻でも三刻でも、その場を動かない。

三人が、再び出てきたのは翌朝だった。

江戸へ戻る気のようだ。ただ、立花の領地は大きく迂回する道をとっている。

下総は、平地ばかりである。歩くのに、それほどの困難はない。夕刻までには江戸に入るつもりだろう、と一角は三人の歩調を見て思った。

竜ケ崎から二里ほど離れたところで、一角はろくを先に走らせた。捨も舞いあがらせる。

三人が、狩りをする時と同じだった。周囲は、枯れた色の草と雑木林ばかりだ。

三人が、足を止めていた。前方を巨大な犬が塞ぎ、頭上を鷹が舞っている。三人が戸惑うのも当然だった。

「懐のものを、置いていけ」

一角は三人の背中に声をかけた。代官屋敷でなにか手に入れたかどうかはわからない。一応、追剥の真似をしてみただけである。

「なんのつもりだ？」

ふり返り、若い男が刀に手をかけて言った。あとの二人は、落ち着いている。四十をいくつも超えているだろうと思える、白髪混じりの武士が、一番遣えそうだった。

「この犬は、おまえのものか？」

「だったら、どうする？」

「不埒な。死んで狐狸の餌にでもなりたいのか」

年嵩の男が、躰を一角の方へむけた。隙のない、見事な動きだった。喚き立てている若い武士には、気負いだけがあった。

「ひとり一両で、ここを通して貰えまいか？」

年嵩の男が、静かな声で言った。若い武士が、弾かれたようにその顔を見た。

「通せんな。懐のものも、刀も置いていけ」

「追剥は似合いませんな、左文字一角殿」

「ほう、俺を知っている。なのに、一両で通せか」

「立花喜重郎の下にいても、よいことはありませんぞ。立花という男は、いつも姑息だ」

「関係ないな。俺は誰の下にもいない」

「ゆっくりと話した方がいい、と思うが」

「言葉というやつも、信用しておらんのだ」

「ならば、無理に通して貰うしかないのだな。犬や鷹も、斬らねばならんのか？」

「俺が刀を抜いている時に、邪魔をすることはない。心配しないでくれ」

「いいだろう。狩野派一刀流というものを、一度見てみたかった」

　年嵩の男が抜刀すると、残りの二人は両脇に跳んだ。三方を塞がれる恰好になった。手強いのは、正面の相手だけである。

　忍の剣か、と胴田貫の鞘を払いながら一角は思った。それだけとも言えない。斬撃の中に、予測を超える技を持っているということだろう。

　下段に構えた。両脇の二人は、ただ煩わしいだけだった。一歩、一角は踏み出した。どう攻めてくるのか。三人が同時か。それにしては、両脇の二人の腕は落ちすぎる。

　対峙が続いた。潮合はきわまらない。一角の気をまともに受けようとせず、微妙にはずしてくるのだ。かすかな苛立ちを、一角は抑えこんだ。

右側にいた男が、いきなり斬りこんできた。無造作に、一角は刀を横に払った。その瞬間、正面の男が踏み出してきていた。小柄な躰が、突然大きくなったように感じられた。横に払った刀を返しざまに、一角は右袈裟に斬撃を送った。かわす。そう思っていたが、男は刀でまともに受けようとしてきた。意表を衝く動きだ。とっさに、一角は刃筋をわずかに変えた。

男は立っていた。見事な捌きで斬り返してくる。風が一角を掠めた。男が、刀を見つめた。鍔もとから二寸ほどのところで、男の刀はなくなっていた。

「斬れるのか、刀を」

呟くように言い、男は片膝をついた。斬れる。糸しか通らないほどのわずかなひと筋。そこなら、相手の刀を折るのではなく、斬ることができる。刃こぼれもしない。

男の肩も、割れて口を開いていた。出血はおびただしい。

残っているのは、若い男ひとりだった。緊張で、構えた刀がふるえていた。一角が二歩近づくと、絶望的な叫びとともに打ちこんできた。峰で、刀を弾き飛ばした。さらに近づくと、男は地に尻を落とし、弱々しく首を横に振った。男の袴が濡れ、しみが拡がった。

「立花の代官所を探ったのは、誰に命じられてだ？」

「それは」

「喋ってはならん、安之進」

年嵩の男だった。倒れ、首だけ持ちあげて若い男の方を見ている。一角は、胴田貫を一閃させた。男の首が飛び、若い男の足もとに転がった。悲鳴があがる。

「死に方には、いろいろある」

一角は刀を鞘に収めた。ろくが近づいてくる。拾も肩に舞い降りてきた。

「鳥にはらわたを啄ませる。それでもまだ生きている。次には、犬に手足を食らわせる。まだ死なん。一刻はのたうちまわって、それから死が見えてくる」

男は、荒い息を吐いていた。

「鳥も犬も、腹を減らしているのだ」

一角は、男のそばにしゃがみこんだ。

「喋った方がいい。誰に命じられた」

「土井様に。土井大炊頭様に」

土井大炊頭と青山下野守は、立花が組んでいる老中だった。

「なにを、調べた？」

「立花の妻女と倅が、代官の屋敷にいることを。江戸の屋敷にいるのは、替玉なのだ」

「それで？」

「水野出羽守が送った武士が、江戸の屋敷を固めている。四、五十人になる」

男の躰は、まだふるえていた。ろくが、転がった首の匂いを嗅いでいる。

立花喜重郎が、水野出羽守側へ寝返ったということだろう。それを土井大炊頭が討とうとしているが、四、五十名の武士が護っている。妻も息子も、万一に備えて領地に避難させているということだ。

晴気竜行の身辺で、ほとんどなにも起きていないというのは、これで理解できた。上の方で、なにかが大きく変りつつあるのだ。

「立花の家族は、討たんのか？」

「われらは、調べるのが仕事で、あとどうなるのかは知らん」

男は、転がった首に眼をやり、顔をそむけてふるえた。同じことを、さっきから三度はくり返していた。

「青山下野守は？」

「土井様の屋敷におられる」

「なるほどな」

三人は、雇われたのだろう。一角を知っているところを見ると、前から雇われていたと考えられる。

「殺さないでくれ」

一角が腰をあげると、男が叫んだ。

「頼む。殺さないでくれ。俺はもう江戸へは戻らん。だから、殺さないでくれ」

一角は、男に背をむけた。一歩踏み出し、胴田貫を鞘走らせた。再び鞘に収めた時、二歩は歩いていた。背後で、首が土の上に落ちる音がした。

6

渡し場で、声をかけられた。

行商人の身なりだった。一角は無視していた。葛秀典である。

渡しに乗っても、葛との間にろくを座らせていた。水嵩（みずかさ）が増える時季ではなかったが、さすがに利根川は広い。捨は、先に飛んでいった。大きな松の枝から、捨はこちらを見ているようだ。

「あの三人を、よく斬っていただきました。仙台で仕事をしている者たちですよ。新（しん）

堂寺という一族で、われらと似たようなものです。新堂寺伴之という男がいて、どうしても手を出せなかったのです。なかなかの遣手ではございませんでしたか？」

川面の風は冷たかった。乗っているのは、ほかに五人ほどしかいない。葛秀典の声は、一角にしか届いていないだろう。ほとんど唇を動かさずに喋る。

「それにしても、立花様が水野忠成に膝を屈してしまわれるとは、なにをかいわんやでございますな」

「おまえも、ついていったのではなかったのか？」

「とんでもない。土井様がおられます。青山様も。立花様は、水野側で言うと、筧好光のようなお立場だったのですよ」

「機を見る男なのだろう、立花喜重郎は」

「大きな誤りをされております。ほんとうに水野忠成に膝を屈したのかどうか、あやしいものだと私は思っておりますが」

葛秀典は、右手の指を二本失っていた。指と一緒に、ほかのものも失ったのかもしれない。新堂寺伴之という男は、土井大炊頭に使われていて、葛一族とは同じ陣営のはずだ。

「おまえに代る者たちが、だいぶ出てきたようだな、葛」

「あの三人がそうでございました。本来なら、あれはわれらの仕事でございます」

「一族を養うために、味方も潰すか」

「一族のためだけを考える。そうしようと思っております。銭でございますな。そしていま一番銭になるのは、晴気竜行の首。これは土井様のところへ持っていこうと、水野忠成に売りこもうと、大きな銭になります」

「晴気が持っているものが、必要であろう」

「首を持っているということは、それも持っていることでございますよ。やりようは、いくらもございます」

「いいな」

「はっ？」

「人間が、本性を剝き出しにするのがだ。志とか悲願とかいう言葉で飾るより、ずっといい。おまえのほんとうの顔が、俺にも見えてきた」

渡し場に着いた。

ろくが真先に飛び降り、一角が降りた。空で待っていた捨が、肩に舞い降りてくる。

「左文字様」

「俺に近づくな、葛。ここでは刀を抜いても人の迷惑にはならん」

「堀田兵庫のことでございます。知ってはならないことを知ってしまった。立花様が、そう言っておられるのを、聞いたことがあります。なにかはわかりませんが、大久保加賀守の下屋敷で殺されたのも、そのためだったのではないか、と私は思います」

「なぜ、俺にそれを言う」

「晴気様は聞く耳をお持ちになりませんので。それから立花様のところに集まっている武士は、水野忠成が晴気様を討つために送った人数だ、ということも考えられます。立花様は、水野の人数を使って晴気様を討ち、また土井様のもとに戻られるのかもしれません」

上の方が、どういう駈け引きをしているのか、ほんとうのところはわかるわけもなかった。わかっているのは、多分すべてをわが身のためにやっているのだろう、ということだけだ。

「おまえは、もしかすると晴気を好きなのか、葛？」

「さあ、自分でもそこのところはよくわからないのです。晴気様とともに、なにかができると考え続けてきたのですが、受け入れてはいただけませんでした」

しばらく歩いた。いつの間にか、葛の姿は消えていた。

道場に戻ったのは、夕刻だった。吉兵衛が迎えた。藤麿を呼ぼうとして、長元院でしばらく暮すように言いつけていたことを思い出した。

江戸を出て、十日ほどになる。師走も押しつまっていた。

「道場に誰かいるな、吉兵衛」

「はい。大先生でございます。このところ、毎日のように夜半まで道場に立たれております」

「どういう風の吹き回しだ」

吉兵衛は、頭を下げただけでなにも答えなかった。

暗くなってから、一角は道場を覗いた。

はっとして、一角は立ち尽した。高安が構えているのは、真剣だった。真剣を竹刀のように、竹刀を真剣のように。それが高安のやり方だったはずだ。

高安の構える真剣には、さすがに妖気さえ漂っているように感じられた。胴田貫で打ちこめるか。とっさに考えたのはそれだった。

「一角か」

「父上が真剣とは、これはめずらしい」

「狩野派一刀流は、暗殺剣だ。それを思い出そうとしていた」

高安が構えを解き、刀を降ろした。それでも、まだ妖気は消えていなかった。

「土井大炊頭様に呼ばれた」

ぽつりと、高安が言った。

「わしも出世したものよ。老中から直々に呼ばれることがしばしばだ」

立花喜重郎を斬れという話かもしれない、と一角は思った。口には出さなかった。

高安のもの言いは、いつになく投げやりである。

高安が、また刀を構えた。道場が、まがまがしい気配に満ちた。立ち去ろうとして動けず、一角はかすかなおののきとともに、高安の構えを見つめていた。

第十七章　冬の刺客

1

土井大炊頭の屋敷は、御曲輪内の大名小路にあった。しかも老中の屋敷である。吉兵衛が訪いを入れたのは、勝手口の方だった。

「正門からは、賂を抱えた者だけが入るということか」

一角は、吐き捨てるように言った。肩には捨がいて、脇にはろくが座っている。潜り戸が開くまでに、かなり待たされた。

吉兵衛に、高安が行く前に土井大炊頭に会わせろと言ったのは、きのうだった。高安はやはり、道場で真剣を構えていた。高安が呼ばれているのは、明日である。

潜り戸が開き、中に入った。若い武士は一角の連れを見て息を呑んだが、なにも言わなかった。裏庭で待つように言われた。

「父上も、勝手口から入ってここで待たされるのか、吉兵衛」

「表は、江戸詰の諸藩の重役などで、いつも賑わっておりますからな」

「これが、父上が言われる出世か。馬鹿げているぞ。ろく、そのあたりに小便でもしてやれ」

「若先生」

たしなめる吉兵衛の言葉を尻眼に、ろくは松の根かたで片脚をあげた。

「俺は、卑屈になりたくないのだ、吉兵衛。顎で人を斬ってこいと指図するような男に、俺の剣をただの道具だとも思われたくない」

「お気持はわかります、若先生。土井様は時の老中、大先生のお立場もございます」

「父上の立場もあるだろうから、俺が出てきた。むこうは、俺が誰かを斬れば、それでよいのであろう」

吉兵衛は、縁にむかって座りこんでいる。誰かが現われるまで、立ちあがりそうもなかった。訝しそうに、ろくが見ていた。

一刻近く待たされて、ようやく二人が縁を歩いてきた。

「土井家用人の、原口仙右衛門である」

「狩野派一刀流、左文字一角」

立ったまま、一角は言った。吉兵衛は平伏している。

「腕が立つという噂だが、まことかな？」

「試されるなら、いつでも。ただし、真剣でお願いしたい」

そのために、若い武士をひとり伴っているのだろう、と一角は思った。若い武士は、大刀を差していなかった。

「屋敷内を、血で汚すわけにはいかぬ。木刀でも、死することはある。竹刀でやれ」

原口は、痩せた老人だった。名乗りもせず、若い武士が竹刀を抛(ほう)ってきた。驚いて、捨が松の枝に舞いあがった。

縁から降りて竹刀を構えている武士に、一角は無造作に近づいていった。竹刀稽古はかなり積んでいて、自信もあるのだろう。それだけだった。一角は、右手に竹刀をぶらさげたまま、間合に入った。面から抜き胴という、形通りの打ちこみをしてきた。一角は、一歩だけ横に跳んだ。腕を打っていた。竹刀が落ちた時、吉兵衛が腰に飛びついてきた。

「土井様の御家中でございます、若先生」

一角が、竹刀の先で霞の急所を突いて相手を殺そうとしたことを、吉兵衛は見抜いたのだった。男は、腕を抱えるようにしてうずくまっている。

「真剣ならば、怪我をさせることもなかった。竹刀でも骨は砕ける。突き殺すこともできます。それを、お見せしようと思った」

原口が、口を開けていた。

「いい腕だ。さすがに、左文字高安の自慢の息子だ。噂通りの腕だな」

障子のむこうから声がかかり、袷の着流しの老人が出てきた。

「土井大炊頭様である」

原口が言った。一角は立ったまま、軽く頭を下げた。眼は、土井大炊頭と合わせたままだ。相手に本心を摑ませない、茫洋とした眼だった。

「立花喜重郎を斬ってこい、左文字一角」

土井の眼が、かすかに細くなった。晴気竜行を斬れという依頼なら、断ろうと一角は思っていた。土井とは、眼が合ったままだ。

松の枝から、捨が舞い降りてきた。それを見ても、土井は表情を動かさなかった。

「立花はこちらを見限って、水野出羽守に寝返ったということですか」

「おまえが考えることではない」

「立花邸には、水野側から人数が送りこまれているようですな」

「その困難も乗り越えて、立花を討つのが刺客の役目であろう、左文字」

「生まれついての刺客などと、俺は思ったことがありません。したがって、役目と言われても困る」

「いずれ、どこぞの藩の武術師範に推挙されたいというのが、おまえの望みなのではないのか？」

「仕官など、こちらから願い下げにしたいですな。命じられてなにかやるというのは、性に合っておりません」

「ほう、小判でも積めというか？」

「銭で腕を売る気など、さらさらありません。たっての御依頼とあれば、立花を斬ってもいい。ただし、父にはもう頼まぬという条件でです」

「条件とは、笑止な。おまえの家は、もともと公儀お抱えの刺客なのだ。先代の立花が大目付のころ、下に置くようになった。しかし、かたちがそうなったというに過ぎぬ」

「立花喜重郎に命じられて、父は人を斬ってきたはず。ならば、いまも立花に従っても不思議はありません。あちら側にも、水野出羽守と大久保加賀守という老中が二人。御公儀と言えば、どちらもそうだ」

「あえて、そこまで言うか、左文字」

「条件を呑まれないなら、俺は木偶のようなものです。人を斬る腕も持ちません」

土井の眼が、いっそう細くなった。ほとんど閉じているようにさえ思える。吉兵衛は平伏したままで、原口は縁に座りこんでいた。

「よかろう。左文字高安には、頼むまい」

「ならば、一度だけやります。立花喜重郎を、間違いなく斬ります」

かすかに、土井が頷いた。吉兵衛が、庭の土に額を擦りつけている。

障子のむこうに消えかかった土井が、足を止め、ふり返った。

「なぜ、一介の道場主であったか、わかるだろうな？」

「失敗して果てても、御公儀にはなんの関りもない、ということですな」

「生きて還れよ、左文字一角。死なせるには惜しい。時が経てば、おまえの気持もまた変るであろうし」

障子のむこう側に、土井大炊頭は消えていった。

一角は、そのまま勝手口まで歩いて、屋敷を出た。

「どうなるかと思いました。土井様は、お怒りではございませんでしたでしょうか？」

数寄屋橋（すきやばし）御門を出たところで、ようやく吉兵衛が口を開いた。

「父上は、もうあの屋敷に行かれることはない。それは、おまえから申しあげておいてくれ」

「なぜ、若先生から申されませぬ？」

「父上は、もはや刺客をなさる歳ではない。そんな言い方になってしまいそうだからな」

人通りが多くなっていた。ろくを見て、誰もが避けて歩いた。それにすら、申しわけなさそうに吉兵衛は頭を下げている。

2

小石川の立花邸は、筧好光や古坂頼母の屋敷とは較べものにならなかった。寄合席とはいえ、旗本八千石の大身である。家中だけでも、四、五十名の武士はいる。そこに、水野忠成からの人数も送られてきていた。

一角は、顔も知られている。たやすくは襲えそうもなかった。粘り強く隙が出るのを待つか、大きな揺さぶりをかけるかしかなさそうだった。

高安は、相変らず道場で真剣を振っている。しかし、追いつめられて投げやりになったようなところはなく、剣気も穏やかなものに変っていた。

長元院に行ったのは、大晦日(おおみそか)だった。

六蔵という寺男と一緒に、藤麿は境内を囲む塀の手入れをしていた。

「正月も、ここで過すのか、藤麿?」

「戻ってよいという、先生のお許しが出ていません」

「そうだったな」

一角は苦笑した。長元院で暮せと命じたのは、一角だった。

「新之助は、どうしている?」

「いま、本堂の床を拭いております。和尚様も御一緒で、そろそろ終るころだと思いますが」

「よい。庫裡の縁で待っている」

境内は、きれいに掃かれていて、落葉もなかった。大晦日というのは、世間ではこんなものなのだろう。道場でも、きのう門弟が集まって掃除をしていた。毎年のことだが、一角はそれに加わらなかった。

「やめろ」

土を掘ろうとしたろくを、一角は叱った。捨が、欅の梢に舞いあがっていく。

一角は、長元院を訪ったことを、後悔しはじめていた。新之助がどうしているのか見ようという理由をつけていたが、ほんとうは藤麿を見にきたのだ。仕事の手助けをさせられるかどうか。心の底にそれを測るような気持があったことを、一角は恥じていた。

丹後田辺で、そして姫路で、晴気竜行は単身で刺客を果したのだ。それに較べて自分は、という気分がくり返し襲ってきた。

本堂の方から、住持の信光と新之助が歩いてきた。

「これは、左文字殿でしたか。声をかけてくだされればよろしいのに」

「いや、大晦日でどこも忙しいのに、俺だけが暇でしてね」

「左文字殿が見えたら、お見せするようにと言われていたものがあります。新之助、持ってきなさい」

はい、と言い、桶をぶらさげて新之助は庫裡に入っていった。

持ってきたのは、高鳥源太の差料だった。青江助次である。

一角は、懐紙を口に挟んで鞘を払った。

弥八の仕事は、さすがに見事だった。刀身は曇ったような感じだが、その底に鈍くしたたかな輝きがあった。その輝きの底に、さらになにかがある。

弥八に研ぎを頼んだ時は、妖気が漂い出していた剣だった。その妖気も、刀身の中に封じこめられてしまっている。全体として、美しいとさえ感じられる仕あがりだった。

「先生、試しを」

藤麿が、人の頭ほどの石を持って立っていた。一角は縁から腰をあげ、青江助次を一閃させた。

「すごい。手応えさえありませんでした」

藤麿が言い、石を足もとに降ろした。それが二つに割れたのを見て、信光も新之助も声をあげた。

「私の野太刀も、弥八さんに研いで貰ってから、まるで別の刀のようになっています」

「生きているのさ、刀も」

藤麿が、頷いた。

「この刀をどうするかは、左文字殿がお決めください。なんでも、高価な刀のようでございますな。私には、わかりません。ひと晩だけ、高鳥殿や照海さんの供養をして、その時位牌と一緒に並べましたが、寺にふさわしいものではありません」

「新之助が、持っているべきでしょう。まだ振れはしませんが」

「ならば、そういたしましょう。それから、この二人の学問の方は、思った通りに進んでいますよ。藤麿殿も、かなりの字を覚えられた」

返事の代りに、一角は軽く頭を下げた。

一角は、鞘に収めた青江助次を、新之助に渡した。

「いつになれば、これを自由に扱えるようになるだろうな、新之助。とにかく、大事におまえが持っていろ。どこに出しても恥かしくない刀だ」

新之助が頷き、青江助次を抱いて庫裡に入っていった。夕餉をともに、と言い残して信光も腰をあげた。

「どうなのだ、新之助は？」

「わかりません。私はまだ、新之助の構えに圧倒されたりするのです」

直心影流。晴気竜行の剣でもあった。

「竹の棒で、たやすく打ち据えることはできます。しかし、私は勝っているのかどうか、自分でもわかりません」

「何代にもわたって磨き抜かれてきた流派とは、そうしたものよ。虚仮脅しとも言える。形に惑わされると、見えるものも見えんさ。そして形を馬鹿にすると、痛い眼も見る。形は形だと思っていればいい」

「剣というのがなにか、私にも少しはわかるのでしょうか?」

「もう、わかりはじめているさ。山の中で、鉄砲を撃っていたおまえとは違う」

藤麿は、遠くを見るような眼をしていた。

「信光殿には、夕餉のお誘いを受けたが」

山門にむかって、一角は歩きはじめた。後ろを歩いてくる藤麿に一瞬気を放ってみたが、藤麿は動かなかった。

「けだものの剣は、抑えきれるようになったではないか」

藤麿が、白い歯を見せて笑った。

「弥八さんが、青江助次を研ぎあげたあと、血を吐かれたそうです」

そういうことも、ありそうな気がした。仕事ぶりが、常人の冴えではなかった。

「先生、私を仕事には使っていただけないのですか?」

山門を出たところで、藤麿が呟くように言った。

「吉兵衛だな」

「私の腕では、先生の仕事の邪魔にしかならないのでしょうか?」

藤麿は、自分でも気づかぬうちに、手練れになっていた。滅多に出会えない手練れだ。晴気竜行とでさえ、いい勝負をするだろう。

「来年だ、藤麿」

「私を、使っていただけるのですね」

なにも言わず、一角は歩きはじめた。ろくは、ぴったりと脇についている。

3

正月は、研弥の二階で過した。

血を喀（は）いた弥八の状態は、静乃がそばに付いているようになって、いくらかはよくなったように見える。

静乃がとってきた研ぎの註文は、常吉が憑（つ）かれたようにこなしていた。青江助次を研ぐ弥八の姿を見て、なにか思うところがあったのだろう。竜行が見ても、常吉の仕事は立派な研師のものだった。

「砥石の音が、聞えていた方がいいのです、兄には。前から、何度か血を喀いていたに違いありません。長くはないような気もします。砥石の音が、兄の気持をいくらかは鎮めてくれていますわ」

静乃は、人の生死にあまり心を動かさないところがあった。それは、兄であっても同じようだ。

竜行のまわりでは、やはりなにも起きていない。大久保加賀守を斬るべきなのかどうか、竜行は迷っていた。人を斬りすぎてきた、という気がする。それにしては、兵庫のことはわかっていないのだ。大久保加賀守の背後には、水野出羽守がいるという。その背後に、さらに誰かいるのか。どこまで辿っていけば、兵庫の死の真相が見えてくるのか。

竜行は、研弥の二階に籠っている日が多かった。なにかを考えているわけではなかった。動きを、ただ待っていた。立合と同じだ。膠着する時は、いつまでも続く。耐えきれない方が、大抵は負ける。

しばしば、弥八が話したがった。

最初はいつも刀の話からはじめるのだが、すぐに竜行のことに及んでくる。隠そうという気もなく、竜行は喋っていた。弥八の状態が、それほどひどいものだとは、竜行には思えなかった。もともと、酒毒でひどい状態だったとも言える。

「丹後田辺藩に、その後の動きはないのかな、晴気さん？」

「ないな。藩ごと、水野出羽守の側についているということだろう。小藩が生きるには、そういう方法しかない」

「じゃ、抜荷は以前のまま、田辺に入っているんだね」

「どうかな、それは。どちらにしても、いまの抜荷は俺にとってはどうでもいいことだ」

「うむ」

弥八が眼を閉じる。そうすると、はっとするほど老けて見えた。

「私が気になるのは、両方とも本気で潰し合おうとしていないことだな。政争に持ちこもうとしているようにも見えるが、そうとも言いきれない。暗闘のまま、お互いに決着をつけなければならない、ということかもしれないな。そこに、この件のすべてが見える糸口があるように思えてならないが」

「出世して幕政を牛耳ろうという連中は、結局のところ臆病なだけなのだ。だから、刺客を使っての潰し合いになる」

「それだけかな」

暗闘を、公の争いにできない理不尽を言いながら死んでいったのは、服部弥九郎だった。立花喜重郎の家中にいながら、その理不尽を感じ続けてきたのだ。竜行が、ひとりではどうにもならないような強大な力に押し潰されてしまわないのも、暗闘を公にできないためだ、と言っていた。

「俺は、兵庫がなぜ死ぬことになったのか、知りたいだけだ、弥八」

「なぜ暗闘のままなのかがわかれば、それも見えてくるような気がする」

酒が入っていない時の弥八は、穏やかで思慮深い感じさえあった。

「私は、晴気さんより先に、それを知ることができるな」

「なぜ？」

「あの世で、兵庫という人に会って訊けばいいんだから」

「俺より先に死ぬ、と決めているな」

「多分、晴気さんが斬り合いで果てることはない、と思うね。それなら、間違いなく私の方が早く死ぬ。それを望んでもいる」

「生きているのが、苦しいのか、弥八？」

「いや」

弥八が、また眼を閉じた。

「研師というのは、いやなことをいろいろ感じるものだよ。最初に、晴気さんの延寿国村を研いだ。それから、左文字さんの胴田貫だ。なんとなく、いやな気分だったね、胴田貫の鞘を払った時は。そのいやな気分を消してしまうまで、研ぎには入れなかった」

「嬉しそうな顔をしていたがな」

「いい刀に出会ったら、研師はみんなそういう顔をする。いやな気分は、人に見えたりはしないものさ」

「わからんな」

「延寿国村と胴田貫が、私の中でぶつかり合ったんだよ。いずれこの持主が、雌雄を決することになるかもしれない、という気がした。自分が研ぎあげた刀が、斬り合うことになる。いやなものだよ。それを見てみたいという気分がどこかにあるから、なおさらいやなんだ」

研師というのは、そんなものなのか。刀の持っている宿命まで、感じてしまうものなのか。

「左文字さんが、青江助次を持ってきた時は、もっといやな気分になった。三つの刀が、それぞれに弾き合っているような気がした。だが、青江助次を差していた高鳥という人は、死んだそうだね。晴気さんや左文字さんとは関係ないところで斬られた。それを聞いて、いくらか気が楽になったよ」

「高鳥源太か。俺を斬るために生きていたような男だった」

「宿運が、どこかで擦れ違っちまう。そんなこともあるのだと、私はわかったよ」

「そうかな。あの刀は多分、兵庫の息子の新之助が持つことになる。まったく関係のない他人の手に渡ったわけじゃない」

「それはいけない。晴気さんと深い縁を持つ人の刀にしてはいけない」

「いいんだ」

竜行は、弥八の痩せた顔を見て、ほほえんだ。弥八は、剝き出した眼だけ光らせている。

「兵庫の妻、つまり新之助の母親を、犯して斬ったのは俺だよ。新之助は、それを見ていた。いずれ思い出すだろう。そして俺を斬ろうと思うようになる」

弥八が眼を閉じた。

静乃が、竜行の分も一緒に昼餉を運んできた。

「常吉は、まだ仕事を続けているな」

弥八が言った。重い音が、仕事場の方からずっと続いている。途切れることがないので、ほとんど気にならなかった。

「常吉も兄さんに似てて、どこか憑きものがついたみたいよ」

「刀は生きてる。そうでなきゃ、ちゃんと研ぐことはできないさ」

弥八が、上体を起こした。浮きあがった肋が見えた。一緒に食ってやると弥八の食も進むと静乃が言うので、竜行もここで食事をすることが多かった。

粥と漬物と目刺しの並んだ膳だった。脂の多いものを、弥八は食いたがらない。

「晴気さん、静乃の腹をふくらませてやれよ」

膳が下げられた時、弥八がぽつりと言った。

「あれはひとりで生きていける女だよ。だけど、子供ぐらいはいた方がいい」

「俺は、そんなに気軽に考えられないさ」

「ずいぶんと頑張ってる。下に寝ていると、それがよくわかる。子供ができないのは、晴気さんが精を放たないからだろう」

弥八の眼が、一瞬光を帯びた。

「おまえ、惚れた女は？」

「私にとって、女は刀だよ。だから、あとは友だちがいればいい」

「友だちか」

「大事なものだという気がするな。私には、晴気さんという友だちができた。こうして寝ていると、なにかとても大事なものを持ったと思えるんだよ」

「そんなものかな」

弥八が、軽い咳をした。いつものことだが、食事を終えると、弥八はいくらか熱を出す。弥八がうとうとしはじめるのを見て、竜行は腰をあげた。

「話している間、兄さんは血を喀きました？」

「いや」

静乃は、土間に立っていた。

「とてもいやな気がするんです。この四日ばかり、まったく血を喀いてはいないの」

「特に悪いようにも思えなかったがな」

「胸の中に血が溜っていて、いきなりたくさん喀くことがあるんです。それで息を詰まらせて死んだ人を、何人か見たわ」

労咳のことを、竜行はほとんど知らなかった。身近に、労咳の者はいなかったのだ。

「そばにいていただいて、兄さんは喜んでるわ。遠からず死ぬ、と思いこんでいるし」

「労咳は、必ず死ぬのか？」

「死なないことも、あります。運みたいなものだと思うけど。お酒を飲みすぎているところがあるから、そういう運は兄さんには回ってこないわ」

弥八が、死ぬことをまったく恐れていないのは、喋っていてわかった。死ぬ時は死ぬ。そう思っているのもわかった。

4

外へ出た。

夕刻だった。雪が舞いはじめている。

外へ出たのは、気配を感じたからだった。特に害意と言うような気配ではないが、竜行の五感にうるさくまとわりついた。

「おまえか、薬屋」

「はい、私でございます」

「また、指でもなくしたいか？」

「お斬りになりたければ、そうしてくださいませ。ただ、お耳に入れておいた方がいいことがある、と思いましたので」

「なにを？」

「左文字一角様が、立花喜重郎を斬ろうとされています。間違いはございません」

葛秀典は、行商人の姿をしていた。

「なぜだ？」

「刺客を、お受けになったのですよ。土井大炊頭の依頼だということです」

「左文字が、おまえにそれを言ったのか？」

「いえ。道場に、吉兵衛という老人がおります」

歩いていた。急ぎ足の者が多かったが、それを追い越すようにして歩いた。

「立花邸へ、斬りこまれますな、このままでは」

「おまえは、立花に使われていたのではなかったか」

「立花は、土井様や青山様を見限って、水野出羽守に寝返ったのでございますよ」

「なるほど」

「実は、私はそれはどうでもよいのです」

葛は、竜行に遅れずについてきていた。舞っている雪は、まだ積もるほどではない。

「どちらがどうなろうと、どうでもよくなりました。葛一族が幕府御用に取り立てられることなどない、とはっきりわかりましたのでな。利用されていただけのことでした」

「いまごろ、それがわかったか」

「なんとしても、一族に光を当てたい。陽の当たらぬ場所を、何代にもわたって歩いてきたのですから、長の役目はそうすることだと自然に決まっていました」

「夢は、破れる。夢だからな」

「一族は、山へ帰しました。倅の十三郎が長となります。いま江戸に残っているのは、山へ帰っても役に立たぬ年寄が三人だけでございますよ」

増上寺の塀のところで、竜行は立ち止まった。

「立花邸には、水野出羽守のもとから送られてきた手練れが、五十名ほどおります。ほかに立花家の家中の侍も」

竜行は、黙って葛秀典を見つめていた。前とは、いくらか変っていた。必死なところがない。年寄が開き直っているという感じである。

「おまえ、左文字や俺を使って、腹癒せでもしようというのか？」

「そう取られても、仕方がありますまいな。腹癒せなどという気持はありません。無駄なことです。しかし、そう取られるなら取られても構いません。私はただ、立花邸へ左文字様が斬りこもうとされている、とお教えしているだけです」

「いまさらそれを、信じられるか」

「だから、信じてくださいとは申しあげません」

左文字は、刺客の血筋から逃れるために、なにかしようとしているのか。それとも、自分は刺客でいいと思い定めたのか。

「立花は、土井大炊頭を失脚させるなにかを持って、水野出羽守に寝返ったのだと思います。土井も青山も、慌てているのですよ。晴気様についていた尾行も、なくなったのではありませんか。それどころではなくなりましたので」

確かに、尾行回されることはなくなっていた。

「一族というものから解き放たれたら、晴気様や左文字様の生き方に、ふと心が動きましてな。ほかの二人の年寄も同じでございますよ。やりたいことを、やりたいようにやる。この歳になって、それができるようになりました」

「いずれ、死ぬぞ」

葛秀典が、低い声で笑った。

「一族の夢が潰えた時、私は死んでおります。二度目の死など、この躰がなくなるというだけのことでございますよ」

自分が決めた方向に、葛秀典は竜行を導こうとしているようだった。あえて逆おうとはせず、竜行は歩いた。

雪が激しくなってきた。積もりそうな気配だ。雪のせいか、陽が落ちてもそれほど暗くはなかった。

小石川伝通院が見えてきたころは、はっきりと足跡が残るほど雪が積もっていた。塀の下にうずくまっている乞食がひとり。傘を差して歩いてくる町人がひとり。葛と一緒になった。

指差された伝通院の方へ、竜行はひとりで歩いていった。ろくが出てきて、竜行に眼を注いできた。

「捨はどうした？」

声をかけると、伝通院の山門のかげから、左文字がのっそりと姿を現わした。

5

一角の肩に、捨はいなかった。

「暗くなると、捨は使いものにならん」

「それは、鳥だからな」

「ろくは、おまえを見てもあまり気を立てなくなった。そのあたりに転がった、屍体でも見るのと同じように見ている」

竜行は、ろくにちょっと眼をくれた。ろくは、通りの方を見ている。

「この雪の中を、ひとりで立花邸へ斬りこむつもりだったのか、左文字？」

「いや、藤麿がいる。いま、屋敷の裏の通りを見に行った。表門から斬りこむにしろ、退く時は反対側ということになりかねんからな。立花の屋敷にはよく来たので、庭がどうなっているかは、わかっている」

「いずれにしても、斬りこむか」

「おまえには、関係ないことだ、晴気」

「俺と組んでやろう、と言ってきたのはおまえの方だ」

「俺は、刺客の仕事を受けたのだ。それで立花を斬るのだ。俺の仕事のことで、おまえに頼めるか」

「相手は、立花だろう。俺も、いずれ斬るつもりだった」

「とにかく」

「もういい。仕事という言葉は持ち出すな、左文字。古坂頼母も、筧好光も仕事だったのではないのか」

「古坂も筧も、斬ったのはおまえだ」

「おかしな男だよ。この期に及んで、おまえにも俺にも仕事などということがあるのか。それに、立花はもともとおまえを雇っていた男だろう」

「それが、いろいろと入り組んできた」

「つまるところ、俺が関わっていることと同じだからだ」

「どんなに少なくても、屋敷には五、六十人はいるのだぞ、晴気。おまえに頼むのは、筋が違うという気がする」

左文字が、うつむいた。どこかに、人のいいところがある。それが、晴気に助勢を頼むことをためらわせたのだろう。難敵でなかったら、一緒にやろうと誘ってきたかもしれない。

「雪が積もるな」

竜行が呟くと、左文字は暗い空を見あげた。

「左文字市兵衛殿と立合った時を、思い出す。あの時は、雪が俺に味方した」

「伯父貴か。もう、ずいぶんと昔のことのような気がする」

「俺もだ」

竜行が歩いてきた足跡さえ、雪は消そうとしていた。闇も、白く透けている。

「どうやるつもりだった？」

「機を見て、藤麿が騒ぎを起こす。屋敷の中の半数でも誘い出せれば、その間に俺が忍びこむ。立花がどこにいるかも、見当はつくからな。うまくすれば、斬れる」

「うまくすれば、か」

「おまえが、田辺や姫路で刺客をやった時も、うまくすればではなかったのか？」

というより、あれしかなかった。知らない土地だったのだ。失敗する、とも思っていなかった。

「騒ぎを起こすのはいい。逃げる時は、四人だ」

「四人？」

「俺をここへ連れてきたのは、誰だと思っているのだ、左文字？」

「葛秀典か。しかし、老人が三人江戸に残っただけで、一族は山へ帰ったと聞いたぞ」

「老いていても、逃げるだけなら、大抵の相手から逃げきれる力は持っている。あの男が、敵か味方かはよくわからんが」

逃げるということでこちらに加われば、最後まで逃げきるしかないはずだった。斬る気で追ってくる連中が相手なのだ。

「俺とおまえと藤麿の三人で騒ぎを起こす。屋敷の中に斬りこめばいいだろう。逃げる時は、葛秀典が塀の上かどこからか手助けする。それで逃げるのは四人になる」

竜行が喋っている間、左文字は腰を屈め、ろくの頭に手をやっていた。

「途中で、俺とおまえが、老人二人と入れ替る。引き返して、手薄になった屋敷を狙うというわけだ」

「もういい」

左文字が腰をあげて言った。

「あまり細かいことまで決めても、仕方あるまい、晴気」

「一緒にやる気になったか」

「古坂邸を襲った時と、なんとなく似ているのが気に食わんが。まあ、屋敷を襲うのに、それほど方法があるとも思えんしな」

左文字が、ろくの背を軽く叩いた。ろくが雪の中へ駈け出していく。

竜行が呼ばなくても、葛秀典は音もなく近づいてきた。

6

庭に降り立った。

夜明けまであと一刻ほどだが、雪はまだ降り続けていた。足首が埋まるほどに積もっている。音も、雪が吸いこんでしまっているようだ。

忍の気配はない。ただ犬がいて、真直ぐに駈け寄ってきた。左文字が、左手を出して制した。犬の扱いは心得ている。犬が動きを止め、座った。次の瞬間、藤麿が抜撃ちざまに首を落としていた。息が洩れるような音がしただけで、鳴きもしなかった。

雪を踏んで、左文字が歩きはじめる。竜行と藤麿も、歩きながら横に拡がった。龕灯(がんどう)の明りが、雪を舐(な)めた。見回りは縁からやってきているだけらしい。雪に足跡はなかった。龕灯の明りが近づいてくる。

「誰だ?」

誰何(すいか)する低い声が聞えた。左文字の躰が、宙に舞いあがったように見えた。縁から二人が落ち、ひとりが障子の方へ倒れた。屋敷の中が騒然としはじめたのは、しばらく経ってからだった。

押されるように、庭の中央まで退がった。竜行は、まだ刀を抜いていない。

総勢で、六十人ほどだった。

同時に斬撃を送ってきた二人を、竜行は抜撃ちで倒した。血が、あまり拡がらずに雪に吸いこまれていった。

囲んでくる。押し包んで、槍でも出してくる気なのか。囲んだ輪が、縮まってくるのを待った。一応の腕の者が揃っているが、これはという手練れはいないようだ。それに、真剣の場数を踏んだ者も少ない。

左文字と竜行が、同時に斬りこんだ。藤麿が、駈け回りはじめた。人の輪がくずれた。竜行も、走りはじめる。指揮を執っている者の姿。動きが激しくなると、それが見えてきた。二人、斬った。すでに、七、八人が倒れているのが見える。

竜行は、少しずつ塀に近づいた。左文字も藤麿も、刀を振るいながら、塀の方へ退がってきた。

「外へ回れ。ひとりも逃がすな」

叫んでいる声が聞えた。塀の上からのばされてきた手を、竜行は摑んだ。次の瞬間、塀の上にいた。槍がくり出されてくる。塀の上では、かわすしかなかった。

「行け」

葛秀典の耳もとで言った。葛が、道の方へ飛び降りた。槍を踏みつけ、竜行は手をのばした。左文字が摑む。引く力と跳躍する力。同時に二つ合わせると、たやすく塀の上に跳びあがれる。

藤麿は、狩りで追いつめられたけもののように、庭の中を駈け回っていた。塀の上に次々に槍がくり出されてきた。竜行がそれを遮っている間に、藤麿は自力で塀に跳びあがってきた。こういう身のこなしだけは、左文字も竜行もできない。

三人同時に、道に飛び降りた。

二十人ばかりが、駈け寄ってくるところだった。葛秀典が、三人の後ろに回った。三人で道を塞いだ恰好になった。ぶつかってくる。乱戦になった。ひとりの頭蓋を正面から断ち割った。二人目、三人目は、浅傷（あさで）を与えただけだ。人数が増えてきた。およそ四十。さらに増える気配もある。

乱戦を続けるのは、避けたかった。浅傷を受けやすい。そこからの出血が、やがて効いてくる。それに、まだ体力は残しておかなければならない。

少しずつ、藤麿が前へ出た。すでに、浅傷はいくつか受けているようだ。動きは、まだ鈍っていない。

左文字が、指笛を吹いた。

竜行は駈けはじめた。前を葛秀典が駈けている。左文字も追ってくる。藤麿は、駈けては踏みとどまるということを、くり返しているはずだ。

討手と、いくらか距離が開いた。葛秀典が右へ曲がった。さらにいくつか曲がり、空地の前を通り過ぎた。空地から、人影が二つ出てきた。

竜行と左文字は、入れ替りに空地に飛びこみ、身を潜めた。

乱戦の気配が、不意に近くなった。藤麿が角を曲がったのだろう。すぐに、藤麿は空地の前を駆け抜けていった。足音が入り乱れた。討手の方が、息を乱しているように見える。

「四十近くいたな」

左文字が立ちあがって言った。見たかぎりでは、どこまでも追おうという構えだった。まだ立花邸の近くだ。それほど離れないように、葛秀典が誘導していた。これからは、できるだけ立花邸から離れようとするはずだ。

「ひとりで突っこんでいれば、少しずつ手傷を負わされ、最後には槍で突き殺されたかな。借りがひとつできた」

「立花喜重郎を斬るために、二人でやっていることだ。貸しも借りもない」

「まあ、俺はひとりでやろうとしていたのだ。あの人数を見ると、ぞっとするがね」

左文字が、指を口に入れた。息の洩れるような音がした。それだけだったが、しばらくするとろくが駆け寄ってきた。

「犬の耳だけには、いまの音が笛のように聴えるらしい。捨には聴えん。だから、狩りでろくだけ動かそうという時は、都合がいい」

左文字は、胴田貫を雪の中に入れ、刀身を懐紙で拭った。竜行は、空地に飛びこんだ時に、すでに雪をこすりつけていた。

「行くか。ろくに先導させる。潜んでいる者がいても、ろくの鼻は避けきれん」

頷き、竜行は歩きはじめた。もう、乱戦の気配も聞えていない。

立花邸までは、雪は踏み荒らされ、固まってしまった、という感じになっていた。

降り続いていた雪は、いつの間にかやんでいる。冷えこんでいて、吐く息の白さが雪明りの中ではっきりと見えた。

「なにか奇妙な感じがするぞ、左文字」

「俺もだ。ろくが、なんの警戒もせずに歩いていく」

すでに立花邸の塀にさしかかっていた。

竜行が塀に登り、左文字を引きあげた。邸内に、人の気配はあまり感じられない。

さっきまでの争闘が嘘のような静けさだった。

庭に飛び降り、踏み荒らされたままの雪の上を走った。縁に駈けあがったのは、左文字の方が先だった。

障子から突き出された槍の穂先を、左文字が胴田貫で切り飛ばした。部屋にいた二人の武士を、竜行は突いて斬った。

邸内は、やはりしんとしている。集められていた武士のほとんど全員が、討手となって外へ出ていったのか。

襖を開けながら、左文字が奥へ進んだ。間取りは、ほぼ頭に入っているらしい。ほとんど逡巡することがなかった。

不意に、殺気が全身を打った。

襖が開いた。打ちこんできた武士を、左文字はそのまま竜行の方へいなした。二人、三人と部屋から飛び出してくる。外より、かえって濃い闇だった。その闇の中で、眼と白刃だけが光を放っている。

ひとりを、横から薙いだ。二人目は、鋭い突きを出してきた。いなし、三人目に袈裟を浴びせ、二人目の突きをもう一度いなして、頭頂から両断した。

「行くぞ」

左文字が言った。奥の部屋には、まだ人の気配がある。左文字は構っていなかった。竜行も、続いて走った。

表門から、外へ出た。

「斬ったのか？」

しばらく歩いて竜行が言った。いや、と左文字は低く答えた。

「替玉だった。妻子が替玉であることは、わかっていたのだ。はじめから、立花も替玉かもしれないとは、疑っておくべきだった」

「俺たちを、待っていたのかな」

「どうだろう。土井大炊頭が誰かを送ってくるとは思っていただろうが」

「難しいな、次は。同じ方法というわけにはいかん」

ろくが前を歩いていた。まだ夜は明けていない。

「あの四人、うまく逃げおおせただろうか、晴気？」

「そう思おう」

深川の小さな寺で、四人とは会うことになっていた。

その寺の境内には、人影がなかった。雪についた足跡もない。竜行と左文字は、山門の下で待った。夜が明けようとしていた。

ろくが耳を立てた。

現われたのは、三人だった。葛秀典の姿がない。

「しつこい討手でした。三つに分かれ、先回りをする者もいて。ようやく振り切りはいたしましたが」

藤麿は、かなりの数の傷を受けていた。深いものはないようだが、長く走ったためのの出血がひどかった。左文字が、開いている傷のいくつかを縫った。

「お願いでございます」

生き残った二人の老人のうちのひとりが言った。名も顔も、竜行は知らない。

「われら二名に、立花喜重郎の居所を探らせてください」

「葛秀典は、死んだのだな？」

左文字が言った。藤麿が答える。

「わかりません。私は、斬られるところは見ておりません」

それきり、誰も喋らなかった。雪を踏む、かすかな音。ろくが歩いていた。

7

竜行は、長元院で待つことにした。

研弥もそれほど遠くはないが、病の弥八は神経が立っていて、細かいことにもすぐ気づきそうだった。

左文字は藤麿を連れて、武蔵野の原野に行った。小さな小屋があり、そこで藤麿を休ませるという。薬草はもっていた。あとは血を増やすための獣肉が得やすいところがいい、と考えたのだろう。

「頭は、死んでおりませんでした。片脚を失い、背にかなり深い傷も負っておりましたが、われらの薬草でなんとか持ち直しました」

老人のひとりが報告に来たのは、三日後だった。どうやって戻ってきたのかも、わからないという。二日は、生死の境をさまよっていたということだろう。

「頭も、立花喜重郎の居所を、なんとしてでも見つけ出せ、と申しております」

竜行は頷いた。藤麿の傷は、武蔵野の小屋で順調に回復しているという。

「名は？」

竜行は老人に訊いた。躰が縮まり、その分皺が深くなってしまったという感じで、もともとの顔がどうだったのか、想像もしにくかった。

「夕凪と呼ばれております。代々が、頭の下男の家でございます」

「なぜ、山へ帰らん？」

「意地が、ございます。これまで頭であるがゆえにやれなかったことが、いまはできます」

「それは、葛秀典のことだろう。おまえは？」

「頭の気持が、私の気持でもあります」

夕凪は笑ったようだったが、表情の変化はほとんどなかった。竜行が頷くと、夕凪は静かに姿を消した。

新之助は、相手がいなくても毎日真剣を振っていた。竜行にはほとんど話しかけようとせず、視線も合わせなかった。素振りが終ると、住持の信光について書見である。六蔵は、新之助の無愛想を気にしていたが、竜行は放っておいた。新之助は、なにかを思い出しかけている。

ある夜、竜行は気配で眼醒めた。隣室で、立ち尽した新之助が、じっと竜行を見ていた。竜行は、眼を閉じたままじっとしていた。一刻ほどそういう状態が続いたが、新之助はついに斬りこんでこなかった。

翌朝、境内で真剣を振りはじめた新之助を、竜行は縁に座って見ていた。明らかに、竜行にむけてくる殺気がある。それをいなすように、竜行は延寿国村に打粉を打ちはじめた。

弥八の研ぎは、時が経つにつれてその冴えが増してくるように思えた。斬れ味で、それを感じる。刀身の湛(たた)える、湖水のような深さでもそれを感じる。

抜身を持ったまま、竜行は縁を降りた。

「俺を斬りたいようだな、新之助」

言うと、新之助は動きを止めた。むけてきた強い眼差しは、やはり兵庫に似ていた。

「斬ってみろ。堀田兵庫の子だろう」

新之助が、小太刀を正眼に構えた。うっとりするほどの、直心影流だった。最初に父に教えられたことを忘れずに、剣を振り続けてきたのだろう。

竜行も、同じ構えをとった。幼いころから、兵庫とはこうして腕を磨き合ってきた、と思った。あのころからここまで、どういう旅だったのだろうか。自分はいま、どこにいるのか。

新之助の気が満ちていた。竜行も、頭からすべてのことを追い払った。

打ちこみ。竜行も、渾身の踏みこみをした。振り降ろし、横に薙いだ刀を構えていた。息を吐く。新之助は仰むけに倒れていた。

六蔵が、境内の隅にしゃがみこんで、ふるえている。新之助は動かなかった。竜行は井戸端へ行き、手桶に水を汲んだ。倒れている新之助に、それを浴びせる。眼を開いた新之助が、上体だけ起こし、濡れた自分の躰を見た。

竜行は縁に戻った。ようやく、新之助が立ちあがる。

「躰が二つになっていても、おまえは負けたことさえわからなかっただろうな。斬られてもいないのに、気絶する。少しは恥かしいと思え。斬られても、立っていられるようになれ。おまえの父は、それができたはずだ」

新之助が、うつむいた。ようやく、六蔵が新之助のそばに来た。陽が射している。竜行は縁に寝そべった。

自分はどこにいるのだろう、とまた考えた。なにを求め、どこへ行こうとしているのか。

丹後田辺へ出発した時から、ずいぶんと長い旅をしてきた。終りのある旅なのだろうか。死というものに行き着くまで、この旅は続くのではないのか。

まどろんでいた。

夕凪の気配で、竜行は躰を起こした。

「立花喜重郎の居所は、いまだ判明いたしません」

「思わぬところにいるさ。いつまでも隠れているというわけにもいかん」

「左文字様も、同じことを言われました。武蔵野で、兎や鳥を捕られて時を過しておられます。藤麿様は、失った血をだいぶ回復されたようで、小屋のまわりを毎日歩いておられます」

「おまえにとって、生きることは長い旅だったたか、夕凪？」

「一族の夢をかなえるためには、短すぎる時しか与えられていない、と頭はよく申しておりました」

「いまは、その夢も潰えたであろう」

「ふり返ると、長い旅でございました。先代の立花様が大目付の時から、仕事はいただいて参りました。しかし、夢に一歩近づいた、と思ったことは一度もございません。二歩も、三歩も近づいている、と頭は申しておりましたが」

「そして、死んでいくか」

「人は、みなそうでございます。生きた証など、私ひとりが持っていればいいことだと考えております。私は、頭のもとで充分に生きたと思っております」

「望みは？」

「頭は、片脚を失いました。人知れぬ山中の里で、頭とともに朽ち果てることができれば」

竜行は頷いた。夕凪が顔に笑みを浮かべた。はっきりと笑ったと感じられるほどに、皺だらけの顔の表情は動いた。

8

風の強い日だった。

山門に近づいてくる気配を、竜行は痛いほど強く感じた。

本堂で続いていた、新之助の書見の声がやんだ。六蔵も、怯えたような表情で出てきて、境内を見回した。寺の誰もが、それぞれになにかを感じたようだ。

山門を入ってきたのは、ひとりだった。老武士である。

「これは」

言って、竜行は縁を降りた。左文字一角の父、高安だった。

「伜の代りに来た、というわけではない」

左文字高安は、静かな声で言った。

「私は、刺客として生きてきた。老いてそれをやめるというわけにもいかぬ」

竜行は、左文字高安といくらか距離をとって立ち止まった。殺気と呼べるような気は、伝わってこない。高安はただ、あるがままの気を発しているだけのように見えた。

「わかるかな、晴気殿。私は、一角のように気ままな生き方はしてこなかった。刺客という言葉が、いつも私を縛る」

「気持は、わからぬでもありませんな。刺客として生き続けてきたということは、刺客として果てたい、ということですか」

「そんなところかな」

「それにしては、堂々と山門から来られた」

「尋常の立合も、刺客の仕事のひとつでな。暗殺よりも、その方が確かな場合もある」

竜行は、長元院の境内ということに、かすかなためらいを感じた。場所を選びたいと思ったが、高安がここを望むなら仕方がないことだった。高鳥源太も、この境内で果てたという。

「一角に任せようという気に、どうしてなられませんでした?」

「あれは、別の人間を斬れと言われている」

「その人間を、一角は俺と一緒に斬ろうとしている。斬れと命じた人間は、もう少し時を待つべきでしたな」

「刺客が、考えることではない」

「場所は?」

「ここで」

竜行は、軽く頷いた。

「穏やかになったものだな、晴気殿。一角との立合を止めた時は、もっとささくれて見えた。いまにも、すべてが破れそうであった」

「時が、経ちましたからな」

穏やかになにかを鎮めることがあるのかな。それとも、心の底に押し隠しただけか」

が、わかったわけではなかった。気持は、変らない。変らないのだということが、わかっただけだ。

「よろしいか？」

高安が言った。もう一度、竜行は軽く頷いた。竜行はゆっくりと延寿国村の鞘を払い、高安が抜刀するのを待った。

正眼で、むかい合った。竜行は、気を肚の底に沈めた。高安にも、殺気はない。あるがままの気を、まだ放ち続けている。

微動だにしない高安の剣先を、竜行は見つめていた。自分の剣が、かすかに揺れはじめているのを感じた。意図はしていない。ただ揺れはじめただけだ。

これが、狩野派一刀流か、と竜行は思った。丹後田辺で立合った、左文字市兵衛の剣とも、左文字一角の剣とも、どこか違う。必殺、と見えた。たとえ相討であろうと、必ず相手を倒す。隙は見えなかった。

対峙は続いた。全身に汗が噴き出し、顎の先から滴り、それもいつか乾いた。高安は動かなかった。相変らず、あるがままの気を放っているだけで、一度も押してこようとはしなかった。

陽が暮れはじめていた。高安が構えた刀が放つ光だけが、残光の中で鮮やかだった。

どれほどの時をむかい合っているのか。風がやみ、闇が境内を覆った。竜行は口を開けて息をした。高安の肩も時々上下しているが、刀はやはり微動だにしなかった。やがて月が出て、刀を白く照らし出した。

隙を見つけようと、竜行はしていなかった。立合の流れに、すべてを委ねた。時は永遠であり、一瞬でもあった。

高安の表情が動く。月が動くにしたがって、光の当たり方が変るのだ。不思議なものでも見るように、竜行はそれを見ていた。

夜が明けた。朝の光が、斜めに射してきて、高安の影は横に長くのびていた。踏み出した。同時だった。高安は跳躍し、竜行は低く地を這った。光。交錯する。位置が入れ替った。

「若い、というのは、強さだな」

呟くように、高安が言った。そのまま、崩れるように倒れ、動かなくなった。

高安の剣をどうかわし、自分がどう動いたのか、竜行にはわからなかった。高安が倒れても、しばらく立ち尽していた。

「吉兵衛と申します。主を運ばせていただきたいと存じます」

老人の姿が、ぼんやりと見えた。頷き、竜行は二歩退がった。刀の柄から、左手が放せなかった。指で指をこじあけ、右手で鞘に収めた。

井戸へ行き、水を飲んだ。

はじめて、自分を取り戻した。勝った、という気は起きなかった。なにかをしのぎきった。あるのは、その思いだけだった。

庫裡へ行き、畳に横たわった。くり返し、躰がふるえるような冷たい波が押し寄せてきた。

すぐには眠れなかった。眠ってもすぐに眼醒め、それをくり返しながら、夜を迎えた。

六蔵が、粥を運んできた。芋の入った粥だった。それを啜ると、躰に暖かさが戻ってきた。

「どうなることかと、和尚様も眠らずに見ておられました。新之助は、まだふるえております」

「高安殿の遺骸は、誰かが運んだのだな？」

「はい、吉兵衛という方が。地に落ちた血も、きれいにしていかれました」

竜行は、月の光が落ちている境内に眼をやった。月の光を浴びながら対峙していたのが、ついさっきだったような気がする。

六蔵が退がると、竜行は縁に出てしばらく座っていた。新之助が、離れたところで見ている。

「人と人の斬り合いとは、あんなものだ、新之助」

新之助は、上眼遣いに竜行を見ているだけだった。それ以上、竜行はなにも言わなかった。

夕凪が現われたのは、翌朝だった。

「立花喜重郎は、なんとこの寺のすぐそばにおりました。大久保加賀守の下屋敷でございます」

兵庫が死んだところだった。

「下屋敷ゆえに、人もそれほど多くはございません。およそ二十名ほどかと」

「左文字には？」

「はい。もうこちらへむかっておられるころだろうと思います」

「そうか」

左文字の父を斬った。伯父も斬った。

それだけのことだ、と竜行は思った。刀を持っていれば、斬り、斬られる。

「俺は、ここにいる」

「かしこまりました」

夕凪が頭を下げ、消えていった。

「本堂におりました」

信光がそばへ来て言った。

「朝の勤行で、どうしても声が出ませんでした。心の中で、経を誦え続けましたが」

どういう意味か、竜行は深く考えなかった。信光が、意味のあることを言ったことはない、という気がする。

「これからも生きていかれる。これは大変なことですね。お察ししますよ」

それも、竜行は意味を考えなかった。

葉を落とした欅が、空に突き刺さっているように見えた。風はない。陽射しもある。それでも、穏やかな日ではなかった。

9

陽の光が、わずらわしかった。

一角は眼を細め、暗闇坂を降りた。長元院の山門が、すぐ先に見えた。

死んだ父と会ってきた。傷は下から斬りあげられていて、見事なものだった。長い、夜を徹した対峙で、擦れ違った時には勝負が決まっていた、と吉兵衛は言った。

土井大炊頭に命じられ、刺客として長元院に出向いたのだった。刺客として死のう、と父は考えたのだろうか。吉兵衛にも、一切の手出しは禁じていたという。

陽射しが心地よいのか、捨が肩で一度翼を拡げた。ろくは、黙々と歩いている。

長元院に、父を斬った男がいる。伯父も斬った。自分が立合うべきだろう、と一角は考えていた。ともに尋常な勝負だったのなら、遺恨は残すべきではない。しかし父を斬られ、伯父を斬られたことも確かなのだ。

長元院の山門。潜るとすぐに、陽の光の中に立っている晴気の姿が見えた。まるで、一角を待っていたようだ。

眼が合った。

かすかに、晴気は頷いたように見えた。こちらにその気があるなら、立合ってもいいと言っているように思えた。

「捨」

晴気が声をかける。返事をするように、捨がまた翼を拡げた。ろくは、一角のそばにぴったりとついている。

「行こうか、晴気」

「どこへ？」

「大久保加賀守の下屋敷さ。立花喜重郎はそこにいるそうだ」

「俺は」

「親父を斬った。それは忘れん。ただ、親父は刺客としておまえを斬ろうとして、倒れた。仕方がないことでもある」

「そう、思いきれるのか？」

「俺は、刺客の子だ。まず、刺客の仕事をしてしまおうというだけのことさ。それから先のことは、また考える」

「いいのだな、それで」

「刺客の血かな。自分の中にその血が流れていることを知って、俺は刺客を嫌っていたのかもしれん。これが、最後の刺客だと思っている。受けた仕事は、死なぬかぎり果す。刺客とは、そんなものだろう」

「生きる道を、斬り開くと言っていたぞ、おまえは」

「これも、そのひとつだと思っている」

「わかった」

晴気が、かすかに笑ったように見えた。

「堀田兵庫が死んだのは、大久保加賀守の下屋敷だった。ようやくそこへ戻ってきた、と俺は思っている。俺がそこへ戻る時を、与えてくれることには、礼を言う」

「おまえは戻る。俺は刺客の仕事を果す。それだけのことだ」

歩きはじめた。山門を出、すぐに暗闇坂にかかった。

「生きるというのは、なんだろうな、左文字。おまえの親父と立合ったあと、俺はなんとなくそれを考えた。死ぬために、人は生きるのかもしれないとな。生涯をかけて、死ぬ仕度をする。それが生きることかもしれん、と思った」

「俺は、親父とは違う。自ら死ぬことは、拒み続けようと思う。親父は、自分が刺客でいられる間に、死のうとしたのかもしれん」

ろくが、唸り声をあげた。

老人がひとり、道を塞ぐようにして出てきた。どこから出てきたのか、一角にはよくわからなかった。両側は長い塀である。

老人が、葛秀典の手の者のひとりであることは、よく見ればわかった。

「夕凪。どこからか、屋敷に忍び入ることはできんのか。まさか、表門から立花はいるかと声はかけられまい」

晴気が言った。老人とは何度か会っているが、夕凪という名ははじめて聞いた。

「われらが出入りをしておりますところならば、屋敷の中からはまったく見えません」

「そこでいい。ろくはどうする、左文字?」

「置いていく。ろくの鼻が要るとは思えんからな」

「その方が、よろしいと思います。私が見たかぎりでは、刀を遣える武士は、およそ二十名というところです。ただ、大久保加賀守自身が、しばしば下屋敷にやって来ております。供回りはやはり二十名ほどで」

「行こう」

晴気が言った。

頷き、左文字は捨を宙に放った。ろくの鼻の前には、掌を出す。待っていろ、という合図だった。

夕凪は、しばらく晴気と一角を先導して歩いた。それから、老人とは思えないような身のこなしで、塀に飛びあがった。塀の上にもうひとり老人が出てきて、晴気と一角を塀に引きあげた。塀の内側は築山になっていて、飛び降りるというほどのこともなく、降りることができた。屋敷を出る時は、ここから外に飛び出せる。

「立花喜重郎も入れて、二十一名でございます」

もうひとりの老人が言った。

身を隠したりはしなかった。晴気と一角は、並んで築山を降りた。築山の下には池があり、飛び石があった。晴気が、先に池を渡った。下屋敷とはいえ、大久保邸は立花邸とは較べものにならない広さだった。庵のようなものが二つあったが、無人だ。それを過ぎると、すぐに木立から出た。

武士が四人、縁に出ていた。その中のひとりが、立花喜重郎であることを、一角ははっきりと見てとった。

晴気と一角がかなり近くまで歩み寄っても、四人は気づかなかった。絵図のようなものを前にして、盛んに議論している。

立花喜重郎が、不意に顔をあげた。

10

やはり、二十人ほどだった。

広い庭に、二人を取り囲むように散らばっている。立花は、縁に立ったままだ。晴気も一角も、まだ抜刀していなかった。

「左文字一角、なんの真似だ」

立花が、縁から声を発した。

「俺は、刺客だ。刺客であることは、あんたが一番よく知っているだろう。あんたに命じられて、古坂頼母も筧好光も斬った。いま、また命じられて、あんたを斬ろうとしているだけだ」

「愚かな。土井大炊頭の命運は、もう尽きたも同じだぞ」

「どうでもいいのだ。俺は最後の刺客の仕事として、これを受けた。受けた以上、やり遂げるだけだ。あんたは命じてきただけだが、刺客にはやり遂げるか死ぬしかない」

「小石川の屋敷を襲った者たちの中に、おまえも加わっていたのか？」

「加わっていたどころか、俺たちと葛秀典の一党三名だけで襲ったのさ」

「葛だと？」

「あの男にも、意地があるさ。適当なことを言って、役に立たなくなったら捨てる。生まれながらの殿様というのは、そんなことしか考えていないのだな。捨てられた者が牙を剝く。そんなこともあるんだよ」

「では、わしを斬ってみよ。左文字一角、見事わしを斬れるか」

たやすいことだった。そう思った。次の瞬間、一角は縁にむかって跳躍していた。遮ってきた二人を、抜撃ちに斬り倒す。立花は、縁に立ち尽したままだ。追いすがってきた者を、晴気が倒している気配だった。縁に跳びあがった。気づいた時、立花の躰を、頭頂から両断していた。終った、と一角は思った。これで、刺客としての仕事は、すべて終った。しかし、解き放たれたような気分は、湧いてこなかった。

晴気が、五人目を斬り倒していた。縁を背にして、すべての人数を引き受けている。叫び声をあげ、一角は縁から跳び降りた。

ひとり、ふたりと斬り倒していく。晴気ひとりを持て余していた相手は、見る間に崩れはじめた。槍が、繰り出されてくる。けら首を斬り落とした。晴気が走るのが見えた。走り過ぎたあとに、血が飛び散っている。

一角は、晴気を追うように走り、不意に身を翻すと、追いすがってきた二人を、同時に斬り倒した。立っている相手は、もう十人はいない。晴気にも一角にも、余裕が出てきていた。晴気が、地摺り（じずり）から膝を落とし、刀を返して斬りあげる姿を、一角はしっかりと見ていた。あの剣を、どうやれば破れるのか。そこまで考えた。

上段に構えたひとりが、鋭い打ちこみをしてきた。一角は動かず、そのまま打ちこみを受けた。切先が、風を起こして顔を打った。眼も閉じず、一角は切先を見ていた。一寸。それぐらいのところを、切先は通り抜けている。見切れる。一寸まで見切って、動かずにいられる。宙を斬った刀が、方向を変えて斬りあげてくる。わずかに、一角は上体を反らした。やはり一寸。一歩踏みこみ、横一文字に胴田貫を走らせた。ほとんど手応えもなかった。はらわたが別の生き物のように地面に滑り出し、眼を見開いたまま男は自分のはらわたの中に倒れた。

一角は、地を蹴った。背をむけかけた二人の間を駈け抜ける。ひとりが肩から胸まで裂け、もうひとりの首が飛んだのが、見なくてもわかった。

残っているのは三人になった。

その時、一角はまったく別の気配を感じた。晴気もそうだったのだろう。二人同時に地を蹴り、三人を斬り倒し、屋敷の方へむき直っていた。

「もうよい。殺し合いは、やめにせよ」

二十名ほどがいた。ひとりも、縁から降りてこようとはしない。老人ひとりを、二十名で守っているという恰好だった。

晴気も一角も、息を弾ませていた。しかし、体力の限界まではまだ遠い。

「大久保加賀守である。二人とも、刀をひけ」

「この屋敷の主か」

低い声で、晴気が言った。構えは崩していない。

「俺の朋輩が、この屋敷で殺された」

「晴気竜行というのが、おまえか？」

「むごい殺され方だった。俺は、俺自身が殺されたものと思っている」

「堀田兵庫は、知ってはならないことを知った。そう判断した人物がいる」

「俺が刺客を果して戻るまで、堀田兵庫は生きているという約束だった。それが守られなかったのは、俺自身が殺されたことと同じだ」

大久保加賀守が、一歩出てきた。両側の二人は、二歩出ている。いつでも、飛び降りることができる姿勢だ。

晴気が大久保を斬るなら、自分はまず飛び降りてくるあの二人だ、と一角は思った。

「血が流れすぎた。わしはもう沢山だ」

「勝手なものだな」

「おまえには、そう思えるのかもしれんな。それにしても、よくいままで生き延びたものだ、晴気竜行。剣の技だけではなく、天運もあったのであろうな」

晴気の全身に、覇気が漲ってきた。

「待て、晴気。わしは老齢ゆえ、死ぬことを恐れてはおらぬ。おまえが斬る気になったら、いつでも斬られよう。しかし、むなしいぞ。それより、おまえに渡しておくものがある。今日は、それを持って去ね」

大久保加賀守が小声でなにか言うと、若い武士が部屋の奥に駈けこんで行き、文箱を持って戻ってきた。

「幕閣の争いを、わしはただ見ているだけだった。下屋敷を貸せと言われれば、貸した。堀田の時も、立花の時もだ。なにもしなかったことを、悔いてはいるが、これも老いのくり言か」

文箱の紐を解き、大久保加賀守は書状らしいものを出した。

「堀田兵庫から、おまえに宛てたものだ。これを認めたことを堀田の妻女が知り、古坂に注進した。古坂が手に入れ、堀田を処断することを、ある人物に求めた。わしはそれを止めもしなかった。ただ、この書状だけは、わしが預かった」

「兵庫の書状だと？」

「おまえに宛てたものだ。おまえに返すのがいいような気もする。持っていけ」

若い武士が、縁を降りて書状を晴気に差し出した。若いが、かなり腕が立つ。晴気は、書状の表書を見て、構えを解いた。

「それを読めば、堀田がなぜ死ななければならなかったか、わかるかもしれぬ」

「確かに、兵庫の字だ」

晴気が、書状を持ったまま呟いた。

斬り合う状況ではなくなった、と一角は思った。胴田貫を鞘に収めた。

「立花喜重郎は、土井大炊頭を追い落とすための、大事な証人だった。立花を斬られたことで、あの人物は怒るであろうな」

「水野出羽守のことか？」

「わしは、それさえも言えぬ。晩節を汚したと思う。しかしわしは、これからもその人物と組んでいくしかないのだ」

晴気が書状を懐に入れ、刀を鞘に収めた。

「手練れがいるぞ、晴気。甲府勤番から呼び戻された、幕臣随一と言われている手練れが、おまえを斬りに行く。おまえが丹後田辺で手に入れたものが、あの人物には気になることになるであろうからな」

晴気を促し、一角は庭を駈けた。

築山に駈け登り、塀に足をかけ、外に飛び出した。夕凪が駈け寄ってくる。

「申し訳ございません。大久保加賀守が現われるとは思ってもおりませんでした。どうしようもなく、ただ左文字様と晴気様の安否を気遣っておりました」

「かえって、よかったかもしれん」

一角は、指笛で捨を呼んだ。ろくは、もうそばについている。

「立花を斬るだけではなかった。ほかのなにかも、手に入ったようだ」

晴気は、ひとりで歩きはじめていた。

追うべきかどうか、夕凪が眼で訊いてきた。一角は、軽く首を横に振った。堀田兵庫からの書状を手にしたのだ。ひとりで読むべきだろう。

「俺は、刺客から足を洗った。最後の仕事も、やりおおせたのだ」

言って、一角も歩きはじめた。

第十八章　友よ

1

竜行。

俺はまず、おまえに詫びなければならぬ。詫びることなしに、なにひとつとして語ることはできぬからだ。

おまえを刺客に仕立てたのは、俺だ。おまえを欺き(あざむき)、友情の名を借りて、おまえの腕を利用しようとしたのは、俺だ。後悔してから詫びることの愚かさは、よくわかっている。

済まぬ。

おまえの家の門前で、田辺藩士を斬ったのも、すべておまえを刺客に仕立てるためだった。おまえと間違って俺が襲われ、それを斬った。そういう事情で俺が田辺藩と揉めたら、おまえは決して黙って見ていることはできないだろう。そう思って、はじめから計画したことだった。

古坂頼母が仲介に出てきたのも、はじめから決まっていたことだった。そして古坂が、俺の命と引き換えに刺客を命じる。おまえは刺客の意味を考えるより、俺を助けたい一心で、刺客を果すだろうと俺は思った。多分、いまもそうしているのだろう。まだ果していないのなら、すぐに江戸へ戻ってくれ。そして、すべてを忘れてくれ。

もし果したのなら、竜行、俺と同じ地獄に半分足を突っこんだと思って、大久保加賀守の下屋敷にいる俺を助け出してくれ。おまえが戻るころに、俺も牢に戻る。そうなのだ。俺は幽閉されているわけではないのだ。おまえに見せるために、一日牢に入っただけだった。

なぜこんなことになったのか、はじめから説明しよう。

三年前、俺は御咎小普請（おとがめこぶしん）となった。しかし咎められることはなにもしていない。そして本当は小普請に入りもしなかったのだ。

俺は、大御番衆だった。勤め方によっては、もっと上へあがることもできた。実は俺はそんなことを望んではいなかったが、新之助を孕んだ知佐が、強くそれを求めはじめたのだ。俺も驚くような変りようだった。女は、母になるとそんなものか、とも思った。

そのころ、俺は古坂と知り合った。古坂が近づいてきたのだ。実は、水野出羽守の意を受けていたのだと、すぐにわかった。俺は水野出羽守に引き会わされ、特別な役目に就くために、便宜上御咎小普請となった。

水野出羽守が俺を選んだのは、幕臣中随一の腕だと古坂が調べあげたからだ。晴気竜行という男がいる、と俺は言わなかった。俺は心の底では、おまえの方が腕が立つと思っていた。俺の腕は、ここが限界なのだ。自分でもよくわかる。しかしおまえは、これからまたどう伸びるかわからぬ恐しさを秘めている。羨ましいという眼で見ていた俺を、おまえは知るまい。

水野出羽守の言う特別な役目は、二つあった。ひとつは出羽守が命じる通りに、人を斬ってくることだった。もうひとつは、出羽守の屋敷の警固だった。ともに、月に一度ほどしか役目はなく、あとは暇で月々百両の手当を貰っていた。はじめは楽な役目だと思ったが、やがて俺は人を斬るのに倦みはじめた。手練れを斬るのではなく、老人を斬ったりもしたのだ。出羽守には、敵が多かった。老中格から老中本職に昇ろうとしているころで、邪魔な者も多かったのだろう。御側御用人から昇ってきた者らしく、なにかというと上様の御意向を口にしていた。

俺は、次第に水野出羽守が嫌いになった。こんな男に引き立てられたくはないとも思ったが、知佐はそれを許さぬだろうともわかっていた。おまえとも、よく飲んだ。夫婦仲が悪いのではないか、とおまえに心配されたのもこのころだ。

そして俺はある日、水野邸に月一度ほどの割合でやってくるのが誰だか、見てしまったのだ。

曲者が二人侵入した。それを追っている間に、客人のいる部屋に入ってしまったのだ。曲者は、忍だった。そして俺が二人を斬り倒すのを見ても、客人は顔色ひとつ変えず、ほとんど寝ているのかと思った。

客人の顔を見てしまった俺の驚きは、尋常なものではなかった。さすがに、水野出羽守も慌てていた。俺は部屋に入ったことを、ひどく咎められた。しかし水野家の家中に、忍を斬る腕を持った者はいなかったのだ。

水野出羽守は、決して口外しないと俺に誓わせた。俺も、言う気はなかった。

そこまでは、まだよかったのだ、晴気。俺はそれまで通り人を斬り、正体のわからぬ客人を警固するために、水野出羽守の屋敷にいればよかったのだ。

家へ帰ると、知佐が妙なものを持っていた。煙草のようだったが、煙草ではなかった。

喫うと快くなるものだと知佐が言うので、俺は喫った。ほんとうに、快かった。いままで、あれほど快い思いをしたことがあっただろうか。俺の知っている、どんな快さとも違っていた。媾合い(まぐわい)が終ったあとに、知佐は俺にそれを喫わせるようになったのだ。媾合う前に喫えば、媾合いなど要らなくなる。後で喫うと、再び媾合っているような、不思議な快さに包まれ、そのまま朝を迎える。

夜毎(よごと)、俺は知佐にそれを求めたが、媾合いの後でしか喫わせてはくれぬ。俺はそれを喫うために、夜毎知佐の躰を求めたが、後でそれを喫えぬと、やり切れない気分になってしまうのだ。やり切れないと言っても、そのまま死んでしまいたいような、実にひどいものだった。俺は逆に、知佐と媾合うのを怕(こわ)がるようになった。

知佐が許した時だけ、媾合う。その時は、あれも与えられるのだ。俺はあれによって、完全に知佐に支配された。

阿芙蓉(あふよう)だったのだ、竜行。

それを知る前から、阿芙蓉かもしれぬと疑う心はあった。しかし、知るのが怕かった。知って、あの快さを失ってしまうのも怕かった。いつの間にか俺は、媾合った後に喫い、もう一度媾合うということができるようになっていたのだ。目くるめくというような快さではなかった。凄絶なほどだった。精を放つ快さが、ずっと、いつまでも続くのだ。しかしすぐに、俺は媾合いを求めなくなった。それを喫うだけでいい、と思えるようになった。

三日に一度か、四日に一度、俺はそれを知佐から与えられる。だから、三日か四日に一度だけ、俺は幸福だった。知佐がそれをどこで手に入れてくるかも、考えなかった。

阿芙蓉だと知ったのは、古坂が教えたからだった。俺が、阿芙蓉なしでは生きられぬ人間になっている、と古坂は言った。

俺はひたすら、阿芙蓉が喫えなくなることが怕かった。死ねばよかったのだと思う。阿芙蓉のない苦しみに較べれば、死ぬことはたやすかったと思う。

なぜ死ねなかったのか、いまも考えている。業が深過ぎた。新之助への情が、抑えきれないほど大きくなった。

いや、それは言い訳かもしれぬ。俺はただ、阿芙蓉が俺に与える快さを、失いたくなかっただけなのかもしれぬ。

刺客は、続けていた。俺の剣は、懦弱（だじゃく）になるどころか、逆に冴えてきた。阿芙蓉のない時の、気休めに人を斬るような感じにさえなっていたのだ。

屋敷の警固も続けた。

客人は、やはり月に一度ほどで、同じお方だった。そのお方の名を、俺はここには書けぬ。たとえおまえへの書状であろうと、書けぬ。書こうとすると、眼が涙で霞むのだ。

二度ほど、忍が入りこんだ。一度は、十二名と多かった。俺が、ひとりで倒した。あのお方が、それを見ていてほめてくれた。

それが嬉しかった自分が悲しい。

丹後に刺客を送らなければならなくなった、と古坂が言ってきた。阿芙蓉を持たせて俺を旅に出すなど、古坂にできることではなかった。

俺と並ぶ手練れということで、おまえの名が出たのだ。俺のためなら命さえかける、馬鹿な男だと俺は言った。おまえが、馬鹿に見えた。いや、憎かったのかもしれぬ。なにがどうということではなく、俺と同じではないということが、憎かった。

そして、おまえを丹後へ送るための芝居がはじまったのだ。

おまえが出立した次の日に、俺は大目付の支配下の武士をひとり斬りに出かけた。まだ若い武士だった。俺を見て、ふるえながら泣いていた。

屋敷の警固にも行った。刺客も警固も、三日か四日前に古坂に言われる。

そのころから、俺は恥じはじめたのだ。おまえを、友を、欺いたことを恥じた。

恥じたことですら、おまえに言うべきではないだろう。黙って腹でも切ればいい。

俺は、阿芙蓉を断とうと試みた。たやすいことではないとわかっていたが、断たないかぎりなにも変りはしないのだ。

あの時の苦しさは、いま思い出しても身の毛がよだつ。半日以上、俺はふるえながら耐えたのだ。わけのわからないものが、沢山眼の前に現われた。それにも、耐えた。死ぬかもしれぬと思ったが、これで死ねるのならとも思った。

これ以上は、書けぬ。書いたとしても、まことを伝えられもせぬ。

俺は結局、断てはしなかった。気づくと、阿芙蓉の陶酔の中にいたのだ。

俺は泣き、転げ回り、ひれ伏し、赤子のように阿芙蓉を求めたのだという。翌日、知佐にそう言われた。

竜行、俺は阿芙蓉の陶酔の地獄の中で、虫けらのように死んでいくのだろうか。

助けてくれ、竜行。

おまえに頼めることではない。わかっていても、頼んでしまう自分がいるのだ。

助けてくれ。俺は、ひとりでは阿芙蓉を断てぬ。おまえしか、そばにいてくれる友はいない。欺いたのを怒っているなら、俺を断ってくれ。ただ、阿芙蓉を断った俺を、斬ってくれ。一度だけ、俺は人間に戻りたい。

この書状は、儀助に持たせる。儀助なら、おまえを捜すことができる。最後の奉公だと思って貰うことにする。

これを読んだら、戻ってくれ。俺は、大久保屋敷にいるかもしれず、別なところにいるかもしれぬ。

捜してくれ。助けてくれ。女々しい頼みだが、俺はいまほどおまえがそばにいてくれたら、と思ったことはない。これからも、思うことはあるまい。断ちたいのだ。人として生きたいのだ。

待っている。待ち続ける。

2

兵庫の書状を、竜行は長元院の縁で読んだ。

書状を読めば、そういうことかとわかることが、いくつかあった。

そんなものを、いまさらわかりたいとも思わなかった。あのお方とは、将軍家のことだろう。水野出羽守が、阿芙蓉を使って将軍家にとり入っている。水野出羽守に敵対する者たちも、それを公にできずにいる。どちらも、将軍家に気に入られたいのだ。だから、暗闘にしかならなかった。

阿芙蓉を手に入れた方が、将軍家にとり入ることになる。そうなのか。それとも、将軍家が阿芙蓉を使っているということは、あまりに事が大き過ぎて誰も言い出せぬのか。

どうでもよかった。将軍家が阿芙蓉を使おうが、それが公になろうが、なにが変るというのだ。

書状を読みながら、竜行はただ兵庫の叫びだけを聞いていた。心の底から、竜行を呼ぶ叫び声だった。

この書状が、古坂頼母の手に落ちたがゆえに、兵庫は死ぬことになったのだ。

兵庫は、なぜ死ななければならなかったのか。竜行が、ずっと知りたいと思ってきたのは、そのことだけだった。

俺を、呼んだ。心の底から、俺を呼んだ。だから、兵庫は死ななければならなくなったのだ。

「そうか、兵庫」

竜行は、低く呟いた。最後の叫びを、自分にむけてきた。兵庫は、竜行だけが友だと、最後には思ったのだ。

竜行は、書状を巻くと、懐に収った。

新之助が、境内の隅でじっと竜行を見つめている。縁に座ったまま、竜行は新之助を呼んだ。

「おまえは、父のことを憶えているか？」

かすかに新之助は頷き、腰に差した小太刀を抜いて、正眼に構えた。直心影流だ。これを父に教えられた、と新之助は言っているのだろう。

兵庫が生きていた証は、新之助のこの構えだけなのか、と竜行は思った。竜行の構えとは、微妙に違うのだ。竜行の正眼はしばしば剣先が動くが、兵庫の正眼は置物のように動かなかった。

「もういい、新之助。憶えているのは、その正眼だけか？」

「はい」

「そんなはずはあるまい。おまえを見つめて、しばしば泣いてはいなかったか？」

「どうして、わかるのですか？」

「友だちだ。友だちだったからな」

「はい」

「男は、生涯にひとりでも真の友が持てるかどうかなのだ。俺とおまえの父は、お互いにそうだった」

言って、竜行は不意に涙ぐみそうになった。

兵庫には、欺かれた。生きていれば、それこそ真剣の立合で決着をつけるしかない、ひどい欺かれようだ。しかし死んでしまえば、阿芙蓉が兵庫を欺き、そして竜行を欺いたと思うしかなかった。

「もういい、行け。いや、待て。この書状は、おまえが持っていてくれ。俺がいいというまで、読んではならん。いいな」

「はい」

「おまえの父から、俺に宛てた書状だ。読まぬと、約束できるか？」

新之助は、黙って書状に眼を落としていた。

「はい」

「よし、行け」

新之助が、背をむけて駈け出していった。

助けてくれ。兵庫の声が聞えてきた。心の底で低く響いているだけで、決して大きな叫びになることはなかった。竜行は腕を組み、境内の欅に静かに眼をやった。

3

道場が、死んでいた。

一角は、はっきりそう感じた。やはり、父あっての道場だったのだ。父はこの道場で生き、この道場にすべてを賭けた。刺客など、父の人生の一部に過ぎなかった。代々が刺客の家柄だなどと、誰が決めたのだ。自分はそれを知り、縛りつけてくるようなものを感じたが、父は案外になんでもないものとして受け入れていたのかもしれない。刺客ですら、剣のための立合と考えれば、一角を縛っていたようなものはなかったと言っていい。

真剣を執っても竹刀のように、竹刀をとっても真剣のように。父が一角に言い続けたこれは、刺客の心得などではなく、純粋に剣の心得だったのだ。

そして、晴気竜行と立合った。刺客として斬りに行った。かたちとしてはそうだが、立合は刺客のものではなかった。長い時を、微動だにせずに晴気と対峙していた。

「若先生、いまごろになって、大先生の剣が恋しくなられましたか」

吉兵衛が、徳利と茶碗を持ってきて言った。

「いま考えていたのだが、父上は俺が晴気竜行に勝てぬと見ておられたのかな」

「まあ、博奕のようなものだ、と思っておられましたな」

吉兵衛は二つの茶碗に酒を注ぎ、鮨(すし)の包みを解いた。

「博奕か」

「若先生の博奕は、相手を読んだりするのではなく、運を待ち、運を呼びこもうとするやり方だ、と言っておられました」

「待て、吉兵衛。父上は、俺の博奕狂いを知っておられたのか?」

「それはもう」

「そんな馬鹿な」

「息子とは、そんなものでございましょうな。つまり、親が見えていない」

江戸じゅうの賭場に、出入りした。

きれいな勝負をさせるいくつかの賭場は、常連と言ってもよかった。しかし、父がそれを知っているとは、考えてみたこともなかったのだ。巨狗(きよく)と鷹を連れている武士だから、目立つことはわかっていた。賭場は父と縁のない世界だから、一角はあまり気にもしなかったのだ。

「晴気竜行となら、五分五分であろう、と大先生は見ておられました。うまく運を呼びこめばたやすく勝てるが、運を待った瞬間にたやすく負けると」

「勝っても負けても、たやすくか」

「大先生と晴気との立合も、気が遠くなるほど長い対峙でありましたが、勝負は擦れ違った一瞬でございましたな」

「それを、たやすくとは申すまい」

「見ている方では、そう思ってしまいます。もっとも、対峙を見ているだけで腰が抜けたようになり、擦れ違うさまはもう現(うつつ)から離れてしか感じられませなんだ」

「そうか」

「気に病まれることはありませんぞ、若先生。大先生の頭にあったのは、むしろ市兵衛様のことでございました」

「伯父貴は、剣だけを考えて生きていた」

「けものの檻(おり)と申されました。市兵衛様がけものの檻に飛びこんだと。あのころから、幕閣の中で、暗殺に暗殺を返すという争闘が行われていることを、大先生は御存知でございました。晴気竜行は、けものになってその争闘の檻に入れられていると。

だから市兵衛様を、若先生に連れ戻すように言われたのです」

あの旅が、晴気との縁のはじまりだった、と一角は思った。もうひとり縁のあった高鳥源太は、博徒たちに石を投げられ、けもののように死んだ。

「土井大炊頭様に呼ばれて刺客を命じられた時、大先生は黙ってお受けになりました。私は、若先生と大炊頭様の約定を申しあげましたが、笑っておられましたな。立花様を斬れとは命じぬという約定で、晴気はまた違うと言うに決まっていると。道具としてしか人を見ようとしないのが、あのお方たちだと」

「父上が、そう言われたのか」

長い刺客の生活の中で、見るものは見てきたのだろう。眼を閉じたのではない。そういうものだと、受け入れたのだ。

「私は、長くお側にいて、よくわかりました。手練れを相手の刺客を、大先生はそれほど苦にしてはおられませんでした。むしろ出稽古と称して、大名の屋敷や領地へ出かけ、そこでなにかを探ってこいと命じられることを、重荷と感じておられましたなあ。隠密ではない、と何度か呟かれたのも聞いたことがございます。兵法者としての終り方を考えておられる時に、望み得ないほどの手練れを、刺客の相手に命じられたのでございますよ」

「父上は、兵法者として晴気と立合われた。立合の様子をおまえに聞いて、俺にはそれがよくわかった」

「若いというのは強さだ、と最期に呟かれました。大先生がもっとお若い時ならば、勝てた立合だったと私は思います。言っても詮なきことでございますが」

頷き、一角は茶碗に手をのばした。酒は、ただ苦く腹にしみてくる。

「吉兵衛、おまえはこれからどうする？」

「私こそ、長く生き過ぎました。どこか、市井の片隅で、ひっそりと生涯を終るのが、望みでございます。わずかな余生では遣いきれないほどのものを、大先生に残していただいております」

「俺は、おまえに世話をかけただけか」

「なんの、なかなかに面白い日々でございましたぞ」

「左文字道場とは、縁のないところで暮すのか？」

「余生は、そう過したいと思います。先に逝かれた大先生には申し訳ありませんが」

「この道場は、売ることになる。おまえが売って、それを余生の足しにしてくれれば、俺も気が楽なのだが」

「過分なものを、すでに頂戴いたしております」

「しかしなあ、吉兵衛」

「博奕にでも遣われるとよい。それが、若先生らしいと思います」

一角は、声をあげて笑った。酒は、やはり苦いだけだった。吉兵衛は、遠くを見るような穏やかな眼をしていた。

4

増上寺(ぞうじょうじ)大門まで、竜行は駈けた。

研弥の前で、常吉が立っていた。竜行を見て、黙って頭を下げる。

竜行は土間に入り、ちょっと立ち止まってから、二階へ上がった。

弥八は、熱い息をしていた。熱すぎるほどの息だ。静乃が、弥八の手を握っている。熱い息をしながら、弥八の顔は蠟(ろう)のように白く、ほとんどすき透っているように見えた。

「兄さん、竜行様ですよ」

顔を耳もとに寄せ、静乃が言った。

弥八が大量の血を喀(は)いたのは、昨夜だった。その前から、ほとんどなにも口にしなくなっていたので、静乃がそばにつきっきりだったのだ。

「おう、晴気さん」

弥八が、薄く眼を開けた。

「刀を、見せてみろ」

竜行は、黙って延寿国村を抜き放った。弥八の眼がかっと開き、すぐに閉じられた。それだけで、息がひどく苦しそうになったように見えた。頭を反らすようにして息を吸い、吐く。何度か、弥八はそれをくり返した。

「化ものになっていく」

弥八が、喘ぎながら言った。

「私の国村で、もう人は斬るな」

「刀は、人を斬るために鍛えられ、研ぎあげられる。違うのか、弥八？」

「そうだ」

「弥八に研いで貰ってから、国村は生き返ったようになった」

「私は、あんたが憎い」

弥八が、また薄く眼を開いた。

「私も、人を斬ってみたかったのに」

最後は、よく聞きとれなかった。息は相変らず熱い。それでも、弥八は眠ったように見えた。不意に、一度咳をした。弥八の口から、鮮やかすぎる色の血が溢れ出してきた。静乃はそれを、晒で受け、汚れもきれいに拭った。

労咳で喀く血は、鮮やかな赤だ。竜行は、そんなことを、ぼんやりと考えた。斬られて流す血とは、まるで色が違う。

眠ったようだった。息も、いくらか楽になったように思えた。静乃が立ったので、代りに竜行が手を握った。熱い手だ。

しばらくして、静乃は常吉を伴ってきた。なにか言われているらしく、常吉は泣きながら座った。

息が荒くなり、鎮まる。弥八は、それを一刻ほどくり返した。荒くなると、風が吹き抜けるような音がした。常吉は、泣き続けている。

「常吉」

弥八は眼を閉じたままで、眠っているようにしか見えない。

「刀を見ようとするな」

覗きこんでいた常吉が、泣きながら大きく何度も頷いた。

「砥石の音を聞くのだ。刀がなにを思っているか、音が教えてくれる」

また、常吉が大きく頷いた。

弥八は、眼を閉じたままだ。どうにもならないような息苦しさが、不意に竜行を襲った。弥八が眼を開けた。

「暗いね、静乃」

はっきりした言葉だった。いままでの喘ぎが嘘のようだった。しかし、暗くない。部屋には、陽の光も射しこんでいる。

「行灯(あんどん)はどうしたのだ、静乃」

静乃の眼から、涙がこぼれ落ちてきた。竜行は、じっと弥八を見つめた。開いた眼から、次第に光が失われていった。竜行が握っている弥八の手は、まだ熱い。しかし、生きたものではなくなった。

声もあげず、涙だけを静乃は流し続けていた。

「私の手を取って、ひと晩、研ぎ方を教えてくださいました。それから、私が研ぐ間、そばに座っておられました。音を聞いておられたのです。どんなふうに砥石の音を聞き分ければいいか、よく教えていただきました」

嗚咽(おえつ)しながら、常吉が喋りはじめた。

「研ぎ方がわからなくなれば、音を聞けと。刀が喋るように、砥石も喋ると。親方は、とても機嫌がよくて、蕎麦も少し召しあがりました。寝てくださいと申しましたが、笑っておられて」

「いいのですよ、常吉。兄は、おまえに研ぎの心をどうしても伝えておきたかったのですよ。おまえがそれを身につけてくれれば、なによりの供養なのですからね」

　静乃が言った。もう涙は流していなかった。

　三人だけで、ひっそりと通夜を営んだ。

　翌朝、帰りかけた竜行を、静乃が追ってきた。

「兄が、竜行様に伝えてくれと申しておりました。延寿国村と胴田貫で、斬り合いをしてはならないと。どちらかが死ぬと申しておりました。死ぬとは、刀のことでございましょうが」

「わかった」

　竜行を見て、静乃は口もとだけでほほえんだ。

「どうするのだ、静乃は？」

「竜行様の子を生すことができますか？」

「それは、できん。俺は、父になれるような男ではない」

「研弥を、守ります。常吉はいい研師になる、と兄も申しておりました」

「そうか」

「竜行様を、困らせてばかりでした。子を生したいと言って。宿業が消えぬかぎり無理だろう、と兄には言われたのですが」

「宿業か」

「刀にも、それがあるそうですよ。ほんとうは、眠らせた方がいい刀だそうです」

「ずっと、ともに生きてきた。これからも、そうする」

静乃が、頭を下げた。

頷き、竜行は歩きはじめた。弥八が喀いた血の色の鮮やかさが、まだ眼に残っていた。

長元院に戻ると、本堂で客が待っている、と六蔵が言いに来た。

葛秀典と夕凪と、もうひとりの老人だった。旅の装束である。

「山へ、戻ろうと思います。立花喜重郎が果てたことで、私の気もいくらかは晴れました」

「片脚をなくしたか。山では不自由だろう？」

「この二人がおります。山で生まれ、山で果てることができれば、本望でございます」

「土井大炊頭も、老中罷免ということになるようです」

夕凪が、相変らず表情も変えずに言った。

「将軍家は、若いころよりひどい頭痛持ちで、どんな医師より、水野出羽守の薬が効いたのだそうです。阿芙蓉でございますから。われらは、その証拠を摑もうと必死でございましたが、結局水野出羽守にとって代ろうという勢力に、利用されただけでございました。立花喜重郎も、将軍家の頭痛を治すことで、栄達をはかりたかったのでございましょう」

「頭痛か」

「いまこうして離れて見てみると、それこそ笑い出したくなるようなことでございます」

「そうだ、ここの本尊に預けておいたものがあった」

竜行は、本尊の後ろから、油紙の包みを出した。丹後田辺で手に入れてから、竜行がずっと持っていたものである。誰もが、これを欲しがっていた。

「おまえとも、おかしな縁だな、薬屋。これは、餞別（せんべつ）になるかな」

葛秀典が、声をあげて笑った。

「持っておられれば、一度ぐらい命と引き換えることはできますものを。ただ、われらが、これを手に入れていれば、一族ことごとく抹殺されたでありましょうな。使い方を、最も知らなかったのが、私でございました」

「要らぬなら、捨てるが」

「伜十三郎のために、頂戴いたします。一族の守りにはなるでありましょうから」

竜行は頷いた。

「晴気様、お健やかに」

葛秀典は、頭を下げ、両脇から支えられて立ちあがった。夕凪が、竜行を見て、はっきりとわかるように笑った。

5

その男は小柄で、華奢な骨格をしていた。

眼は、眠っているように細い。引き結ばれた唇も薄く、鼻の下と顎の先にかすかに髭の翳が見えた。佩いている刀が、いかにも長く重たげな感じだった。

「宗永精十郎と申す。長く佐渡金山にいて、いまは甲府勤番でござる」

声も、かん高く、老婆のもののような気がした。四十になるかならないかというところだろうか。さりげなく立っているだけで、肌に粟が生じるような気配を、竜行に伝えてきている。

「それで？」

竜行は、長元院の庫裡の縁に腰を降ろしたままだった。

「立合を所望いたす」

「主命で人を斬る御仁か」

「主命ではござらぬ。われら旗本にとっての主命は、上様からだけのもの。晴気殿を討ち果すようにとは、ある人物に依頼され申した。それだけでござる」

「それで江戸へ戻してやる。大御番衆にでも加えてやる。そういうことか」

「確かに、いろいろと言われてはおり申す。なれど、それがしは栄達に興味はござらぬ。この歳になって大御番入りなど笑止。腕の立つ御仁との立合に、心惹かれ申した」

「俺が、腕が立つと？」

「甲府からそれがしを呼ぶ。ほかに人がないからでござろう」

「よかろう。場所は？」

「どこでも。それがしが申しこんだ立合ゆえ、晴気殿に決めていただきたい。時も場所も」

「いま、ここで」

宗永の眼が、いっそう細くなったような気がした。

「境内の隅で、待たせていただく」

竜行は、座ったまま宗永の歩く姿を見送った。手練れと立合いたいなどという気が、竜行にはなかった。兵庫からの書状を読んだ。それで、人を斬る意味も、もうなくなってきた。自分を待ちながら、兵庫は死んだ。どうにもならなかったことである。ただ、兵庫が自分を待っていたということだけは、痛いほど確かめることができた。

本堂では、新之助の書見の声が聞えていた。信光は、このところ二刻は書見の時をとっている。

竜行は、延寿国村を執った。

境内の気配が、不意に変った。宗永がすでに気を集めはじめた、とも思えなかった。訝り(いぶか)ながら、竜行は縁から境内に降りた。

藤麿が、宗永とむき合っていた。

「よせ」

低く声をかけ、竜行は近づいていった。藤麿では、勝負になりそうもなかった。宗永はただ立っているだけだが、全身から気を放った藤麿は、すでに額に汗の粒を浮かべている。

「俺の相手を、横から奪うのか、藤麿？」

「私は、この立合を止めようとしているだけです」

「なぜ？」

「先生に、そう命じられています」

数歩退がり、藤麿が額の汗を拭った。

「先生が、間もなく参られます。それまで、お待ちいただけませぬか？」

「左文字が来て、どうなる？」

「それから先は、わかりません。私は、止めよと言われていただけで」

竜行は、宗永の方に眼をやった。気も発せず、無表情に宗永は立っているだけだった。

「というわけだ。どうする、宗永殿？」

「それがしは、時と場所を晴気殿に決めていただきたいと申しました」

「ならば、やはりいまここで」

「承知」

宗永は、立った場所を動かなかった。境内に、犬が駈けこんできた。ろくである。ふりむくと、左文字が捨を肩にとまらせて、山門を入ってくるところだった。

「捨は、鳩のような真似もする。長元院を見張らせていた藤麿に、捨を持たせておいた。なにかあったら、空に放てとな」

竜行を見て笑い、左文字は宗永にむかい合った。

「左文字一角と申す。この立合、しばし待ってはくれぬか？」

「なにゆえ？」

「水野出羽守が、人を集めておる。われら二人を殺すための人数だ。俺ひとりでは、斬り抜けきれぬ。おぬしに晴気を斬られると、困るのだ」

「どちらが勝つと、決まっているわけではないと思うが」

「だから勝負はいつでもよかろう。晴気を斬ったら、次は俺。水野出羽守はそう命じてくるぞ、宗永殿。その俺が、多勢との立合で命を落としたら、立合う相手がひとり少なくなるというものだ」

「左文字殿と言われたな。左文字市兵衛殿とは？」

「俺の伯父だ。晴気と立合って果てたが。伯父から、宗永精十郎という武士が佐渡にいる、と聞いたことがある。剣ひと筋に生きて、上役とも反りが合わず、佐渡金山の同心に送られた男だという話だった」

「左文字市兵衛殿とは、確かに佐渡でお目にかかった。ひと夜、剣について語り明かしたことは、いまでもよく憶えている」

「待ってくれぬか？」

「どれほど？」

「五日。それまでに、決まるものは決まる。晴気が生き延びていたら、その時に」

「生き延びていなかったら？」

「それは、立合う縁ではなかったということだ」

「なるほどな。承知した。五日後に、それがしはもう一度ここへ来よう」

宗永が、竜行を見つめ、軽く頭を下げると山門にむかって踵を返した。

「あの男は、水野出羽守にとっては、両刃の剣なのだと思う。性格きわめて狷介(けんかい)で、上役を斬り捨てたことが二度。二度とも、上役は病死ということで、表沙汰にはならなかった。つまり、表沙汰にすることはできんと、もっと上の方が判断したわけだ。いずれ、腐った上役を斬り捨てたのだろうがな」

「よく調べたものだ」

「伯父貴は、酒を飲むと、諸国で出会った手練れの話を、俺を相手にしたものだ。その中でも、とりわけ心に残っているのが、あの男のことだった。なぜ甲府勤番に回ったのかは知らんが、あの男を出してくるということは、水野出羽守がよほど人に不自由しているということだと思う」

竜行は、左文字の肩に手をのばした。捨は、ためらいなく竜行の腕に移ってくる。

空を翔べるのか。竜行は捨を見つめながら思った。どこまでも、好きに翔んでいけるのか。羨ましいような気分がある。

「何事もなく、新之助は書見か」

本堂の方へ眼をやり、左文字が言った。ろくは、欅の根元の臭いを嗅いでいる。

「藤麿、酒を買ってこい。それから、六蔵に皿を借りて、四文屋（しもんや）で天ぷらもな。天ぷらは、山ほど買ってこい。信光殿の方にもお分けするのだ」

藤麿が頷き、駈け出していった。

6

凄愴な月が出ていた。

境内の明るさは、昼間とはまた違っていた。

藤麿がぶらさげてきた二升の樽は、もう空になっている。竜行は、それほど酔ってはいなかった。左文字も、同じらしい。

「出羽守が人数を集めているというのは、嘘ではない。土井大炊頭が、最後の争闘を挑んでくるかもしれん、と思っているのだろう。もはや老中を追い落とされることは確かになっているが、出羽守がそれだけで済ませるかどうかもわからん。下手をすると、家禄まで召しあげられかねん」

左文字は、柱に寄りかかって腕を組んでいた。藤麿は、信光や新之助と話しこんでいるようだ。捨もろくも、烏賊の天ぷらをたっぷりと貰い、大人しくしている。

「土井大炊頭を完全に追い落としてしまえば、幕閣はすべて出羽守に靡く。青山下野守も、出羽守にとり入って、なんとか生き延びようとしているようだしな。将軍家すらも思いのまま動かせるとすると、出羽守が天下を取るようなものだ」

「もういい、わかった」

竜行には、どうでもいいことだった。もともと、竜行は兵庫を助けようとしただけだ。

「わかってない、おまえは」

左文字は、いつになく執拗だった。酔いがそうさせているとも思えない。

「出羽守は、幕閣は押さえられると思っているだろう。すると、あとは俺たちが気にかかるというわけだ」

「虫けらのようなものではないのか、俺たちは。天下の老中にとっては、そうだろう」

「ところが、その虫けらが余計なことをし過ぎた。古坂頼母や、筧好光を斬った。阿芙蓉のことも、ほぼ知っている。おまけに、土井大炊頭を追い落とすための玉であった、立花喜重郎まで斬ったのだ。放っておくと、次になにをやるかもわからんと思うだろう」

確かに、そうだろう。兵庫を斬れという断を下したのも出羽守なら、まだ竜行の決着もついていないことになる。

「しかし、馬鹿げた話だな、晴気。将軍家の頭痛を治すために阿芙蓉を与えた出羽守が、天下第一の権勢を持つとはな。政事とは、なんなのだ。俺は、理不尽に耐えかねているぞ。俺は旗本でもなんでもない。だから言えるが、そういう将軍家など、さっさと廃してしまえばいいのだ。幕閣だけで政事をやった方が、よほどすっきりするとは思わぬか」

「よく喋るな。おまえの、その口数の多さはなんとかならんのか」

「喋りたくもなる。頭痛だぞ、晴気。おまえの朋輩が死ななければならなかったのも、そもそもは将軍家の頭痛がもとではないか」

左文字は、茶碗に手をのばし、苛立ったようにまた畳に戻した。

「おまえの朋輩を、悪く言ったわけではない。しかし、そうなのだろう？」

「まさに、そうだ」

「馬鹿げていると思わんか」

「思ったところで、どうなる。もともと政事とはそういうものだ、と思うしかあるまい」

「諦めるのか？」

「政事はそういうもので、ただ見えていなかっただけのことだ。俺たちは、二歩も三歩もその中に踏みこんだ。だから、見えていなかったものが見えた。それだけのことだ」

「そう、割り切れるのか、おまえは？」

竜行は、左文字にただほほえみ返した。

左文字は、凭れていた柱から躰をずらすと、肘枕で横になった。月明りで、行灯は不用だった。部屋の中ほどまで明りは射しこんでいて、胡座をかいた竜行の影が、畳にくっきり落ちていた。

「出羽守を、斬ろうか」

竜行が言うと、左文字は弾かれたように身を起こした。

「古坂や筧とは、ものが違うぞ、晴気」

「おまえは、出羽守が集めた人数が俺たちを襲ってくるのを、じっと寝そべって待つつもりか。たとえそこを斬り抜けたとしても、出羽守はまた人数を集めるだろう」

不意に、左文字が声をあげて笑いはじめた。

「おまえが、ここまで生き延びてこられた理由が、なんとなくわかった。元を断とうとするのが、おまえのやり方だな。やる時は、思い切って元を断つ。それで、相手はいつも混乱してきたのだ」

「俺は、兵庫がなぜ死ぬことになったのか、知りたかっただけだ」

「そして、大元は出羽守ということになった。だから、出羽守を斬る。はっきりしていて、爽快なほどだ。俺はいつも、目先のことだけを考える。この場を、どう斬り抜けようかということだけをな」

竜行は、畳に落ちた自分の影を見ていた。それは自分の影でありながら、別の動物のようにも感じられた。

「自分の手で、生きる道を斬り開く。確かに、出羽守を斬るしか、方法はない。待っているより、こちらから出かけていってやる方が、確かに俺たちがやるべきことだ」

「生きて還れぬかもしれぬ」

「いままで、すべてがそうだった。だから、生きて還れんということを、恐れる理由は俺たちにはないのだ。出羽守を斬ろうとおまえが言った時、はじめてはっきりとわかった気がする。その場その場で死ぬ覚悟をするのも、もともと命はなかったようなものだ、と思うのも、同じことだ。しかし、だからこちらから出かけていくということを、俺はいままで考えなかった。刺客を命じられるのを待っていただけでな」

「もう喋るな、左文字。斬るか斬らないか、それを決めればいいだけのことだ」

「斬るさ。よく考えれば、それが道だ」

左文字が、また愉快そうに笑い声をあげた。

「確かに、政事に対する不平を並べたところで、なにも変らん」

左文字は立ちあがり、縁に出た。左文字の影が、畳にまで長くのびている。ろくがどこからか現われて、鼻を鳴らした。竜行は、自分の影と左文字の影を、交互に見た。それは畳の上で、重なりそうで重ならなかった。

「俺には、幼いころから、朋輩と呼ばれる人間がいなかった。十三の時に父と旅に出て、十四の時に人を斬った。旅から戻った俺は、まるで違う人間になっていたよ。朋輩を持とうなどとは、一度も考えなかった。だから、おまえの堀田兵庫に対する思いも、よくはわからなかった」

竜行は、月を見あげた。鮮やかすぎる、と思った。異様なものが、闇に浮いて光を放っているようにしか見えないのだ。

「いまは違うぞ、晴気」

「もういい。しばらく黙れ」

竜行が言っても、左文字はやめようとしない。月を背にして立った左文字の姿は、ただ黒いだけだった。そしてその影は、竜行の影にではなく、竜行の躰に重なった。

「おまえという朋輩が、俺にはいる。ともに生きる道を斬り開こうという朋輩がな」

ろくが、また鼻を鳴らした。左文字は縁にしゃがみこみ、ろくの頭に手をやって、低い声でなにか言った。

7

水野出羽守を斬ろうと思っても、たやすく事が運ぶわけはなかった。まず第一に、竜行にも左文字にも、その所在を確かめる方法すらないのだ。

水野の上屋敷は、確かに人は多い。家臣でないものを、だいぶ集めているという気配はある。しかし、水野出羽守自身がいるかどうかは、三日張ってみてもわからなかった。駕籠の出入りなどないのだ。城中に留っているということも考えられた。

そういうことについて調べる方法を、竜行も左文字もあまり持たなかった。二人よりも、むしろ藤磨の動きの方がいいぐらいだ。

「斬りこんでみるか、屋敷に」

左文字が言った。

「博奕と間違えるな、一角」

「まあな。しかし、大きな博奕を打とうとしているのだ。小さな博奕からはじまる、と言ってもいい」

「だから、おまえは博奕で勝てん」

「確かにな。俺も賽の目が相手なら、投げやりな博奕は打たん。運が回ってきたと思う時まで待つさ。しかしな、竜行。賽の目はむこうから攻めてはこぬ。待っていれば、いつかはいい目も出る。しかし、水野出羽守は、俺たちをこの世から消そうとしている。いつ、ここに押し寄せてくるかも知れんのだ」

「じゃ、斬りこむか」

「なに」

「おまえは、言ってみただけなのだろう、一角。はじめからその気もないことを、言うなよ」

一角が舌打ちをしていた。

連雀町の、左文字道場である。売りに出しているが、いま時道場などの買手がそうあるものでもないらしい。水野出羽守をこちらから斬りに行くと決めてから、竜行は左文字道場へ移っていた。水野邸の見張りは、藤麿も含めた三人で、交替にやっている。

「腹が減ったな、竜行」

すでに夕刻だった。

「くそっ、吉兵衛がいてくれたらな。うまいものを作ってくれたのに」

「暇を出したのか？」

「ああ。上方へ行くと言っていた。吉兵衛は、父の刺客の旅の供を、何度もやっている。疲れたのだろう。古稀(こき)を過ぎたしな。市井の隅で、ひっそりと余生を送りたいのだそうだ。江戸にいたのでは、なんとなく昔のことを思い出してしまうのだろうよ」

「どこかへ出て、めしを食おう」

竜行が、上体を起こした。

外へ出ると、ろくが待っていた。

ちょっと歩けば、一膳めし屋ぐらいはある。通りのむかい側の青山下野守の上屋敷は、ひっそりとしていた。なにがあったのかは、一角に訊いても知らなかった。

一膳めし屋で、二人とも酒を頼んだ。宗永精十郎との約定の日まで、あと二日しかない。それならそれで、宗永と立合えばいいことだ、と竜行は思っていた。

「それにしても、居所がわからぬとはな。相手はただの人ではないのだぞ、竜行。なにかいい考えはないのか？」

「ないから、こうしているのだろう」

「それはそうだが、宗永との約定の日も迫っている。五日でなく、十日と言っておくべきだった」

さすがに、話の中で水野出羽守などとは言わない。あの男とか、あいつとか一角は言ったが、愚痴ともつかぬ繰り言を並べながら、居所が知れないのをしきりに訝しんだ。竜行は、一角がよく喋るのを、いつの間にか気にしなくなっている自分を発見していた。気持をまとめる時の、癖のようなものなのだ。

「まともな方法では、無理でございましょうな」

衝立(ついたて)のむこう側から、声が聞えた。連れはおらず、ひとりらしい。

「第一、お二人がうろうろとされているのは、見よいものではありませんし」

一角が、衝立のむこうを覗きこむように、ふりむいた。

「夕凪ではないのか？」

声に思い当たって、竜行は言った。行商人態の男が、立ちあがって頭を下げた。

「見違えたぞ。それに、なんの気配も感じなかった」

夕凪は、四十そこその姿に見えた。

「こちらに一片の害意もなければ、気配など伝わりようもありません」

「どういうことだ？」

言いながら、竜行は夕凪の顔に皺を捜そうとした。

「変装は、われら一族が何代にもわたって工夫を重ねた技です。見ただけで、おわかりにはなりますまい」

夕凪の声ははっきり聞えたが、口が動いているようには見えなかった。

「長(おさ)は、信濃の山に入りました。多分、入ったと思います。私は、甲州に入ってしばらくして、江戸へ戻れと言われましたので」

「なにゆえ？」

「長は、ずっと私を見ていたのでございましょう。そして、江戸に心が残っていることを見抜きました。それで戻されたのでございます」

「おまえも、それを肯んじたのか？」

「迷いました。長の心が自分の心だ、と思い定めて生きておりましたから。長は、自分の心も実は江戸に残っているのだ、と申しました。ただ、もはや働ける躰ではないと」

「では、葛秀典の代りに来たのか？」

「いいえ、夕凪として参りました。山にあるのは、ただ老いていくだけの、穏やかな日々である。江戸では、血にまみれ、長生きもできまいと。そのどちらを選ぶかは、私に任せると申しました」

「そうか」

「長が身動きができぬというのは、はじめてのことでございました。その間、自分の判断で晴気様のために動きました。自ら感じたことを、考えに継げていく。それが快いものだと、私ははじめて知りました。生きている喜びとは、こういうことかもしれぬ、と思いました。そして、江戸へ戻ることを選びました」

「もうひとり、老人がいたが」

「山の中で老い、人知れず朽ち果てる道を選びました」

「われらについたところで、銭にはならぬぞ。一族のためにもならん」

「承知しております、そのようなことは。私は、闘って生きようとする人が好きだ、と気づいただけです。志のためでも、友のためでも、自分のためでもいいのです。激しく闘って生きる。若ければ、自分でそういう生き方を選んだでありましょうが、この歳に達すると、そういうお方のそばにいて、おこぼれの喜びを、身を切るような喜びを、ちょっとだけ分けていただくのが、相応というものでしょう」

「俺は別に、喜びとは思っておらん。そうしなければ、生きていけないだけのことだ」

「私が感じていることを、喜びという言葉で申しあげただけです。ほかにも、言い様はいくらでもありましょう。晴気様を、丹後田辺からずっと見ておりました。長も同じでございます。長の呪縛が消えた時、葛秀典にも私にも、見えるものがはっきり見えてきたのでございます」

「もういい、夕凪。こちらへ来て、一緒に飲まんか」

「よろしゅうございますな」

夕凪は頭を下げ、自分の盃を持ってくると、さりげなく差し出した。その手も、老人のもののようには見えなかった。

「まともな方法では駄目だ、とさっき言っていたな」

一角が口を挟んだ。

「確かに、人数は集まっております。それは、お二人を斬らせるための人数でしょう。しかし、別のこともやる人数のようにも思えます。その別のことがなにかわかれば、おのずからあの男の居所もわかる、という気もいたします」

「それを、おまえが調べる、と言うのか？」

「できる、とお約束はいたしかねますが、やってみるつもりでおります」

約束できないというのは、死ぬかもしれないということを意味しているのだろう、と竜行は思った。

どうする、というように一角が竜行の方を見た。竜行は、黙って頷いた。

「私は、実は二日前から調べはじめております。なんとか、いいお知らせができるかもしれないと思ったので、姿を現わしたのです」

「俺と一角と藤麿は、左文字道場にいる。いままで通り、屋敷を見張った方がよいか？」

「御無用でございます。いずれ、気づかれますぞ」

「そうだな」

「私を、お待ちくださいますよう」

夕凪の表情は、ほとんど動かなかった。

8

道場で寝そべっている晴気を見ながら、一角は一膳めし屋で求めてきた徳利の酒を、ちびちびと飲んでいた。竜行は寝そべっているだけで、眠っているわけではなさそうだった。

「ただ剣が遣えるだけか、俺たちは」

一角は呟いた。竜行は返事をしようとしない。

「野に放り出されたら、俺にはなにもできん。食いものは、ろくと捨が獲ってくる。藤麿でさえ、猟はできる。俺ひとりでは、兎の一羽も獲れぬし、米の作り方も知らん」

一角は、薄く埃の浮いた床を見ていた。毎日床を磨いていた門弟も、すでにいない。

「米を作れる者は、剣を遣えん。そういう考え方も、できぬわけではない」

「なにを言っている？」

「いろいろと、自分が駄目なところを数えあげているのさ。多少強いということで、それを打ち消すことにはならんな」

「おまえのは、嘆き酒か、一角」

「そんなところはある。もっとも、酔ってなくてもそうなるが。俺がよく喋るのは、嘆きの虫を追い出すためでもある」

「嘆きの虫か」

「これから死地へ踏みこむ。できるだけ、平常心でいたいのだ。俺は、どこか弱気になるところがあってな」

寝そべっていた竜行が、ちょっと躰を動かして一角の方を見た。

「剣が弱いと言っているのではないぞ、竜行。自分がこれでいいのだろうか、とよく思うと言っているのだ」

「俺もだ」

竜行は、また天井に眼をやった。

「兵庫がなぜ死んだか。それを確かめたいという気持が、俺を支えていた。いまになって、それがよくわかる」

「気が、萎えているのか？」

「いや」

「目的がなくなった、ということか？」

「かもしれん」

「いずれにしても、やがて終る。遠からず、終る」

一角は徳利を引き寄せた。飲みたいという気は、かなり前からなくなっていた。惰性のように、ちびちびと飲んでいただけだ。

一角も、床に寝そべった。天井を見つめていると、喋りたいという気持もなくなった。言葉を交わすのが友ではない。

藤麿が戻ってきたのは、深更だった。

交替の一角が現われないので、駈け戻ってきたようだ。

一角は、状況が変り、夕凪が動いていることを手短に説明した。

「飲め、藤麿」

寝そべったままの竜行が、呟くように言った。

「ここで、夕凪の知らせを待つ」

「わかりました。私も、心気を澄ませて時を待ちます」

「誤解するなよ、藤麿。もし斬りこむことになっても、俺と一角だけだ。おまえが来る理由はない」

「しかし」

藤麿が、弾かれたように一角を見た。一角は、ただ黙って頷いた。藤麿が死ななければならない理由は、なにもない。

「私の腕では、役に立たぬと言われるのですか？」

「なにも、竜行はそんなことは言っておらんぞ。見張りは手伝って貰ったが、これは俺と竜行のことだ」

「私も、いままで」

「藤麿」

遮るように言い、寝そべっていた竜行が上体を起こした。

「見届けてくれ、俺たちを」

なにか言いかけて、藤麿は口を噤んだ。一角は、黙って藤麿に酒を注いでやった。

三人とも、道場に横たわった。一角は、自分がいくらかまどろんだようだ、と思った。気づいた時は、外には陽が射していた。

藤麿が起き出し、めしを炊いた。

「なにかが近づいている。そんな気がする」

一角が言うと、竜行は黙って頷いた。

午を過ぎると、風が出はじめた。砂塵を巻きあげるような、いやな風だった。

竜行が、上体を起こした。一角も、眼を細めた。藤麿が外へ飛び出していく。夕凪を抱きかかえて、藤麿は戻ってきた。

「水野出羽守は、根津の法蓮寺へ今夜行くはずです。大奥年寄で水城という者が宿下りするのと一緒に。供回りは、合わせて三十。それに、五十ほどの水野邸に集まった人数が」

それだけ言い、夕凪が笑った。顔の半分だけに、深い皺があった。

「この歳で、忍の相手はなかなかにつろうございました。御心配なく。撒いたことを確かめてから戻りましたので。土井大炊頭の手の者と思われたはずです」

「済まなかったな」

竜行が言った。夕凪の言葉ははっきりしていたが、顔は死の色が覆っている。

「思うさま、生きましたぞ、晴気様。ただ老いて朽ちる日々より、ずっと激しく生きたと思います。お二人の闘いは、あの世から。お目にかかれてよかった、と思いながら夕凪は死にます」

笑った顔のまま、夕凪は死んだ。竜行の指が、夕凪の眼を閉ざした。砂塵を巻きあげる風が、しばしやんだようだった。

第十九章　斬撃

1

策などはなかった。

頼むは一剣のみ。いままで、すべてをこの一剣で斬り開いてきた。竜行は、そう思った。気負いもない。敗れる時は敗れ、死ぬ時は死ぬのだと思う。それだけである。

藤麿が、筒袖を用意してきた。革の草鞋（わらじ）もある。

「これを湿らせて履くと、やがてしっかりと締ってきます。さながら、自分の足のように感じられます」

藤麿は、そう言った。自分で作ったものらしい。

「猟師だったな、おまえは」

「私の村では、猟師はみなこれを履きます。ただの草鞋より丈夫で、獣を追って山中を駈けるのに足もいためません」

「なるほど」

竜行は、藤麿が持ってきた晒を巻き、筒袖を着こんだ。藤麿は、ともに斬りこむとは諦めたようだ。淡々と竜行と一角の身仕度の手助けをした。

一角は、道場の裏の庭で、ろくの躰に触れていた。肩には捨がいて、竜行が手を出しても動こうとしない。

「ろくは、ちょうど十歳になる。人間なら、爺だな。捨は今年で四歳。俺は、ろくと捨が友だと思ってきた。俺のほんとうの弱さを知っているのも、こいつらだけさ」

「おまえらしい、という気もする」

「俺らしさなど、どこにもなかった。俺は、俺でない人間として育ち、生きてきたような気がする。それも俺だと言ってしまえば、それまでだが」

ろくは、じっと座っている。動こうともしない。

「ろくも捨も喋らん。それがよかった。俺は、こいつらにいつもひとりで喋り続けた。人間を相手にする時も、その癖が抜けなくてな。おまえには、口数が多いとよく馬鹿にされた。人間を相手だと、なにを言えばいいかわからなくなる。それで黙るか喋るかだ」

「喋るだけだろう」

竜行が言っても、一角は笑わなかった。

不意に、ろくが鼻を天にむけ、悲しげな哮え声をあげた。一角は、ろくの首筋に置いた手を、軽く動かしただけだ。

「友というのは、なんなのだ、竜行？」

「自分だな。兵庫のことがあってから、俺は友は自分なのだと思うようになった。見て、喋ることもできる自分だ」

「堀田兵庫が殺されたのは、自分が殺されたのと同じことになるわけか？」

「多分」

「わからんな」

「俺にも、よくわかってはいない」

「おまえとは、不思議な縁だよ、竜行。しかし、俺はおまえを自分だとは感じない」

「だろうな。兵庫が俺だと感じたのは、兵庫が死んでからだ」

「いま、ろくとおまえとどちらを選ぶと問われたら、俺はろくを選ぶような気がする」

「それはそうだろう。俺も、わかるという気がする」

「較べるのが、浅ましい性根かな」

かすかに、口もとだけで一角が笑った。

「夕餉は、どうなさいますか？」

藤麿が姿を見せて言った。

「いらぬ。ろくと捨に、なにかやってくれ。それから、こいつらはしばらくおまえが預かれ」

「私の言うことなど、聞かぬと思いますが」

「聞くさ。そして、大人しく待っているはずだ」

すでに夕刻だった。

一角は、捨を藤麿の肩に移し、ろくの首筋を一度叩くと、踵を返した。それきり、ふりむこうともしない。ろくも捨も、大人しかった。

「立派なものだ。未練も見せん。俺はまた、捨が好きになった」

「私は、ろくの子が欲しいと思います。山の村では、いい犬を飼っていました。あれにろくの子を産ませれば」

竜行が手を出しても、やはり捨は移ってはこなかった。

足袋の上に、湿らせた革の草鞋を履いた。ほかに、用意はなにもなかった。

門前まで見送りに来た藤麿が、一度深く頭を下げた。

風が強い。江戸の街は、薄暮の中にあった。

「なにか、爽快だな、竜行。人を斬りにいくのに、こんな気分になったのははじめてだ、という気がする」

「黙って歩け」

「俺はいつも、ろくや捨と喋りながら歩いていた」

木戸を通り抜けた。人の姿は、まだ少なくなっていない。

「笑うなよ、竜行」

「なにを？」

「俺は、さっきまでこわかった」

「俺は、まだこわい」

「そうか。安心した。自分が怯懦かもしれんと思うと、ますます苦しくなってくる。いまの爽快な気分を、崩したくない」

「一角」

言いかけて、竜行はやめた。なにか言いたいという気持はある。しかし、言葉は見つかりそうもなかった。

「なんだ、竜行？」

「なんでもない」

「おかしなやつだ。おまえ、静乃さんとは会ったのか？」

「いや、弥八が死んでから、一度も会ってはいない」

「別れは、いいのか？」

「いい」

静乃のことは、ほとんど忘れかけていたと言ってもいい。研弥を常吉にやらせて、上手に商売をしていくだろう。所詮、自分には縁のなかった女なのだ、と竜行は思った。

「刀を、研いでくれる男がいなくなったな」

「弥八の研ぎは、一年や二年では鈍らん。延寿国村を見るたびに、そう思う」

「俺は、胴田貫のほんとうの貌を、はじめて見たな」

「弥八は、俺たちがずるいと言っていた。自分も、人を斬ってみたかったとな」

「斬れば、斬られる。そういうものだろう。俺は、そう思うようになったぞ、竜行」

根津権現（ごんげん）の近くに出た。辻行灯には、ようやく灯が入りはじめている。

2

法蓮寺の山門を見通せる場所で、しばらく待った。人通りは少なくなっている。

「外にも、何人か見張りがいるな」

一角が、囁くように言った。武家屋敷ではない。塀もそれほど高くはなく、たやすく越えられそうだった。

紋のない提灯が二つ見えたのは、一刻ほど待った時だった。駕籠が二つ。供回りは三十数名だった。水野出羽守と、水城という大奥年寄。それ以外には考えられなかった。夕凪の知らせと、ぴったりと一致している。

境内は広い。長元院の十倍はありそうで、庫裡が何棟もあるようだった。警固の武士は、境内に散開した構えをとっているだろう。

「外の見張りが四人だな。おまえは左へ行け。俺は右へ行く。半周したところで、二人ずつ片付けて落ち合える。いいな、竜行。抜け駈けはするな。斬りこむ時は、同時だ」

「わかっている」

さらに、四半刻待った。

法蓮寺の中はしんとしていて、巨木が風に揺れているだけだった。それでも、境内を覆うように、殺気が満ちている。

「行こうか」

竜行の方が先に言った。一角は、なにも言わず頷いた。

歩きはじめる。法蓮寺の塀にぶつかったところで、お互いに背をむけた。

しばらく歩いた。闇の中に、人影がひとつ見えた。革の草鞋が、蹠（あしうら）にぴったりと吸いついているのを竜行は感じた。

地を蹴った。背をむけていた武士が、顔だけふり返ろうとした時、竜行はすでに躰を寄せていた。脇差を、首に押し当てた。武士は低くくぐもった声をあげた。

「境内の人数は？」

なにか言おうとする武士の首に、脇差の刃を食いこませた。破れた皮膚から、血がぷつぷつと湧き出しているのが、闇の中でもはっきりと見えた。

「低い声で答えろ。脇差が動けば、おまえは死ぬ。だから、暴れるのもやめておいた方がいい」

竜行は、さらにいくらか刃を食いこませた。武士が、熱い息を吐いた。

「境内の人数は？」

「およそ、五十」

「来たのは、水野出羽守だな」

「そうだ」

「もうひとつの駕籠は？」

「わからん。駕籠のまま、庫裡へ入ったはずだ。いつも、そうだ」

「おまえらは、なんに備えている？」

「曲者すべてに。見つけ次第、斬り殺せと言われている」

「これまでに、曲者は？」

「まだ、出会っていない」

「土井大炊頭の手の者にもか？」

「忍が五名ほどで近づいてきたそうだが、こちらの忍が片付けた」

「忍は、何人だ？」

「十名ほどだと聞いている」

次の瞬間、竜行は武士の口を左手で塞ぎ、右手の脇差で武士の胸を貫いていた。

そのまま、駈けた。しばらく駈けると、闇の中にもうひとつ人影を捉えた。躰を寄せた時、もう刺し殺していた。声ひとつあげさせなかった。

駈けた。闇の中を、人影が駈けてくるのが見えた。

「いくらか、躰が暖かくなったな」

一角が言った。お互いに、まだ息ひとつ乱れていない。

「境内は五十人ほどだ。供回りも合わせて八十というところか」

一角も、途中で訊き出してきたようだった。

「八十人を斬るのが目的ではないからな、竜行。水野出羽守ひとりを斬ればいい」

水野出羽守を護っている八十だった。半数以上を斬り伏せないかぎり、近づけはしないだろう。五十を斬り伏せても、水野出羽守に逃げられればそれまでだった。

「広いな、境内は」

「わかっている。とにかく入ろう。すぐに押し包まれるだろう。どうやって包囲を破るか、いま考えてもはじまらんぞ、竜行」

「わかっている」

塀に手をかけた。

たやすく、塀を跳び越えた。気づかれはしなかったようだ。境内には、築山が二つあった。ひとつの築山の周辺に、五、六人の武士がいるのが見えた。

庫裡にむかって、近づいていった。身を隠しはしなかった。そのため、築山の周辺の六人はかえって怪しまなかったようだ。

「おい」

一角が声をかけた。一角と竜行は、同時に刀を抜いていた。二人が倒れる。

「何者だ」

声があがった。

「斬れ。斬り捨てろ。二人だけだぞ」

別のところからも、声があがった。一角と竜行は、まだ庫裡へむかって歩き続けていた。ようやく、前方を十名ほどが遮ってくる。

足を止め、じっと闇を見据えた。押し包んでくる人数が増えた。六十以上はいるだろう。一角も、動かなかった。

「二人とは、いい度胸だ。死にに来たというわけか」

声は、人垣の後ろの方から聞えた。一角と竜行は、ほとんど同時に二歩三歩、庫裡の方へ進んだ。ひとりが、上段から斬撃を送ってきた。声もあげず、一角の胴田貫がその男を股から胸まで斬りあげた。血が飛び、雨のように降るのが、闇の中でもはっきり見えた。

押し包んだ人数は、気を呑まれたようだ。ぐっと気配が固いものになった。

横から、ひとりが竜行に斬りかかってきた。竜行もまた、気合ひとつ発しなかった。延寿国村を闇にひらめかせ、斬り降ろしただけだ。その男も、頭蓋から腹まで両断され、血を噴いて倒れた。

「なにをしている。押し包んで、早く斬ってしまえ。暴れさせると、殿のお耳にまで達するぞ」

後方で叱声が聞えた。

繰り出されてきた槍の穂先を、竜行は軽く斬り落とした。四人、五人と、同時に斬撃を加えてきた。一角と竜行は、それぞれ身をかわした。

竜行は、ひとりの腕を斬り飛ばしただけだ。まだ駈け回るには早い。どこに水野出羽守がいるのかさえ、わかりはしないのだ。

一歩、二歩と庫裡に近づいた。

遮るように、四、五人が打ちかかってくる。ひとりを斬り上げ、次の瞬間、竜行は跳躍した。地に立った時、二つに割れて倒れる男の姿が、まるで別のもののように竜行の眼に入ってきた。

攻撃が、間断なくくり返されはじめた。かわす。かわした態勢からは、斬撃が送りにくい。竜行は、少しずつ横へ、前へと動きを大きくしはじめた。一角も動いている。

不意に、一角の躰が闇に溶けこんだ。駈けていた。そこに、攻撃が集中していく。竜行は、一瞬の隙を見つけて、庫裡にむかって駈けた。竜行の方にも、人が群がりはじめる。二人、斬り倒した。止まると、四方から同時に斬撃を受けることになる。駈け続けた。庫裡には近づけない。一角とも、かなり離れていた。半数はどうでもいいような腕だが、半数は腕が立つ。

築山に駈けあがった。

不意に、鉄砲の音が闇を裂いた。三発、四発と続き、しばらく間を置いて一発聞えた。弾は、どこにも当たっていない。

鉄砲を持った二人が、斬り倒されていた。一角ではない。斬る時に撃たれたらしく、その男も二、三歩よろめき、倒れた。宗永精十郎だったように見えた。それを確かめる前に、竜行は四方から斬り立てられた。正面の男を斬り倒し、はじめて叫び声をあげた。

3

一角は、池を背にしていた。

三方から突き出されてくる槍が、煩わしい。手練れの槍だった。斬撃の合間を、巧みに衝いてくる。穂先を斬り落とそうとすると、すでに引かれているのだ。

駈け、立ち止まり、駈けることをくり返して、池を背にしたのだった。槍手のひとりの弱点を、一角は見極めた。穂先の上下の動きが悪い。刀を構えている者が横にひしめいているので、槍を左右には振れない。待った。突き出されてきた。引かれるより速く、一角は踏みこんでいた。受けようとしてきた柄もろとも、一角はその男を頭上から両断した。再び、駈ける。浅傷はいくつか受けているが、深傷はない。駈けながら、少しずつ庫裡へ近づいた。築山から、二人を斬り倒しながら駈け降りてくる、竜行の姿を眼の端に捉えていた。庫裡が、目前だった。息があがってくる。躰は動いていた。息があがろうが失血しようが、死するまで躰は動き続ける。そういうふうに、作りあげてある。

庫裡との間の、人の壁が厚くなった。手負って荒い息を吐いている者も、まだ果敢に構えていた。庫裡の障子が開き、十人ほどが縁に出てくるのが見えた。

右、左と絶え間なく斬撃が来る。背後には、槍が二人いるだけだ。すべての攻撃を、見てかわしているわけではなかった。肌が感じる。そして、躰が動く。畳みかけるような攻撃が来れば、かわすための動きになり、なかなかひと太刀で相手を倒せない。倒れて、動けなくなった者は、まだ二十数名だろう。

一角は息を吸った。眼は、庫裡の縁に据えたまま動かさなかった。そして走る。斬りつけてくる刀を、胴田貫で払う。竜行の叫び声が聞えた。竜行も走っていた。手練れはいる。しかし、一角や竜行とは違う次元の人間だった。剣を構えたまま倒れる人間はいない。死ぬまで、剣を構えていた高鳥源太の姿が、一瞬脳裡をよぎった。風。刃先が皮膚を裂いていく。皮膚だけだ。高鳥は、死んでも剣を構えたままだった。一角は、雄叫(おたけ)びをあげ、眼の前の男を刀ごと両断した。

押してくる力が、強くなる。走っていた足が、遮られる。庫裡の縁に並んだ武士たちのむこうに、もうひとり姿が見えた。水野出羽守。一角は、刀を低く構え、地を蹴ろうとした。叫び声。人間のものとは思えないような、かん高い叫びだった。一角が地を蹴るより先に、竜行が地を蹴っていた。人垣を割る楔(くさび)。槍。そうも見えた。竜行を押し包もうとする武士たちに、一角は斬りかかった。三人、四人と、血を噴いて倒れていく。

竜行は、ただ前へ進んでいた。その速さが、少しずつ増してきた。竜行に背後から斬りかかる者を、一角は払い続けた。再び、背中合わせのような恰好になった。

庫裡の縁まで、あと十歩ほどだ。行くぞ。一角は言ったが、声にはならなかった。

竜行には伝わった。それがはっきりと、一角にはわかった。

　縁まで、二重の人垣。一角は斬りこんだ。自分がどうかわし、どう攻撃しているかも考えなかった。全身から気力が噴き出し、ただ躰が動いている。あと三歩。二歩。縁の上から送られてきた斬撃を、横に払って弾き返した。両膝から下を失った躰が、縁から落ちてくる。それと入れ替るように、一角の後ろを走ってきた竜行が、縁に跳びあがった。怒号が大きくなった。一角も気づくと縁に立っていた。庫裡の中。慌てて、四、五人が水野出羽守の前に飛び出してくる。次の瞬間、二人は倒れていた。水野出羽守の表情が、不意に歪んだものになった。竜行の延寿国村。一角の胴田貫。ほとんど同時に、風を起こしていた。水野出羽守は、脇差も抜かずに立ち尽したまま、竜行をじっと見据えている。そこだけ、ひどく長い時間に感じられた。竜行の剣が水野出羽守の右脇から肩口に斬りあがり、左の肩から袈裟に斬り降ろされて胸まで断ち割っていくのを、一角はゆっくりと眼で追った。竜行の剣は、水野出羽守の躰を抜けたところで止まった。すべての動きが、止まった。それから、水野出羽守の肩口から噴き出した血が、ゆっくりと降りかかり、竜行の頭上を濡らし、一角の頬に拡がった。倒れていく水野出羽守の無表情な顔も、はっきりと見えた。血が、畳の上に拡がっていく。

庫裡も境内も、束の間、静寂に包まれた。人の動きもない。やがて一角は、自分の呼吸を聞き、竜行の喘ぎも聞いた。

斬った。しかし、まだ終っていない。一角の頭に浮かんだのは、それだけだった。ほとんど同時に、一角と竜行は縁に出、境内に飛び出した。固着していた人の群れが、ようやく動きはじめた。怒鳴り合う声も、一角の耳に届いてきた。

横から槍を繰り出してきた男を、一角は有無を言わさず叩き斬った。竜行もひとり倒した。塀までは、まだ遠い。行き着けるのか。荒い呼吸の中で、何度かその思いがよぎった。遠すぎる。余りに遠すぎる。どちらかが、身を挺して血路を開き、もうひとりを逃がす。その方法しかない、と一角には思えた。

思った時、一角の躰は動きはじめていた。斬撃を撥ね返し、一度跳躍した。竜行はついてくる。もう一度跳躍して。そう思ったが、脚が動かなかった。じりじりと、塀ににじり寄るしかなさそうだった。

包囲の人の輪が、不意に拡がった。

四、五十の新手が駈け寄ってくる。

「境内での、狼藉（ろうぜき）はやめよ」

よく透る声だった。聴き憶えもある。

「双方とも、刀をひけ。狼藉は、この大久保加賀守が許さぬ」

　背中を合わせて立った恰好で、一角は縁の方を見た。竜行も見ていた。再び、境内はしんとした。

「水野出羽守殿を名乗る痴れ者が、死んでおる。老中の名を騙るとは、まことに不届千万。よくぞ成敗いたした」

「御老中、それは」

　どこからか、声がした。

「黙れ」

　大久保加賀守の一喝が飛んだ。一角は、背に触れてくる竜行の息遣いだけを感じていた。竜行も同じだろう。

「仮にも老中の職にある者が、素浪人二人に斬り殺されるようなことがあるものか。あってはならぬ。ここに倒れているのは、出羽守殿の影武者ではないか。まことの出羽守殿は、屋敷におられる」

　一角は、大久保加賀守に眼を据えた。大久保加賀守の声は凜としていたが、眼はなにか祈るように宙の一点にむいて動かなかった。

「ここでの狼藉も、出羽守殿の御名にかかわる。この法蓮寺で、何事も起きてはおらぬ。よいか、それはこの大久保加賀守が見届けた。みな、早々と姿を消せ」

抗おうとする者がいたようだった。大久保加賀守の一喝が飛んだ。

包囲の輪から、二人抜け、三人抜け、やがて残るのは四、五十人の新手だけになった。その新手は、一斉に山門から境内を出ていった。

一角も竜行も、まだ荒い息をしていた。

激しい斬り合いをしてきた。それはまぎれもない事実だった。境内には、三十ほどの屍体が転がっている。月の光。満月に近い月が、冷たく境内を照らし出している。風が吹いていた。斬りこむ時も風は吹いていた、と一角は思った。境内の樹木の枝の戦ぎ(そよぎ)が、はじめて一角の耳に届いてきた。

4

焚火と、一本の蠟燭(ろうそく)の明り。

水を飲んだ。いくら飲んでも、渇きは癒えなかった。まだ生きている。生きているから、渇きも感じる。

藤麿が、新たな水を汲んで、小屋に入ってきた。一角は、その水でまず顔を濡らした。竜行は、藁の上に倒れたまま動こうとしない。水は、同じぐらい飲んでいた。

「なにもありません。尾行（つけ）る者もいなければ、再び襲ってくるという気配もありません」

藤麿は、塀の外で待っていたのだった。導かれるままに、一角と竜行はこの小屋に逃げてきていた。

「鉄砲を遣ったな、おまえ？」

「申し訳ありません。敵に鉄砲があれば、鉄砲で応じるしかない、と思ったものですから。三挺の鉄砲が用意されていて、私はそのひとつを潰しました」

「あとの二つは？」

「宗永精十郎様でございました。はじめは見ておられましたが、鉄砲が出るといきなり斬りかかられて」

「なぜだろう？」

「あのお方は、先生や晴気様に助勢するというより、斬り合いに鉄砲などを持ち出すことが、許せなかったのでございましょう。ひとりの鉄砲が宗永様の胸を射抜き、恐らくは果てられたものと思えます」

「そういう男だったといえば、そうだったのかな」

「わかるような気がいたします。確かめる術(すべ)はありませんが」

「そうだな」

「果てられております。間違いなく」

「助けられた」

「いえ、三人を私はひとりで撃ち倒せました。それぐらいの早業は身につけております。ですから、宗永様は犬死でございます」

「あれだけの手練れが、犬死か」

「私が鉄砲を持ち出さなければ、先生も晴気様も撃たれていた、と思います」

「恩に着ろと言うのか？」

「まさか。事実を申しあげただけです。鉄砲は私が相手をする。それは、はじめから決めておりました。斬り合いは、見届けるつもりでおりました」

「わかった」

一角は、筒袖を脱ぎ、袴もとった。無数の浅傷があったが、ほとんど血も止まっていた。水で濡らした手拭いで、血の汚れを拭きとるだけにした。二つの傷だけに、藤麿が薬草を塗った。脇腹と肩だが、縫うほどのことはなく、動きも悪くない。

「あれだけの斬り合いで、浅傷だけとは、信じられないことでございます、先生」

「竜行も、深傷は受けていないだろう」

竜行は、藁に倒れこんだまま、放心したような眼を宙にむけていた。

「水野出羽守は影武者だ、と大久保加賀守は言ったな」

一角が呟くと、竜行がいきなり上体を起こした。

「俺は、本物だったと思うぞ、一角。おまえは、どう感じた？」

「それを、考えていたのか」

竜行は、藁を摑んで口にくわえていた。一角は、藤麿が持ってきた着物を着こんだ。竜行の分もある。

「あそこにいた水野出羽守を斬った。俺は、それでいいと思っている」

「それでも、水野出羽守は現われるかもしれん。それこそ、影武者だ」

「どちらでもいいではないか、竜行。政事の中のことだ。本物が偽物に、偽物が本物になってしまう。そんなことも当たり前の世界なのだろうさ。俺たちは、鉄砲でまで護られていた水野出羽守を、斬った。水野出羽守が必要だとなれば、また出てくるだろうさ」

竜行が、くわえていた藁を吐き出した。

「晴気様、傷を拭って、着替えていただけませんか？」

藤麿が言うと、竜行は黙って立ちあがり、筒袖を脱いだ。やはり、浅傷しか受けていない。一角は、小屋の外へ出た。月の光は、相変らず冷たく明るい。

「捨」

声をかけた。ろくは、一角の姿を認めてそばに来ているが、捨には声をかけて安心させてやらなければならない。

「またしばらく、おまえらとは友だちだ」

ろくが、濡れた鼻を押しつけてくる。

水野出羽守のことを、一角はしばし考えた。影武者なのかどうかは、わからない。どうでもいいことだった。あの寺にいた水野出羽守は、斬ったのだ。

大久保加賀守が、うまく自分たちを利用した、ということは見えるような気がする。夕凪が摑んできた情報は大久保加賀守から出たものだろう。それゆえ、事が終った直後に、大久保加賀守は法蓮寺へ駈けつけてくることもできた。

それも、どうでもいいことだった。剣が遣えれば、利用はされる。そしてこちらにも、やりたいことはあった。お互いさまというやつだ。もう縁のない人間、と思えば済むことだった。

一角は、月を見あげた。上の方が、少しだけ欠けた月だ。風は強かったが、空には流れる雲もないようだった。

　着替えた竜行が、小屋から出てきて一角と並び、月を見あげた。

「終ったな」

　竜行が言った。

「終った、と思えるのか、竜行？」

「思えた。藤麿が、背中の血の汚れを拭ってくれた時、終ったと思えた」

「そんなものか」

「らしいな」

　低い声で、竜行が笑った。

「捨」

　竜行が言う。捨は、首だけを動かした。

「どうする、これから？」

　一角が言っても、竜行は捨をじっと見つめたままだった。

「俺は、もう少し山の方へ行ってみる。捨とろくに食わせて貰うのさ」

　ほんとうの終りではなかった。

　竜行がふりむき、一角を見つめてきた。

「俺は、長元院にいる」

「わかった」

小屋から洩れていた明りが消え、藤麿が出てきた。

「私は、なにをやればよろしいのでしょうか？」

「まず、道場を売れ。あれを金にしてくれ」

「わかりました」

藤麿は笑ったようだった。

「俺は行くぞ」

言って、竜行は歩きはじめていた。

一角は、ろくのそばに屈みこんだ。ろくは、冷たい鼻を押しつけてくるだけだ。藤麿は、竜行の背を見送っているようだった。

第二十章　死生の岸辺

1

六蔵の作る粥はうまかった。

山菜がたっぷり入っているし、秋から塩に漬けこんであったらしい木の実なども混じっている。

食いもののうまさを嚙（か）みしめたのは、久しぶりだという気がした。

爺やが作る粥がこんなふうだった、と竜行はしばしば思った。祖父の代から仕えていた爺やも、竜行が巻きこんだようなかたちで死なせた。七十二歳だったので、充分に生きたとは言える。しかし、殺されなければならない理由はなかった。

食事は、新之助と二人でとる。夕餉には、信光が加わることもあった。なんの話もしなかった。竜行が黙っているからである。故意に、そうしているわけではなかった。喋ることが、なにもない。

法蓮寺で受けた浅傷は、すべて塞がっていた。腱なども斬られていない。皮一枚を、太刀先が掠めているだけだったのだ。

新之助は、毎朝一刻ほど真剣を振っていた。それから、一刻ほどの書見である。それは、竜行が長元院へ戻ったからといって、変えられることはなかった。淡々と剣を振り、淡々と書見の声をあげる。書見には時々信光がついていたが、竜行は剣の稽古をつけたりもしなかった。同じ部屋で眠ったが、新之助はいつも静かだった。童らしく寝相を乱すこともない。

そうやって、ひと月ほど暮した。いつの間にか、桜も散っていた。身のまわりに、変化はなかった。襲われることもなければ、尾行られたり見張られたりすることもなかった。幕閣にも、なんの変化もない。水野出羽守は老中のままだった。

ただ、終っていた。終ったということを、竜行は肌ではっきりと感じていた。

毎夜、決まって夜半に眼醒めた。

床の中でじっとしていることもあれば、延寿国村を持って境内に出ることもあった。斬るべき闇はなかった。闇はただ闇として竜行を包みこむだけだ。鞘を払って刀を構えても、闇の孕んだ気が竜行を打つことはない。夜明けまで、二刻余も刀を構えて立ち尽すこともあった。

「新之助に、稽古をつけたりはされないのですね」

朝の勤行を終えた信光に、そう問いかけられたことがある。

「強くなりたい。私には、よくそう申しますよ。だから書見より、剣の稽古をしていたいとね。ただ強くなっても意味はない、と言い聞かしてはいるのですが」

自分への皮肉もこめたような言い方だ、と竜行は思った。それに皮肉を返そうという気も起きてこない。

「童らしい遊びを、もっとやればいい」

「それには、怕いものを見過ぎましたね。学問をさせることで、なんとか乗り越えられるのではないか、と私は思うのですが」

「学問については、なにもわかりませんよ。人の斬り方なら、多少はわかるが」

信光は眉宇をひそめた。竜行は、思った通りのことを言っただけだった。そして、新之助に人の斬り方を教えようという気もなかった。信光も、それ以上のことは言おうとしない。

新之助は、竜行がなにか問いかけると短い返事をするだけで、自分から話しかけようとはしなかった。竜行にむかって、憎悪をむき出しにすることもない。

藤麿が訪ねてきたのは、風の心地よい日だった。境内で新之助が剣を振る姿を眩しそうに眺め、それから縁にいた竜行の前にきて一礼した。

「先生は、武蔵野の奥で、相変らず狩りをしてのんびりと暮しておられます。獣肉ばかりを食されておりますので、私が山菜を集めたり、米や味噌を運んだりしております」

「ほんとうは、おまえが猟師なのにな」

「老中水野出羽守は」

藤麿が声を潜めた。

「病気ということで、あれから登城しておりません。しかし、間もなく登城できるだろうという噂です」

「それが、どうした？」

「本物ならば、病にかからなければならない理由はありません。影武者が、面貌の変化を誤魔化すためにそうしている、としか思えないのです」

「もういい、藤麿」

藤麿がうつむいた。唇を嚙み、しばらく足もとを見つめていた。法蓮寺でついたはずの黒白が、次第に曖昧になっていくのが耐えられないのかもしれない。

もともと、黒白など心の中でつけばいいものだ。

「なにか用事なのだろう、藤麿？」

「先生から、伝言が。自分が長元院に行こうか。それとも、晴気様が先生の小屋の方に来られるかと？」

「俺が、行こう」

「いつでしょうか？」

「明日、午までには行く」

「そうですか」

藤麿が、またうつむいた。

「晴気様も先生も、澄んでおられますね。なにか、ちょっと身が竦んでしまうぐらい、澄んでおられます。それがどこから来るのか、私には不思議ですが」

「ただ寝て暮していただけさ。一角も同じだろう」

藤麿は、うつむいたままだった。

決めた回数だけ素振りを終えたのか、新之助が駈け寄ってきた。

「熱心だな、新之助殿」

顔をあげ、竜行から視線をそらすようにして、藤麿が言った。新之助が、にこりと笑う。そういえば、この二人はしばらく長元院で一緒に暮したのだ。信光について、書見も一緒にやったという。

新之助の笑う顔を、竜行ははじめて見たような気がした。

「藤麿殿は、文字を読んでいますか？」

「なんとかな。文字を覚えるのは、新之助殿の方がずっと早かった」

「藤麿殿は、強いではありませんか」

「私など、晴気様や先生と較べたら、子供のようなものだ」

「稽古をしませんか、藤麿殿？」

「それはいいが」

「六蔵さんが、竹を切り出してくれました。長いものもあります」

藤麿が、迷ったような眼を竜行にむけてきた。竜行は、軽く頷いた。庫裡の裏へ消えた新之助が、竹を二本持ってきた。一本は長く、藤麿の身の丈に合っている。

奇妙な対峙だった。躰の大きさが違いすぎるというだけではない。発せられる気の中から、親和力に似たものが漂い出していた。

新之助の正眼は、兵庫が教えた直心影流だった。それは、竜行のものとはまた違う。兵庫の剣は、見惚(みと)れるほど端正だった、と竜行は思った。

六蔵が、庫裡の入口から二人に視線を送っていた。穏やかで、孫でも見つめるような眼だった。新之助が打ちこみ、受けた藤麿が打ち返す。新之助の構えが上段に移った。

「なかなかのものではないか、六蔵」

竜行が言うと、遠慮がちに六蔵は頭を下げた。二人が派手に打ち合い、銀杏(いちょう)の大木の下あたりまで移動していった。

「けもののようだった藤麿が、ずいぶんと変りました」

「あの竹は、おまえが？」

先は丸く削られている。割れてもひとつにまとまっているように、三ヵ所ばかり紐で留めてもいるようだ。

「ちゃんとした竹刀を拵(こしら)えられればいいのですが、和尚様が嫌われます」

「だろうな」

寺には不要なものだ、と信光なら言うに違いなかった。信光の考えは、はじめて新之助をこの寺へ連れてきた時と、多分まったく変っていないはずだ。

「六蔵、おまえも若ければ、新之助の相手をしてやれたのにな」

「相手は、いつもしております。剣の相手ではございませんが」

「不憫か？」

「思わないことにしております」

「それが歳の功というものだ」

新之助が、激しく打ちこんでいく。気に満ちてはいるが、やはりどこか弱々しかった。竜行は、縁の陽溜りに横たわった。暑いほどの陽射しである。

夏ももう近い、と思った。

2

捨だった。

鳶のように、無様に輪を描いて飛びはしない。毅然とした、迷いのない飛び方である。

竜行は、腕を宙に突き出した。捨の姿が舞いあがり、蒼穹に吸いこまれたように見えなくなった。再び見えた時、捨はすぐ目前に迫っていた。まるで、空からの打ちこみのようだ、と竜行は思った。突き出したままの腕に、捨が足をかけた。単衣の袖を通して、捨の爪の感触が伝わってくる。

「捨」

竜行は声をかけ、捨を肩に移した。

しばらく歩くと、ろくが現われた。竜行を導くように先に立った。ろくは、竜行にそれほどの親しみは示さない。はじめから、そうだった。

藤麿に教えられた通り、雑木林の中に小さな小屋があった。連雀町の道場が百八十両で売れたと藤麿は言っていたが、一角は旅籠(はたご)に泊る気はなさそうだった。

藤麿が出てきた。小屋の前には、けものの皮が何枚か干してある。一角は、そばを流れる小川で水を浴びているようだった。

「酒だ、藤麿」

竜行は、ぶらさげてきた二升樽を石の上に置いた。捨が翼を拡げる。どこかへ移りたいと言っているのだろう、と竜行は思った。小屋の前に杭が一本打ってあり、横木がわたしてあった。捨を、そこに移した。

「すっかり懐(なつ)いたのですね、晴気様に」

「いや、主人の仲間だと思っているだけだろう。ただ、なんとなく嫌われてはいない、という気がする」

「それだけで、鷹は肩に乗ったりはしません」

「そういうものかな」

竜行は、切株に腰を降ろした。小屋の前には、腰を降ろすためにいくらか高く伐ったという感じの切株が、三つ並んでいる。

雑木林の中を、裸の一角が歩いてくるのが見えた。

「すまん、出迎えられなくて」

言って一角は小屋に入り、単衣(ひとえ)と袴をつけて戻ってきた。

「野を駈けていてな。汗にまみれた。兎を四羽、獲ってきたぞ」

自分のために用意したのだろう、と竜行は思った。

「相変らず、捨とろくはよく働くようだな」

「こいつらがいなけりゃ、俺は飢えて歩いてるだろうな。獲物の分け前を貰う時も、申し訳なさそうにしている。よくできたやつらだよ」

一角は、脇差だけを腰に差し、胴田貫は小屋の壁にたてかけていた。

「終ったな。誰も俺を襲おうとせんし、人を斬れと言ってもこない。俺たちは、まるでいないようなものだ。つまり、終ったということだろう」

「長元院も、平穏なものだった」

「大久保加賀守が、すべてを裏で操ったと藤麿はくやしがるが」

「大久保加賀守とて、政事の虚実の中にいる。あるのはむなしさだけだろう」

「藤麿に言ってやってくれ」

「私も、もうわかりました」

藤麿が口を挟んだ。皮を剝いだ兎の肉を両手にぶらさげている。小川へ行って捌いてこようというのだろう。

「生き延びることができる。そういう場所まで、俺たちは出てきたのだろうと思う。俺は、おまえと丹後田辺で出会った日のことから、何度もなぞるように今日までを思い返していた。俺はともかく、おまえはよく生き抜いてきたものだ、竜行」

一角も切株に腰を降ろし、しばらく並んで雑木林を眺めていた。緑の鮮やかな季節である。肉を捌き、山菜を洗った藤麿が戻ってきた。肉に軽く塩を振った。ろくは一角の膝の脇から動かず、捨は止り木で大人しくしていた。

「立合は、明朝でよいか？」

竜行が言うと、藤麿の動きが止まった。

「いいぞ。それまでに、おまえが持ってきた酒を飲み、兎の肉を平らげてしまおう」

「なぜ？」

ふりむいた藤麿の声は、かすかにふるえていた。二人の前に来て膝をつく。

「なぜ、お二人が立合われるのですか？」

「お互いに、そんなふうに決めていた。すべてが終ったら、立合うと」

藤麿に眼をむけ、竜行は言った。

「私には、わかりません。せっかくお二人とも無事に、ここまで斬り抜けてこられたのに。先生の伯父上様や父上様のことは、私も知っております。しかし、水に流されたからこそ、お二人でともに闘われたのではないのですか。いまさら、立合わなければならない理由が、どこにあるのですか？」

藤麿は、必死の眼の色をしていた。

「お互いに、剣を執る者として出会ったのだ。立合う宿運だった。わかるか、藤麿。俺は、伯父貴や父上のことは水に流した。流したからこそ、俺は無心に竜行と立合える。俺たちが斬り開いてきた道は、ひとりしか通れん。それは、はじめからわかっていることだったのだ」

「私には、わかりません」

藤麿が、涙を流していた。

「お二人とも、澄み渡っておいででした。私には、それが不吉なものに思えました。

だから、大久保加賀守がなどと、しつこく申しあげたのです」

「わかっているよ、藤麿」

一角が言っても、藤麿は泣き続けていた。自分と一角にだけ理解できることなのかもしれない、と竜行は思った。

ろくが、悲しそうに鼻を空にむけた。聞えるのは、藤麿の嗚咽だけだ。

3

夜半に、一角は眼醒めた。

土間の焚火が熾になり、小屋の中はかすかなぬくもりがあった。

夕刻から、肉を焼き、山菜を煮ながら、酒を飲んだ。竜行はいつもより饒舌で、少年のころ立合で傷を受けた父が、歩いて帰ろうとして失血で死んだという話をした。堀田兵庫と通ったという、赤坂の直心影流の道場の話もした。

一角も、父との一年間の旅の話をした。

お互いに、知らぬことがほとんどだったが、それを知ることがすでに大事なことではなくなっていた。細かいことは知らなくても、一角は竜行という男がわかった。竜行も同じだっただろう。

剣か、と一角は思った。剣が介在していなければ、やはり竜行という男には出会えなかったのだろうか。そして剣ゆえに、最後は立合うことしか残されていない。皮肉だとも思えたし、宿運だという気もした。

眼を閉じた。

竜行の、軽い寝息が聞える。遠慮しているのか、藤麿は一度も小屋に入ってこなかった。ろくと抱き合うようにして、外で眠っているのだ。

どれほどの時が過ぎたのか。

「起きているな、一角」

闇の中に、竜行の声は吸いこまれていきそうだった。

「ああ」

「夜明けを待つまでもない。はじめるか」

「いいだろう」

一角は、身を起こした。

外に出ると、藤麿が正座していた。闇の中で、眼が違うもののように光っている。

「仕方がない」

「昨夜、あれほど親しく喋っておられましたのに」

「男には、守らなければならないものがある」

「なんです、それは？」

「誇りかな、多分」

「誇りを、傷つけ合ったとでも言うのですか、先生。私には、そうは思えません」

「ぶつかり合ったのだ、一角の誇りと俺の誇りが。剣を執る者の誇りは、他人とは共有できないものなのだと思う」

　小屋から出てきた竜行が言った。

　それ以上、二人ともなにも喋らなかった。

　雑木林を出ると、草原である。草の丈はまだ伸びきっておらず、脛（すね）の中ほどまでしかない。藤麿が毎日打ちこみの稽古をしているところで、足場はいい。

　一角は、下緒（さげお）を解き、襷（たすき）にしてかけた。星明りだけである。風もなく静かで、草を踏む音もひっそりとしていた。

　同時に、鞘を払った。

　一角はゆっくりと正眼に構えた。竜行も同じである。構えは、ただ構えだった。斬り合いを続けてきて、それがよくわかる。そこからはじまるとも言えるし、それだけのものだと思い定めることもできる。

闇の中で、竜行の眼が光る。刀身が放つ光を、照り返しているようにさえ見える。竜行がどう出てくるのかさえ、一角は考えなかった。これが立合というものだ、と思った。歓喜に似たものが、こみあげてくる。

竜行の延寿国村が、かすかに揺れはじめた。一角は、胴田貫を静止させたままだ。剣と剣の間で、気のほむらが揺れ動いた。それが、二人を押し包んでくる。

耐えよう、と一角は思っていなかった。躰が動くように動いていく。それだけだ。その動きの中に、一角の剣のすべてが出る。出せる。

気づくと、いつの間にか夜が明けていた。遠くで、小鳥の囀り（さえず）が聞える。のどかな朝なのだろう、と一角は思った。竜行は無表情で、やはり剣先だけをかすかに揺らしている。

隙を誘う、というような立合ではもはやなかった。竜行のすべてと、一角のすべて。それがやがてぶつかり合う。技倆（ぎりょう）も気力も、運さえも含めたすべてでだ。その時を、二人とも待っているだけだった。

小鳥が二羽、木の実のように落ちてきた。草の上でもがき、飛び去っていく。お互いの気勢はあがってきていた。それに打たれれば、小鳥などは動きを失って落ちる。

竜行が、なにか語りかけてきたような気がした。いい立合ではないか。そう言っているのか。俺は、いま生き延びることさえ考えていない。一角は、そう返していた。皮肉なものだ。一角はさらに続ける。こうしておまえと立合っていて、俺はかつてないほど、自分が生きていると思える。この昂ぶりに較べれば、生き延びたいという思いさえ、つまらないものにしか感じられない。そのくせ、どちらかは死ぬよな、竜行。だから、皮肉なのさ。しかし、それでいい。剣を執った日から、こういう立合をすることが夢だったような気がする。

喋り過ぎだ。竜行が、そう伝えてきたような気がした。

いつも、そうだったではないか。俺が喋り、おまえは黙っていて、時々嗤った。いまも、俺が喋っている。だが、語りかけてきたのはおまえからだ。

一角は、胴田貫の切先が、かすかに揺れているのに気づいた。意識して動かしてはいない。竜行の延寿国村と呼応するように、動きはじめたのだ。

潮合が近づいてきている。そう思った。首筋が、ひくひくと動いた。同時に、踏み出した。一角は跳躍し、竜行は地を這うように駈けた。再び、むかい合う。全身が、痺れたような感じに包まれていた。竜行が口を開き、一度大きく肩を上下させて呼吸した。一角は、足のさきから燃えるように熱くなってくるのを感じた。それは膝から腿に這い登り、さらに腹や背や胸に拡がった。

延寿国村が揺れている。胴田貫も揺れている。炎。全身を包んだ。跳んだ。竜行も跳んでいた。

また、むき合った。束の間だった。一角は刀を下げ、熱い息を吐いた。

「相討か」

終った。もう一度構えようと、一角は思わなかった。すべてを、出し尽したのだ。草の上に、一角は座りこんだ。竜行が、近づいてくる。

座ったまま、一角は自分の傷を見た。鎖骨が、断ち割られていた。傷は一尺ほどで、胸筋もきれいに割れている。しかし、肪の中にまでは入っていない。出血は夥しかった。

竜行が、一角のそばに座った。拳ほどの大きさの血の染みが、竜行の腹にはあった。竜行が、単衣の襟を破った。絹糸と針がそこに縫いこんであった。

4

藤麿が、雑木林から駈け出してきた。

肩を押され、一角は草の上に仰むけに寝た。竜行の指が、傷の上で動く。

「先生」

「竜行を止めろ、藤麿」

「しかし」

「放っておくと、竜行は死ぬぞ」

「無駄だ、一角」

傷を縫いながら、竜行が言った。

「おまえには、わかっているはずだ」

わかっていた。竜行の延寿国村は一角の左肩から袈裟に入り、一角の胴田貫は竜行の腹を突いたのだ。悲しいほどに、それがよくわかった。

「おまえの血は、躰の外に流れ出している。だから、止められる」

竜行の血は、躰の中に流れ出している。内臓を突いていた。

「もうよせ、竜行」

「なにも、二人して死ぬことはなかろう」

一角は、視界がかすみ、暗くなるのを感じた。汗が噴き出してきたような気がする。不意に、幼いころのことを思い出した。木刀も竹刀も持っていなかった。ただ雨の中を裸足(はだし)で走っていた。なにかを、あるいは誰かを、捜していたのだ。それ以上、いくら思い出そうとしても、雨に濡れた感じがはっきりしてくるだけだった。

視界に色が戻ってきた。明るい陽光が、降りそそいでいた。

「竜行」

「縫い終えた。これで、大きく血を失うことはあるまい」

竜行の顔の色は、白くなりはじめている。

「運だな、一角」

確かにそうだった。一角の傷は一尺もあり、竜行の傷は一寸ぐらいのものだろう。それでも、竜行のはらわたは破れている。

「先生」

藤麿が覗きこんでいた。

「俺は、死なん。起こせ」

「そんな」

「自分で起きるぞ」

藤麿が、背中を支えて起こした。いまいましいほど、全身に痛みが駈け回った。生きているから、痛い。当たり前のことが、ひどくかなしかった。

竜行が、笑っている。

「おまえ、早く死ねよ、竜行」

「耐えられんのか、情無いやつだな」

「苦しいのだろう？」

「苦しくはない。はらわたから、血が流れ続けている。それがはっきりわかるだけだ」

「いいのか、このままで？」

とどめは必要ないか、と訊いたつもりだった。竜行は、黙って頷いた。叫び声をあげたいようなやりきれなさが、痛みとともに全身を駈け回った。

「俺は」

「よせ、一角」

「むごいな。俺の方が、むごい目に遭っている」

「そういうものだろう、生き残るというのは」

生き残ることについては、竜行の方がずっとよく知っているだろう、と一角は思った。竜行の闘いは、生き残った者のあがきでもあったのだ。

竜行の眼が、宙を漂っていた。見えなくなったのか、と一角は思った。右腕は動いた。その腕を、竜行の肩にかけた。竜行の躰が、一角の膝に倒れこんできた。

「よく闘った。そう思う。長い闘いが、ようやく終る」

「苦しくはないのか？」

竜行の唇は、色を失っていた。顔も、陽の光の中で、違うもののように白い。

「いい気分だよ、一角。こんなにいい気分になったのは、久しくないような気がする」

「おまえ、俺の膝枕だぞ」

「そうか」

竜行が笑ったようだった。唇の端から、血が少し流れ出してきた。鮮やかすぎるほどの色だった。一角はそれを、指の腹で拭った。

「俺は、山へ行く。藤麿の生まれ育ったところだ。藤麿には、凍子という姉がいて、俺の子を産んだ。夜叉丸というのだ」

竜行が、かすかに頷いたように見えた。眼は開いているが、なにも見えてはいないのだろう。空にむいていても、眩しそうではなかった。

「長元院の新之助も、山へ連れていく」

「そうか」

「早く、死ねよ。死んでくれ」

「急かせるな。それより、藤麿、一角は、二日は、寝かせておけよ。これ以上、血を失うと、こいつも、死ぬ」

「余計なことを」

「おまえに、会えてよかった、と思う。土にかえる前に、こんな時を、持てた」

なにか言おうとしたが、一角には言葉が見つけられなかった。竜行の躰が、小刻みにふるえはじめた。

「寒いな。それに暗い」

また、唇の端から血が流れ出してきた。拭っても拭っても、流れ続けている。

「新之助は、おまえに、頼むしかない」

「夜叉丸の、兄として育てよう」

竜行の眼は、開いたまま、瞬さえもしなかった。

竜行の躰に、痙攣が走った。それは、一角の腕の中でひとしきり続いた。

「剣が」

竜行が言った。一角は耳を近づけたが、次になんと言ったのかは、聞きとれなかった。なにかが、竜行を奪っていく。一角に、抗う術はなにもなかった。もう一度、小さな痙攣が躰を走った時、竜行は竜行ではなくなっていた。

しばらく、一角はぼんやりとしていた。それから、開いたままの竜行の目蓋を、指で閉じてやった。背中で、藤麿が嗚咽している。一角の眼からは、涙は出なかった。

「鍬を持ってこい、藤麿。竜行を埋めてやらねばならん」

藤麿が、小屋の方へ戻っていく気配があった。剣が、なんだというのだ。一角は、竜行を抱いたまま、最後の言葉を思い起こしていた。いくら考えても、わかりそうもなかった。

痛みが、躰を駈け回っている。いつの間にか、晒がしっかりと巻かれていた。晒に血のしみは付いているが、それが拡がる気配もない。

しっかりと、俺を生かしていきやがった。呟いた。声にはならなかった。やはり、涙などは出てこない。

藤麿が、鍬を持って戻ってきた。

「竜行の、延寿国村を」

一角が言うと、藤麿が草の上の刀を拾いあげた。一角は、しばらくその刀身に見入っていた。陽の光の中で、それは刀ではないもののように見えた。

「鞘に収めろ。竜行と一緒に葬ってやらねばならん」

鞘は、竜行の腰にあった。それを藤麿が引き抜いた。一角は、竜行の口の血を拭った。もう、新しい血は出てこなかった。

「深く掘るのだ、藤麿。二度と、こいつが出てこれないようにな」

動けるようになったら、石を捜してこようと一角は思った。そこに、一字だけ銘を刻みこむ。その一字が、いまは思い浮かばなかった。

藤麿が、土を掘る音が聞えてきた。一角は眼を閉じた。そうしていても、陽の光があるのは感じた。痛みもあった。土を掘る音。腕の中の骸。頬が濡れはじめた。泣いているのだ、と一角は思った。

解説

縄田一男

北方謙三は全十九巻にわたる大作『水滸伝』を完結させ、いま世界的にも類を見ないオリジナルな続篇『楊令伝』を書き継いでいる。それ以前に全十三巻の北方版『三国志』があり、『水滸伝』『楊令伝』執筆と並行して完結した作品に『楊家将』とその続篇『血涙』がある。そして、さらにいまひとつ、『史記　武帝紀』を連載中である。

凄まじいほどのエネルギッシュな活躍ぶりであり、正に豪腕作家と思われる方もいるかもしれない。あるいは、近年の北方作品のみを読んでいる方は、彼を中国小説の書き手としてのみ認識しているかもしれない。

だが、作者が現在の立ち位置に至るまでには、さまざまな紆余曲折があった。たとえば『水滸伝』の根幹にキューバ革命があるのは、作者自身の、
大学時代、私は全共闘運動の中にいた。少なくとも、変革の可能性は信じていた。もしかすると、革命を起こすのも不可能ではない、とさえ思っていたのだ。一九五九年にはキューバ政府が樹立され、六〇年代は、それは現実に起きた、ロマンチックな戦争、というように見えたのである。／私は、梁山泊のメンバーが、基本的に反逆の意思で連帯をする、というところから発想をはじめた。（「わが『水滸伝』血と汗と涙の完結」）
ということばからでも明らかだ。

では、北方作品は、はじめから全共闘世代の文学として成立していたのかというと、そうでもあるし、そうでもない、としかいえない。私がそうした世代の作家（特に純文学系の）に対して拒否感をおぼえるのは、彼らが書く小説のそここに、自分を正当化するいいわけや、仲間同志の傷を舐め合うようなイデオロギーの共有が顕著に刷り込まれているような気がしてならないからだ。

が、北方謙三は、違っていた。初期の純文学作品をまとめた『明るい街へ』にしても、そうだ。この一巻に収められている学生運動を中心とした諸作で、イデオロギー

よりも優先されているのは、肉体の感覚や痛みであった。

そして、エンターテインメントに転じて、第一長篇『弔鐘はるかなり』を発表して以来、作者自身のものと思われる体験や心情が綴られるかに見えても、あくまでそれらは、客観的なものとして小説技巧の中に解消されていった。さらに、『武王の門』以後の南北朝ものをはじめ、歴史・時代小説の分野に進出してからも、作中人物が〈国家〉を語ることはあっても作者自身は沈黙を守っていた。

それはあたかも「物語を書く、ということに解説部分があってはならない」（対談「北方謙三の起・承・転――純文学時代から『水滸伝』まで――」）という小説作法を自らの姿勢にまで課しているかのようだった。

そして遂に北方謙三は、前述の『水滸伝』『楊令伝』に関して、自身の思いのたけを語りはじめた。そして嬉しいことに北方謙三は本当の歴史小説が書ける男だった。彼はいっている――「小説からまず考えるべきことは、自分とは何であるかですね」（対談「破壊と革命の後にくるものを書きたい」）と。

未だ毀誉褒貶の中にある史家、村上一郎は、その代表作の一つ『幕末―非命の維新者』の中で、明治維新を文化・文政の頃からはじまって、明治中葉に至る挫折の過程であり、しかしそれは、精神過程としてまだ終わっていない、といった上で、「おのれ自らどのような人間でありたいかという希求なくして歴史に向うのは」「さげすむべき所業である」（傍点引用者）と記している。

然るに、昨今、徒に歴史を玩んで己が糊口をしのがんとする輩の何と多いことか。北方謙三は前述の対談の中で、「それが普遍化されると、人は何であるかとなってくる」と続けているが、歴史と人間の中に自らの体験を敷衍していく過程で、彼はようやく自身の思いのたけを吐露することを自らに許したのではあるまいか。『水滸伝』『楊令伝』は、北方謙三の紙の上で行われる自己表現としての革命に他ならない。しかしながら、革命は多くの人たちの屍の山を要求する。男ばかりでなく、時には女や子供たちまでをも呑みこんで――。

さて、もうここからは、本書の内容に立ち入るので、先に解説に目を通されている方は、是非とも小説の方へ移っていただきたい。

本書『活路』は、「週刊現代」の一九九四年二月二十六日号から一九九五年六月二十四日号にかけて連載された作品で、一九九五年八月、講談社から刊行された。

物語は、前述の作者の「物語を書く、ということに解説部分があってはならない」ということば通り、読者は、訳も判らぬままに、幾つかの剣戟場面の中に放り込まれる。おぼろ気ながら、刺客として登場した晴気竜行が軸となり、ストーリーが進められていくことが判るのが五十ページほど読み進んだ頃であり、さらに竜行が、友、堀田兵庫を救うために刺客を買って出たこと、そして、刺客行が成功したにもかかわらず、兵庫が切腹（実は殺害）したことを知らされるまでに百ページ以上が費やされる。

そのため、物語の序盤は、一見ストーリーが錯綜しているかに見える。まるでレイモンド・チャンドラーの作品のように。そして私は作者と話していた時、談、司馬遼太郎のことに及び、『翔ぶが如く』以後の作品に関して作者が「史観を優先させるとああいうかたちになりますね」といったことを思いだす。

そのでんでいけば、男たちの剣を通した矜持、葛藤、慚愧等、諸々のことどもを優先させれば、本書の書出しは、ああならざるを得ないと合点がいくのである。そして、その錯綜しているかに見えるストーリーの中から、さらにふたりの軸となる男が浮かび上ってくる。ひとりは、竜行の剣に遅れをとり負傷、追跡者の立場となる田辺藩士、高鳥源太、そしてもうひとりは、獰猛な鷹と白犬を友として流浪の旅を続ける左文字一角で、まるでこれは北方謙三版「三匹の侍」ではないか。

余談になるが、いまにして思えば、五社英雄が手がけたTV時代劇「三匹の侍」は、日本が高度経済成長に向う中、百姓の水争いや娘の身売りなどがテーマとなる、世間から貧困や差別がなくなったのは国家の偽装であることを剔抉しつづけた反骨の時代劇ではなかったか。

そして話を『活路』に戻せば、物語は、この三人が剣を抜いた修羅場の中、離合集散を繰り返し、その背後から幕閣内部の抗争が明らかになってくる、というストーリーになっている。それにしても（もう解説の方を先に読んでいる方はいませんね？）抗争の遠因が時の将軍の頭痛であったとは——。政争の虚しさ、正にここに極まれり、というべきか。

そして本書の読みどころは、竜行＝延寿国村、高鳥源太＝青江助次、左文字一角＝胴田貫と、三人の個性に合った刀が剣陣血路を絶つ中で繰り広げられる、凄絶な殺陣描写であろう。それは、本書をして剣豪小説ならぬ豪剣小説たらしめている、といっていいのではあるまいか。

さらに本書には、凡百の剣豪小説にあるような精神的悟りの境地などというおためごかしは記されていない。例を挙げれば、本書の中で度々語られる、武士と侍の違いなどは、決して明確にされているわけではなく、まるで禅問答における公案（悟道のために与えて、工夫させる問題）のごとく、読者の前につきつけられている。神仏の有無等もまた然り。

加えて、本書のストーリーには、恐らく作者が読んだであろう先行作品へのオマージュをさぐることができる。たとえば、竜行が兵庫の妻、知佐を斬って捨て、「おまえの母は、俺が殺した。よく憶えておけよ。俺が殺したのだ」といい、一子、新之助に、まるで将来、自分を殺せとばかりに剣を仕込むのは、長谷川伸の『疵高倉』であろう。また、一角が何百年もの樹齢を保つ桜の巨木を斬り倒す場面は、五味康祐の『桜を斬る』に対する逆説的敬意のあらわれか——。

そして研師、弥八の「刀というのは、人を斬るためにだけ、作られているんだよ。それが、何百年も続けられてくると、たとえようもなく美しいものになった」云々というくだりは、司馬遼太郎の『燃えよ剣』で、土方歳三が病床の沖田総司の前で和泉守兼定を抜いて、刀の美しさや合理性を語る、あの名場面からの引用ではないか、と思われてならないのだ。

さて、錯綜しているかのようにはじまったストーリーも、やがて収斂へと向う。私が、この作品の序盤をレイモンド・チャンドラーのようだといったのは、故ないことではない。「第十八章　友よ」が、裏切りの告白であるにもかかわらず、涙も涸れる哀しさに彩られているのは、その裏切り者が、竜行にとって、生涯、唯一人の友であったからだ。それは彼の「友だからではない。死んだ友だからだ。もう裏切れぬし、立合うこともできん」云々ということばが示されているからに他ならない。これは、死せるテリー・レノックス（『長いお別れ』）からの書状なのである。

そして男たちは、次々と屍の山と化していった。北方謙三が『水滸伝』『楊令伝』という小説世界における自己表現としての革命へ至る道程の中で――。その意味で本書は作者自身にとっても、革命へと至る『活路』だったのではあるまいか。

さて、北方謙三は、去る二〇〇九年十一月七日、有隣堂創業百周年記念の講演を行った。「我が青春の文学放浪」と題されたその講演の中で、作家となってまもなく、方向性が見出せず、世界中を旅していたことを語っている。本書も含めて北方作品でしばしば、主人公が旅を繰り返すのは、作者なりの己が原点の確認なのではあるまいか。

その折の挿話のひとつを紹介しておきたい。

（コートジボアールの）町に戻っても、小説家をやめようかと思い悩んでいました。ある日、ベンチに腰掛けてボーッとしていたら、ホテルのスタッフの黒人の少女が横に腰掛けてきて、しばらくすると、彼女が顔を上にあげて、ぼたぼた大粒の涙をこぼしたんです。見たら、字の読めない彼女にフロントの女性が小説を読んで聞かせていた。それを見た時、人間には肉体もあるけれど、心の命もあるんだって気がついた。物語はそのために必要なんだって私は強く思いました。

多分、これが、革命家くずれの無骨なるロマンチスト、北方謙三に小説家としての灯がともった瞬間だったのではないのか。そしてその灯は、現在も燃え続けている。

また恐らくは、これからずっとずっと先までも――。

本書は一九九五年八月に単行本として、一九九八年九月に文庫版として小社より刊行された作品の新装版です。新装版化にあたり、上下巻二分冊といたしました。

|著者|北方謙三　1947年佐賀県唐津市生まれ。中央大学法学部卒。'70年「明るい街」でデビュー。'81年『弔鐘はるかなり』でハードボイルド小説に新境地を開く。'83年『眠りなき夜』で日本冒険小説協会大賞、吉川英治文学新人賞、'85年『渇きの街』で日本推理作家協会賞を受賞。'89年『武王の門』で歴史小説に挑み、'91年『破軍の星』で柴田錬三郎賞、さらに近年は『三国志』など中国小説での活躍も目覚ましく、2004年『楊家将』（PHP研究所）で吉川英治文学賞に、'05年には『水滸伝』全19巻（集英社）で司馬遼太郎賞に輝いた。'09年日本ミステリー文学大賞受賞が決まる。近著に『楊令伝』（集英社）、『史記』（角川春樹事務所）、『望郷の道』（幻冬舎）などがある。

新装版（しんそうばん）　活路（かつろ）（下）

北方謙三（きたかたけんぞう）

2009年12月15日第１刷発行
2010年１月13日第２刷発行

講談社文庫
定価はカバーに
表示してあります

発行者――鈴木　哲
発行所――株式会社　講談社
東京都文京区音羽2-12-21　〒112-8001
電話　出版部（03）5395-3510
　　　販売部（03）5395-5817
　　　業務部（03）5395-3615

デザイン―菊地信義
本文データ制作―講談社プリプレス管理部
印刷―――豊国印刷株式会社
製本―――株式会社大進堂

Printed in Japan

ISBN978-4-06-276534-3

講談社文庫刊行の辞

二十一世紀の到来を目睫に望みながら、われわれはいま、人類史上かつて例を見ない巨大な転換期をむかえようとしている。

世界も、日本も、激動の予兆に対する期待とおののきを内に蔵して、未知の時代に歩み入ろうとしている。このときにあたり、創業の人野間清治の「ナショナル・エデュケイター」への志を現代に甦らせようと意図して、われわれはここに古今の文芸作品はいうまでもなく、ひろく人文・社会・自然の諸科学から東西の名著を網羅する、新しい綜合文庫の発刊を決意した。

激動の転換期はまた断絶の時代である。われわれは戦後二十五年間の出版文化のありかたへの深い反省をこめて、この断絶の時代にあえて人間的な持続を求めようとする。いたずらに浮薄な商業主義のあだ花を追い求めることなく、長期にわたって良書に生命をあたえようとつとめるところにしか、今後の出版文化の真の繁栄はあり得ないと信じるからである。

同時にわれわれはこの綜合文庫の刊行を通じて、人文・社会・自然の諸科学が、結局人間の学にほかならないことを立証しようと願っている。かつて知識とは、「汝自身を知る」ことにつきていた。現代社会の瑣末な情報の氾濫のなかから、力強い知識の源泉を掘り起し、技術文明のただなかに、生きた人間の姿を復活させること。それこそわれわれの切なる希求である。

われわれは権威に盲従せず、俗流に媚びることなく、渾然一体となって日本の「草の根」をかたちづくる若く新しい世代の人々に、心をこめてこの新しい綜合文庫をおくり届けたい。それは知識の泉であるとともに感受性のふるさとであり、もっとも有機的に組織され、社会に開かれた万人のための大学をめざしている。大方の支援と協力を衷心より切望してやまない。

一九七一年七月

野間省一